LA PRINCESSE ROYAL

Patrick Guilloton

LA PRINCESSE ROYAL

COLLECTION DOCUMENTS

cherche midi

Vous aimez les documents ? Inscrivez-vous à notre newsletter pour suivre en avant-première toutes nos actualités :
www.cherche-midi.com

23, rue du Cherche-Midi
75006 Paris

En mémoire d'Ivan, de Michel, mes amis,
et de Pascal, mon frère

Prologue

« Faillite », « état de cessation de paiements », « dérive », « cavalerie », « mise en doute de la fiabilité des comptes ». Ces mots, loin d'être anodins, résonnent, le 7 avril dernier à Bordeaux, entre les murs du conseil régional de la nouvelle région regroupant ce qui fut l'Aquitaine, le Limousin et le Poitou-Charentes.

Ces mots terribles, synonymes de comptes partant à vau-l'eau, de finances non maîtrisées, qualifient la gestion de la région Poitou-Charentes administrée durant dix ans par Ségolène Royal, puis, à partir d'avril 2014, alors que celle-ci entre au gouvernement, par l'un de ses plus fervents adulateurs, Jean-François Macaire.

Léger retour en arrière : peu après les municipales de 2014, François Hollande, le président de la République, et Manuel Valls, son Premier ministre, lancent une réforme territoriale présentée comme ambitieuse. Elle laissera le souvenir d'un chantier hasardeux, partiel, conduit à marche forcée, ayant permis à quelques éminents barons socialistes de tirer habilement leur épingle du jeu. À l'heure de rendre sa copie, l'exécutif n'est même pas en mesure de préciser le nombre de régions appelées à constituer la nouvelle carte !

Quel avenir pour la région Poitou-Charentes, présidée durant quatorze ans par l'ancien Premier ministre Jean-Pierre Raffarin, puis par Ségolène Royal, la finaliste de l'élection présidentielle de 2007 ? Au terme de discussions brassant quantité d'hypothèses, certaines farfelues, d'autres dignes de marchands de tapis, l'union est scellée avec l'Aquitaine et le Limousin. La plus vaste région de France vient de voir le jour.

Lorsqu'il s'agit de désigner le candidat appelé à mener la liste socialiste lors des élections régionales de décembre 2015, une primaire oppose Alain Rousset, président sortant de l'Aquitaine, à son alter ego de Poitou-Charentes, Jean-François Macaire.

Alain Rousset l'emporte largement avant d'être tout aussi facilement élu président de la nouvelle région le 13 décembre 2015 face à la candidate de droite, la protégée d'Alain Juppé, Virginie Calmels.

Très vite, le président est informé de certaines anomalies sérieuses dans les comptes de Poitou-Charentes : la Fédération du bâtiment de la Vienne signale d'importants retards de paiement, des lycées attendent leurs dotations.

Les faits s'avèrent graves puisque Alain Rousset est amené à remercier sans ménagement le directeur financier installé à Poitiers, ainsi que le couple Scarbonchi : Michel, dernier directeur général des services de la région, et son épouse Blanka, souvent présentée comme la « cameriste » de Ségolène Royal, qui figure dans l'organigramme du conseil régional avec le titre de secrétaire générale.

L'une et l'autre n'ont pas contribué à détériorer un peu plus la courbe du chômage. Ils ont rapidement retrouvé un emploi. Michel Scarbonchi officie désormais à l'inspection de l'administration au ministère de l'Intérieur tandis que sa femme œuvre en tant que chef de cabinet adjoint de Mme Royal, ministre de l'Environnement, de l'Énergie et de la Mer.

À la mi-février 2016, le président Rousset dénonce des « dérives » dans la gestion de Poitou-Charentes, faisant état de 132 millions d'euros de factures impayées, de 130 millions d'emprunts potentiellement toxiques... tout en soulignant la difficulté à obtenir les documents indispensables à l'analyse comptable. Il ira jusqu'à parler d'« omerta », avant de regretter l'utilisation de ce mot.

Il annonce qu'un audit a été commandé au cabinet Ernst & Young. De son côté, la chambre régionale des comptes épluche les documents financiers des trois anciennes régions. Dans les premiers jours d'août 2016, un pré-rapport a été communiqué aux intéressés, à savoir les anciens responsables de Poitou-Charentes et le président de la Nouvelle-Aquitaine, un nom de baptême pour une région naissante montrant bien qu'elle est l'ogre ayant mangé les Petits Poucets... Un rapport au cœur de l'été, diffusé en catimini, avec consigne stricte de n'en rien dire puisque la procédure est contradictoire : la version définitive ne sera rédigée qu'après les observations des responsables des collectivités territoriales contrôlées. En tout état de cause, c'est au plus tard en fin d'année que seront dévoilées les conclusions des magistrats. Tel semble du moins leur souhait. Mais d'ores et déjà, on parle de janvier. À quelques mois de l'élection présidentielle.

Peu après les révélations d'Alain Rousset, Jean-François Macaire, élu vice-président de la « grande » région avec la charge... des finances, démissionne de cette délégation. Il endosse « l'entière responsabilité » des dérives de Poitou-Charentes. Chacun estime pourtant qu'il n'a probablement jamais eu la curiosité de chercher à savoir si la collectivité disposait des moyens de répondre à ses engagements, le secteur financier étant placé sous l'entière et totale tutelle du directeur général des services et du premier vice-président Yves Debien, maire de Melle, thuriféraire de la première heure de Ségolène Royal.

Cette dernière se tait alors que les accusations se multiplient. « Compte tenu de mes responsabilités ministérielles et de présidente de la COP [la conférence sur le climat], je ne peux pas tomber dans les polémiques lamentables avec des élus », fait-elle savoir à quelques jours des conclusions de l'audit.

Le 7 avril, c'est la confirmation de la catastrophe. « Le Poitou-Charentes n'avait plus aucune capacité de faire face. Sans fusion avec l'Aquitaine et le Limousin, la région aurait été en situation de déficit au sens du code général des collectivités territoriales ; le préfet aurait dû saisir la chambre régionale des comptes qui se serait substituée à l'exécutif », explique le porte-parole socialiste de la nouvelle région.

Les 132 millions d'impayés sont confirmés, 46 millions d'emprunts contractés entre 2007 et 2011 sont dits à « hauts risques », 99 millions de garanties d'emprunts accordés à des entreprises privées ont des allures d'épée de Damoclès, le crédit-bail choisi pour financer (jusqu'en 2045) les rames des trains express régionaux s'avère terriblement dispendieux, le taux d'épargne nette est de 0,05 % au compte administratif 2015. La capacité de désendettement s'est considérablement dégradée ; elle atteint, en incluant les crédits-bails, 20,4 ans, alors que le seuil d'alerte est fixé entre 7 et 8 ans.

Par ailleurs, le grain à moudre ne manque pas du côté de ce qui semble s'apparenter à de sévères irrégularités dans les écritures. Les reports budgétaires (en terme plus cru, la cavalerie) étaient-ils institutionnalisés ? Les comptes étaient-ils « insincères », infraction conduisant ses auteurs devant la juridiction pénale ? Ces questions se posent. La chambre régionale devra y répondre.

Face à cette avalanche, Ségolène Royal décide de sortir de son silence. Avec fracas. Dans le plus pur style du personnage. Elle a toujours été une partisane de l'adage voulant que la meilleure défense reste l'attaque.

« Scandalisée par le fond et la forme », estimant qu'« il n'y a que dans les États totalitaires où on jette en pâture des chiffres, des mots, des gens sans qu'ils aient la possibilité de venir s'expliquer », elle considère que la fusion des systèmes informatiques entre les régions est à l'origine des impayés.

Abordant l'aspect politique des choses, elle affirme : « Si les dépenses sont dynamiques, c'est aussi parce que les politiques réussissent. » Avant de tomber à bras raccourcis sur Alain Rousset, accusé de tous les maux, de « basse vengeance ». Elle s'interroge. Les accusations de son « camarade » aquitain ne seraient-elles pas un épais rideau de fumée masquant une volonté d'augmenter la pression fiscale ? Elle évoque même une possible frustration, chez Rousset, de ne pas avoir été nommé ministre.

Les courtisans, les obligés de l'ancienne présidente de région embrayent sur le même registre, tandis que son avocat prend contact avec les conseils de plusieurs acteurs de ce dossier en vue de poursuites en diffamation. Principal visé, Dominique Bussereau, député Les Républicains, président du conseil départemental de Charente-Maritime qui, loin d'être inquiet, continue de la moquer en la surnommant « Gabegie la Magnifique ».

Telle est la « battante » Ségolène Royal, dotée d'une incroyable dose d'assurance, de mauvaise foi et de culot, dépositaire d'une influence aussi énorme qu'étonnante vis-à-vis de quantité de gens. Ils ne manquent pas, en effet, ceux qui font preuve d'une véritable adoration à son égard, qui trouvent en permanence des excuses à l'autoritarisme de cette femme et à sa soif de pouvoir jamais étanchée.

Il s'est écoulé onze ans entre le début de sa campagne électorale lui ayant permis d'accéder à la présidence de Poitou-Charentes en 2004 et sa nomination au ministère de l'Écologie, du Développement durable et de l'Énergie en avril 2014. Entre-temps, elle a rêvé à beaucoup d'autres fonctions, espéré devenir la première présidente de la République.

Les pages qui suivent constituent un témoignage sans concession de ce parcours. Avec une ligne de conduite : appliquer modestement le fameux principe mis dans la bouche de Figaro par Beaumarchais : « Je me presse de rire de tout, de peur d'être obligé d'en pleurer. »

1

Henri Emmanuelli aura été le premier… mais pas le dernier. Le premier à s'interroger haut et fort afin de savoir si Ségolène Royal disposait en permanence de toutes ses facultés. « Parfois, elle dérape de façon totalement incompréhensible », lâche l'ancien président de l'Assemblée nationale au sortir d'une réunion de militants tenue dans une salle de Mérignac, dans la banlieue bordelaise, deux mois et demi avant le congrès de Dijon.

Ce jour-là, au printemps 2003, il y a du beau monde à la tribune. Tour à tour, interviennent Vincent Peillon, au nom du Nouveau Parti socialiste (qu'il dirige en compagnie d'Arnaud Montebourg et de Benoît Hamon), Nicolas Pagnier pour les rêveurs revendiqués et assumés d'Utopia, Pierre Larrouturou, en faveur d'une motion inspirée par la fédération du Nord, Henri Emmanuelli, chantre du Nouveau Monde (en tandem avec Jean-Luc Mélenchon), et Ségolène Royal, ardente défenderesse de la motion menée par le premier secrétaire du parti (mais aussi père de ses quatre enfants), François Hollande.

La gifle historique reçue par Lionel Jospin lors de la présidentielle de 2002 a causé une fabuleuse gueule de bois chez tous les socialistes. Les participants à ce rendez-vous d'avant-congrès en ressentent encore visiblement les effets. D'ailleurs, tous les propos s'y rapportent.

Une fois de plus, à l'écoute attentive des interventions, chacun peut mesurer l'immense fossé séparant la vision politique des intervenants. Par quel miracle des gens aussi éloignés parviennent-ils à militer dans une même structure ? Guidés par l'intérêt commun, dit-on. À moins que ce soit l'élu girondin Gilles Savary qui détienne la réponse, lorsqu'il martèle, plus tard, lors d'un dîner de clôture des journées parlementaires PS à Nevers, qu'en politique, le maître mot reste la « gamelle ».

À Mérignac, poli, l'auditoire écoute dans le plus grand calme les cinq monologues. Hochements de tête approbatifs quand Ségolène Royal vante la qualité de la gestion du parti par son compagnon et note qu'il a réussi, après la catastrophe du 21 avril 2002, à maintenir son unité. De l'art des synthèses *a priori* impossibles...

Mimiques signifiant que Larrouturou a tendance à noircir le tableau quand il prédit que « chômage et précarité vont finir par foutre en l'air toute notre société et déboucher sur un vote Le Pen ». « Celui-là, c'est vraiment du n'importe quoi », enrage une dame d'âge mûr, pomponnée comme pour un thé dansant. À moins qu'elle ne se soit trompée de salle. Les reflets bleutés de sa chevelure prouvent qu'elle sort d'une visite chez le coiffeur.

C'est à l'heure du débat avec le public que les choses se gâtent. Un militant s'emporte, accusant Ségolène Royal d'avoir cherché à « anesthésier » son auditoire, avant de conclure par un vibrant : « Du vent, les éléphants ! » Un autre, fort applaudi, critique les « positions opportunistes » de la direction socialiste avant de commettre cette formule : « Le PS, c'est une éponge qui prend l'eau dans l'opposition et qui la perd lorsqu'il gouverne. » Autant de remarques qui ont le don de mettre Mme Royal très en colère : oublié, le sourire mécanique lui barrant bien souvent le visage. En lieu et place, des mâchoires serrées, un regard plein de mépris jeté vers les inconscients ayant osé apporter leur contribution au débat participatif !

Elle répond sur un ton vif, balayant « anathèmes et exclusions », assurant que la politique doit se jouer « collectif », sans « flatter les populismes » et refusant de s'« autoflageller puisque la droite ne le fait pas ». Et de conclure : « La motion que je défends, elle est à gauche. Et au second naufrage, arrêtez d'accuser la mer. »

Résultat, la tempête se lève, elle gronde ; d'abord une clameur de réprobation bien vite transformée en bronca. Des rangs des militants (la plupart d'entre eux ont pourtant déjà fait le choix de se prononcer pour la motion Hollande), jaillissent des bordées de sifflets dégageant beaucoup plus de décibels que les barrissements d'un troupeau de pachydermes. Le temps qu'Henri Emmanuelli dise commencer à s'inquiéter « d'être traité de populiste dès lors qu'il aborde les problèmes des couches populaires » et la séance est levée dans la confusion.

Fixant un point dans le lointain, bien au-delà de cette foule qui l'entoure, les yeux brillants, comme à deux doigts de fondre en larmes, Ségolène Royal s'éclipse au plus vite.

Deux jours plus tard, coup de téléphone. À l'autre bout du fil, la voix enjouée de quelqu'un semblant connaître son interlocuteur depuis des lustres. Pourtant, il s'agit d'un premier contact.

« Bonjour, c'est Ségolène Royal. Vous allez bien ? Bon, j'ai lu votre papier, ce matin. Je n'ai rien à redire. En fait, si je vous appelle, c'est parce que j'aimerais bien que vous m'interviewiez après la réunion d'avant-hier... »

Réaction plus que mitigée...

« Écoutez, si vous acceptez le principe d'une interview, je vous donne un scoop... »

Original. Sauf que c'est un secret de polichinelle qu'elle s'apprête à vendre.

« Votre scoop n'en est pas un. Vous voulez tout simplement annoncer que vous allez être tête de liste, l'an prochain, pour les régionales en Poitou-Charentes. »

Un blanc. Puis la confirmation.

« J'ignore ce qui vous permet de dire cela. La décision a été prise très récemment. Voilà tout au plus quatre-cinq jours, lors d'un dîner à Paris auquel participaient Maxime Bono, le maire de La Rochelle, et Jean-François Fountaine, l'actuel leader de l'opposition à la région. Personne ne devait en parler. Je suis étonnée que vous puissiez être au courant... En tout cas, si vous en faites état, utilisez le conditionnel. Ce ne sera officiel qu'après le vote des militants... »

Le lendemain, par le biais de trois questions, Ségolène Royal s'exprime dans les colonnes de *Sud Ouest*. Offusquée par les sifflets de Mérignac, drapée dans le costume de la rassembleuse, elle martèle : « Le PS n'est pas un jouet. »

Puis, dans l'édition suivante, sous un titre ne laissant pas la place à la moindre ambiguïté – il évoque le prochain « combat entre femmes » au conseil régional, la sortante étant Élisabeth Morin –, la candidature Royal est annoncée. Certes, Jean-François Fountaine fait mine de temporiser, de glisser un bémol : « Il y a de très fortes chances pour que Ségolène Royal soit notre tête de liste, mais je me souviens que Michel Crépeau avait habitude de dire qu'en politique, les choses ne se passent jamais comme elles sont prévues. »

Tout le monde a compris. D'autant plus que Fountaine, après avoir montré ses talents de navigateur en remportant plusieurs transats à bord de son catamaran, n'imagine pas une seconde pouvoir quitter la direction de l'important chantier nautique – il a compté jusqu'à 450 compagnons – créé l'année de ses 25 ans, en 1976, en complicité avec Yves Pajot. «Je n'ai jamais été demandeur de cette tête de liste puisque me considérant comme un chef d'entreprise et non comme un homme politique», rappelle-t-il, assis désormais dans le fauteuil... de maire de La Rochelle.

Voilà donc la députée des Deux-Sèvres partie à l'assaut d'un bastion que chacun (à commencer par elle) considère comme étant toujours et encore celui de Jean-Pierre Raffarin. À croire qu'Élisabeth Morin, présidente de région depuis la nomination de son prédécesseur à Matignon, n'assure que le rôle de la concierge à qui le propriétaire a confié les clés de son appartement afin de le retrouver propre et fleuri au retour d'un long voyage.

Jean-Pierre Raffarin a marqué cette région depuis son accession à la présidence en décembre 1988. Il n'est alors qu'un célèbre inconnu, hormis dans son département de la Vienne et dans le périmètre de la plage de Châtelaillon, à deux pas de La Rochelle, où sa famille possède une résidence secondaire.

Il est tombé tout petit dans la marmite politique. Son père, Jean, notable poitevin par excellence, a été secrétaire d'État à l'Agriculture (entre juin 1954 et février 1955) dans le gouvernement Mendès France. C'est d'ailleurs par erreur que l'on continue à attribuer à ce dernier une initiative prise en réalité par M. Raffarin père. Administrateur de laiteries confrontées à une surproduction chronique, il a eu l'idée de faire servir chaque jour un verre de lait aux enfants des écoles publiques. Soi-disant pour leur donner des forces; en réalité, pour absorber les stocks.

Jean-Pierre Raffarin jouit néanmoins d'une certaine renommée chez les jeunes giscardiens, où il a laissé le souvenir, lors des rendez-vous d'été, d'un remarquable imitateur de Johnny Hallyday; il connaît beaucoup mieux les chansons du rocker que les fables de La Fontaine.

Il entre au conseil régional dans l'équipe majoritaire en 1986. Rapidement, René Monory – dit «le shérif» –, vrai patron de la région, admet avoir commis une erreur de casting en confiant la présidence à l'un de ses amis qui, de toute évidence, n'est pas taillé pour la fonction.

Qui pour reprendre les rênes de l'institution? Une candidature s'impose, celle d'un élu de Charente-Maritime du nom de Claude Belot. Suffisant pour donner des boutons à Monory: il estime que l'assemblée régionale ne peut être dirigée que par un représentant de la Vienne. Une primaire est organisée entre le candidat «naturel» et le jeune Raffarin que Monory vient de sortir de son chapeau.

Quelques mois plus tard, après une campagne intense – aidé en cela par l'ami de toujours, Dominique Bussereau et quelques petits coups fourrés montés par le shérif en personne, Raffarin se retrouve bombardé président de région. Inespéré...

Le jeune quadra, «fils de pub», fait vite souffler un vent nouveau. La collectivité sort de l'anonymat, il tente de lui donner une identité.

Sa réélection, en 1992, tient de la simple formalité. Cette année-là, débarque dans l'hémicycle poitevin (pour un tout petit tour avant de démissionner...) une presque quadra, Ségolène Royal, élue sur la liste de gauche de son département des Deux-Sèvres. Au moins est-elle présente le jour de l'élection du président puisque certains se souviennent que lors d'une suspension de séance, dans une ambiance de cour de récréation, elle mime, durant quelques secondes, une partie de chat perché en compagnie du RPR charentais Henri de Richemont. Ces deux-là sont appelés à se revoir...

En 1998, on ne joue plus du tout le même film. Jean-Pierre Raffarin ne part pas favori face à Philippe Marchand, l'ancien ministre de l'Intérieur du charentais François Mitterrand. Marchand, avocat, pénaliste reconnu, excellent tribun, est une figure régionale. Une pointure.

Au soir du seul et unique tour de ces élections, Jean-Pierre Raffarin affiche la mine du condamné à mort inquiet à l'idée que le verre de rhum puisse lui causer des aigreurs d'estomac. Sa déception est grande : Marchand est largement devant, plus de 4 000 voix, malgré des listes dissidentes de gauche, ici où là. À l'époque, le scrutin permet que, dans chaque département, s'alignent autant de listes qu'un curé peut en bénir pour peu qu'elles comportent le nombre prévu de candidats.

Raffarin sent le vent du boulet. Il est néanmoins réélu président au terme de « tractations » (certains préfèrent parler de « magouilles ») avec, d'une part, deux élus de Chasse pêche nature et traditions, d'autre part, un nouveau conseiller régional étiqueté divers gauche, issu d'une liste de maires ruraux des Deux-Sèvres.

Quatre ans plus tard, on se souviendra qu'en aidant un homme politique à conserver son siège, deux chasseurs et un « traître » – selon le mot de Philippe Marchand en séance publique – ont fabriqué un Premier ministre. Quel talent !

Une fois à Matignon, Raffarin, homme de mémoire, n'oublie pas l'un des nemrods en décidant de son entrée au Conseil économique et social. Poire pour la soif.

C'est une professionnelle de l'éducation de 55 ans, Élisabeth Morin, qui est alors choisie pour reprendre la barre du navire régional. Les vieux Poitevins à la mémoire dure rappellent que, dans sa jeunesse, elle était plus souvent classée à gauche qu'à droite. Le fait que M. Morin père, lui aussi enseignant, ait fait la classe à Jean-Pierre Raffarin quand il était en culottes courtes ne doit rien à l'affaire.

Mais revenons à la cuisine électorale de la fin 2003. Lorsqu'elle pointe le bout de son nez, à l'aube de ces régionales, le terrain semble particulièrement favorable pour Ségolène Royal. Elle bénéficie d'une notoriété exceptionnelle ; la droite est à la manœuvre depuis près de trente ans, synonyme d'un vrai souhait d'alternance de l'électorat. De plus, chaque jour qui passe ne fait, naturellement, qu'user un peu plus le chef du gouvernement.

Il y a là, en effet, de quoi simplifier la tâche de Mme Royal : l'hôte de Matignon, sa cible désignée, son adversaire privilégié, patauge dans des sondages calamiteux. Et ce n'est pas cette inconnue d'Élisabeth Morin qu'elle a décidé, une bonne fois pour toutes, d'appréhender avec une sorte de mépris condescendant, qui va venir troubler l'ordre établi d'une campagne se voulant mitonnée aux petits oignons.

Élisabeth Morin a traité, pour sa maîtrise d'histoire ancienne, de « la femme dans les poèmes homériques ». Voilà qui tombe bien, Ségolène Royal se faisant forte, à l'issue d'un combat homérique dénué de toute poésie, de la renvoyer à ses chères études !

2

Ségolène Royal a souvent fait coïncider la date de son anniversaire, le 22 septembre, avec des événements marquants de sa vie politique. Elle n'est pas du style à entonner avec Brassens ces paroles fameuses, « le 22 septembre, aujourd'hui, je m'en fous[1] ».

Le lundi 22 septembre 2003, elle donne une interview à *Sud Ouest* dans laquelle elle pointe le « déficit de la démocratie participative » dans la région, le poids des impôts alors que le revenu moyen par habitant est parmi les plus bas de France. Six mois avant le scrutin (premier tour le 21 mars, second tour le 28), sa campagne est lancée.

La veille, « bronzée, en baskets Naf Naf roses sans lacets » lui donnant « des allures de jeune vacancière », note une journaliste visiblement à l'affût du moindre détail, elle est venue se montrer au Circuit des remparts, importante manifestation automobile angoumoisine née sur les cendres du grand prix d'antan remporté en 1950 par un certain Juan Manuel Fangio sur sa Maserati. Vroum. Le silence succède au bruit des moteurs puisqu'elle embraye

1. « Le 22 septembre », paroles et musique de Georges Brassens (1964).

dès le lendemain à La Rochelle pour la journée sans voitures, avant de se rendre à Saintes en fin de semaine.

En fait, alors qu'elle se prépare à donner l'assaut à la forteresse de la rue de l'Ancienne-Comédie – telle est l'adresse du conseil régional, à Poitiers –, il convient qu'elle se crée *a minima* une image de personnalité régionale. Hormis son implication dans le dossier du marais poitevin, rares sont ceux, en Poitou-Charentes, capables d'évaluer la réalité de son influence sur ce territoire.

À vrai dire, les Deux-Sèvres mises à part, l'électrice et l'électeur lambda ne la connaissent qu'à travers ce qu'ils ont pu en voir à la télé où dans les magazines aux couvertures tapageuses. Dans la mémoire collective, ici comme ailleurs, le souvenir le plus fort demeure son « invitation » lancée aux médias, en 1993, alors qu'elle est membre du gouvernement, à venir la visiter au lendemain de la naissance de son quatrième enfant. Un coup de « com et de pub » aux effets garantis pour Marie-Ségolène, laquelle, on le sait, a jeté depuis belle lurette la moitié de son prénom aux orties afin d'obtenir un effet dépoussiéré de toute éventuelle ringardise.

Par contre, dans les Deux-Sèvres, sa terre d'élection, un département tout en longueur, comme un adolescent ayant grandi trop vite, granitique et catholique dans le nord qui vote à droite, calcaire et protestant dans le sud qui penche à gauche, seuls les ermites malentendants ignorent tout de la dame. Ses méthodes de hussard, son habitude de jouer le rôle-titre de la célèbre pièce « Pousse-toi d'là que j'm'y mette » ont contribué à sa notoriété.

On se souvient d'elle en 1988, alors qu'elle n'est qu'une obscure conseillère à l'Élysée, faisant montre d'un culot exceptionnel – l'un des traits premiers de son caractère – lorsqu'elle ose demander à François Mitterrand de lui dégotter un point de chute en vue des législatives. Elle s'y prend bien tardivement : côté socialiste, la « distribution » est terminée depuis longtemps.

Le président, agacé, réalise néanmoins l'impossible, impossible n'étant pas Mitterrand. Et c'est ainsi que, quelques heures avant la date limite des inscriptions, Ségolène Royal débarque à la préfecture de Niort où l'attend, le petit doigt sur la couture du pantalon, le représentant de l'État. *In extremis*, elle est candidate dans la seconde circonscription, celle de Melle... en lieu et place d'un ancien responsable du syndicat de la magistrature ayant été désigné démocratiquement et dont les affiches sont déjà à l'imprimerie. Le pauvre doit dégager, bouté hors du débat politique par une ex-conseillère du tribunal administratif, le poste qu'elle a rejoint à sa sortie de l'ENA. Pas de cadeau entre juristes ! Le parachutage est un succès. Elle est élue.

Rebelote à Niort, pour les municipales de 1995, où elle se met en tête de s'asseoir dans le fauteuil laissé vacant par le sortant socialiste, Bernard Bellec, lequel n'a pourtant pas attendu l'arrivée providentielle de la députée des bords de la Béronne pour régler sa succession. Puisque c'est ainsi, après quelques finasseries, Bellec décide de rempiler.

Ségolène Royal obtient le soutien du PS, dont elle est la candidate officielle. L'étiquette « dissident » ne gêne pas Bernard Bellec. Au contraire, considérée comme blessante et injuste, elle lui donne encore plus l'envie de s'imposer.

La gauche va se déchirer comme jamais ; une véritable bataille de chiffonniers. Un épisode ayant laissé des traces indélébiles, cause de rancœurs que jamais le temps ne parviendra à effacer... À Niort, vingt ans après, les habitants se souviennent toujours de ce combat entre camarades où tous les coups (bas, fourrés et interdits) ont été permis.

Les miracles ne se reproduisant pas deux fois, Mme Royal mord la poussière à l'issue d'une triangulaire au second tour.

La députée de Melle a connu, dans ce département, une autre défaite, fort symbolique au demeurant. En effet, en 1998, au terme d'un premier mandat de conseillère générale, elle en sollicite le renouvellement. Grosse déconvenue : elle est sèchement renvoyée dans ses foyers par un infirmier libéral du cru venu rappeler que les scrutins dits de proximité nécessitent un minimum de complicité, d'empathie avec le corps... électoral. « Ne pas être en mesure d'être réélu dans son canton, il faut vraiment y mettre du sien. Sauf lorsqu'on regarde les gens de haut, pire, lorsqu'on les ignore », estime un maire du pays mellois n'ayant jamais porté Mme Royal dans son cœur, lequel, pourtant, penche à gauche.

Autre regard, celui d'une élue centriste du chef-lieu qui ne cache pas avoir vu arriver cette femme avec une réelle sympathie dans ce milieu très masculin – « pour ne pas dire macho » – des politiques du secteur. Au terme d'une quinzaine d'années d'observation attentive, le jugement est sévère et sans appel : « C'est une technicienne de grand talent, une carriériste exacerbée. Elle ne fait pas de la politique mais du spectacle. »

Restent les militants du PS, parfaitement partagés, eux aussi. Il y a les fans absolus comme Bernard Couturier, un temps secrétaire fédéral. Un modeste qui se voit dans la peau « d'un petit élu qui patauge » face à la dame brillante sachant « écouter, analyser, prendre du recul ». « Chacun lui reconnaît la capacité à maîtriser les dossiers et à les conduire à leur terme », estime-t-il. La femme parfaite ? « Comme c'est une grosse travailleuse, il faut suivre. Elle a du caractère. Elle est intransigeante. » Ambitieuse ? « Sans doute. Si elle ne l'était pas, elle n'en serait pas là. Peut-être est-elle un peu trop impulsive... »

Et il y a les autres, qui ne parviennent pas à tomber sous le charme des belles phrases toutes faites. « Elle ne connaît pas la ligne jaune. En clair, je n'adhère pas à son discours. C'est du vernis, du pipeau, du toc. En politique, beaucoup de leaders considèrent les gens comme des kleenex, bons à jeter après usage. Ce n'est pas son cas. Certes, elle aussi prend les gens pour des mouchoirs. Mais elle les passe à la machine, les plie, les range et sait les ressortir de la pile quand le besoin s'en fait sentir », tranche un militant socialiste dans *Le Courrier de l'Ouest*[1], alors que débute cette campagne des régionales.

Se montrer, Ségolène Royal s'y est appliquée une bonne partie de cet été caniculaire de 2003 – elle sait que quoi qu'il arrive, elle sera « la » candidate, puisque seule en lice chez les socialistes. Début août, on l'a vue au festival de folklore de Confolens, un genre n'ayant pas dû surprendre celle qui, un jour de 14 Juillet, s'est montrée à la garden-party de l'Élysée fagotée dans un costume de paysanne des Deux-Sèvres censée vanter les vertus du chabichou.

Cette période de pré-campagne a également été mise à profit pour bâtir une équipe et recruter un personnage clé : celui qui va avoir le redoutable honneur – la patronne ne rigole pas tous les jours... – de marcher en première ligne avec le titre de directeur de campagne. C'est le Rochelais Denis Leroy qui a été choisi après que le maire de la cité des tours, Maxime Bono, a soutenu mordicus qu'il serait impossible de trouver mieux pour diriger l'équipage appelé à voler vers la victoire. Localement, les mauvaises langues s'empressent de remarquer que Bono a profité de l'occasion

1. *Courrier de l'Ouest*, 20 octobre 2003.

pour gagner sur tous les tableaux. Il a, d'une part, conseillé un collaborateur de premier choix côté castagne électorale ; il se débarrasse, d'autre part, d'un élément devenu encombrant.

Voilà néanmoins installé dans le carrosse de gauche le tandem Leroy-Royal. Il va parcourir inlassablement les chemins du Poitou-Charentes afin d'aller au plus près écouter espoirs et doléances du petit peuple. Une bonne centaine de réunions seront organisées durant l'automne ; des rendez-vous de toute nature, un jour ciblés selon les catégories professionnelles, le lendemain ouverts à tous. Le duo qualifie l'exercice de « forums participatifs », expliquant qu'au terme de ces échanges, sera bâti le programme. Dans la région, jamais on n'avait entendu autant parler de « démocratie participative », laquelle deviendra bientôt dans les milieux câblés de la ségolénie la « démo part' ». Jusqu'alors, Poitou-Charentes avait l'habitude de vivre au rythme de la « gouvernance » raffarinienne. Au fil du temps, les mots changent. Comme la mode.

Denis Leroy, c'est un drôle de paroissien, une sorte de multicarte actif repéré dans le courant des années 1980 par le radical de gauche Michel Crépeau, maire « historique » de La Rochelle. À l'amorce d'une quarantaine triomphante, Leroy est un personnage incontournable de Villeneuve-les-Salines, un quartier rochelais, où il œuvre dans l'univers du socio-culturel. Il a créé, dans le secteur, un collectif des associations ; il participe à l'animation d'une radio locale proche de la mairie. L'homme passe bien, il a autant d'entregent que de bagout.

Michel Crépeau le recrute pour s'occuper de communication à la veille des élections municipales de 1989, qui auront pour le maire sortant des allures de plébiscite puisqu'il est réélu très confortablement dès le premier tour.

Mais la chance tourne lors des législatives de 1993. Comme on dit dans le pays d'Aunis, « les mouches ont changé de bourrin ». Crépeau a gravé sur une poutre de son refuge du bord de mer quelques mots d'Épicure. Son choix de vie, son objectif politique à l'intention de ses mandants : « Le bonheur est un devoir. » Cela n'est pas suffisant pour éviter d'être emporté par la vague bleue. Il est battu.

Comme tous les politiques trop sûrs d'eux-mêmes, il se persuade que sa défaite ne peut être due qu'à son entourage. Du sang neuf est indispensable. Le mal électoral devient un bien pour Leroy baptisé déjà « le fou du roi », une appellation qui se féminisera avec le temps pour devenir, une décennie plus tard, « le fou de la reine ». Désormais, à la mairie, il est le patron de la « com ».

Deux ans plus tard, pour les municipales, il est très officiellement bombardé directeur de campagne tout en figurant en bonne place sur la liste. Preuve que sa « tchatche », son sens du contact, sa parfaite connaissance d'un quartier populaire, où bien des voix ont manqué, ont vraiment séduit.

Le « socio-cul » est déjà loin. Difficile de le deviner derrière l'homme affable en costume-cravate qui donne sa pleine mesure lors de cette bataille municipale gagnée haut la main. Il est au sommet de son influence dans la cité « belle et rebelle » lorsque Michel Crépeau, comme Molière, est victime d'un arrêt cardiaque alors qu'il se produit à l'Assemblée nationale. Il meurt quelques jours plus tard. Leroy est assis aux côtés des croque-morts dans le corbillard ramenant le corps en Charente-Maritime. Il veille le maire défunt sans discontinuer.

« Durant ces heures, on a assisté à une véritable compétition afin de savoir qui se montrerait le plus proche de Crépeau. Leroy en a tant fait que certains l'ont accusé de tentative de captation d'héritage », se souvient un membre du conseil municipal. Avant d'ajouter : « Avec le recul, je crois qu'il a voulu montrer cette grande proximité pour éviter d'être écarté par ceux qui allaient reprendre le manche... » Ce qui allait être plus ou moins le cas puisque Maxime Bono, le nouveau député-maire, n'allait pas l'intégrer dans sa garde rapprochée.

N'empêche, en dix ans, la trajectoire de Denis Leroy a été fulgurante. Ce qui a suscité bien des jalousies. La place qu'il a prise au sein de l'exécutif rochelais a naturellement fait des déçus, lesquels distillent les pires vacheries sur le compte de « Gros nez », l'un des surnoms dont il a hérité.

Si ses adversaires sont bien obligés de reconnaître sa ténacité, sa capacité à faire passer le message municipal, ils ne se privent pas pour critiquer ses méthodes, parlant de « perversité », de « culot éhonté ». En toile de fond, de manière récurrente, c'est la vie privée de cette figure de proue du milieu gay rochelais qui est mise en exergue. Denis Leroy revendique haut et fort ses préférences : c'est un militant de la cause homosexuelle, il ne s'en cache pas, bien au contraire. « C'est son affaire, cela ne nous regarde pas », note un proche de la mairie, avant d'ajouter : « Par contre, parfois, il pourrait éviter de s'afficher dans des situations rappelant plutôt la cage aux folles que la gestion municipale. »

On comprend aisément qu'à l'été 2003, face à l'enthousiasme avec lequel Leroy décrit la tâche qui va être la sienne, évoquant son plaisir profond de travailler aux côtés de Ségolène Royal, les persifleurs glissent : « Denis a enfin trouvé la femme de sa vie. » Ils ne se trompent pas :

dix ans plus tard, le couple tient toujours la rampe. Le Rochelais émarge aujourd'hui au ministère de l'Écologie, où il œuvre au bonheur des Français en tant que conseiller fort écouté du numéro 3 du gouvernement Valls dans l'ordre protocolaire.

3

Pour ces régionales de 2004, Ségolène Royal veut réaliser un sans-faute ; elle sait mieux que quiconque l'enjeu, à court comme à moyen terme, que représentent – à commencer pour elle... – ces élections. Même si elle s'efforce de faire croire le contraire. En effet, dans une interview à *Sud Ouest*[1], peu avant Noël, soit trois mois avant le scrutin, elle explique très sérieusement que ces régionales ne changeront pas grand-chose à son avenir. Pourquoi ? Parce que « ma carrière est faite ». « Je ne me lance pas dans ce combat en espérant obtenir d'autres responsabilités ensuite, puisque je les ai déjà eues. » Si elle le dit, c'est probablement qu'elle le pense...

N'empêche, elle s'oblige à jouer la carte d'une extrême proximité avec les détenteurs d'un bulletin de vote ; puis elle se fixe un objectif, réunir la gauche, toute la gauche, dont jamais elle ne déviera, quoi qu'il lui en coûte.

Elle occupe le terrain en permanence, distribue les sourires à s'ankyloser la mâchoire, « ce sourire à part et souverain », un sourire que « les thanatopracteurs imitent

1. *Sud Ouest*, 12 décembre 2003. Propos recueillis par l'auteur.

très bien quand ils font la toilette d'un cher disparu», ainsi que l'écrit Philippe Muray dans un pamphlet[1]. Elle serre chaque semaine des tonnes de mains, ce qui en fait beaucoup. Une ligne directrice: taper fort sur sa grosse caisse afin d'obtenir, au quotidien, un maximum de résonance médiatique.

Sa notoriété, son sens de la communication, son sourire qui se déclenche automatiquement dès lors qu'apparaît une caméra en font la candidate idéale. Elle donne le sentiment de posséder le don d'ubiquité, d'être partout à la fois, toujours disponible, avenante, capable de répondre à tout, même aux questions que personne ne lui a posées. Elle passe les derniers mois précédant le scrutin à intervenir sur quantité de plateaux de télévisions nationales... quand sa concurrente apparaît de temps à autre sur celui de la chaîne régionale.

Cela ne suffit pas? Qu'à cela ne tienne, la droite lui fournit un bon coup de main en bégayant sa précampagne. Trop longtemps circule l'hypothèse d'une candidature Raffarin, avant que ce soit celle du «jumeau», Dominique Bussereau. Le jour où le Premier ministre fait savoir qu'il renonce, Ségolène Royal s'en donne à cœur joie, l'accusant «d'abandonner la région lui ayant permis de se fabriquer un destin national».

Au moins, les choses sont claires: Élisabeth Morin va cesser d'être assise entre deux chaises, d'occuper, à son corps défendant, le rôle de leader par défaut. Ce n'est pas pour autant qu'elle entre en campagne dans la foulée: le retard accumulé ne peut être résorbé dans l'instant. La malheureuse ne trompe personne lorsqu'elle essaie de justifier

---

1. Philippe Muray, *Le Sourire à visage humain*, Paris, Manitoba-Les Belles Lettres, 2007.

sa relative absence dans le débat par l'abondance de travail réclamée par la gestion régionale.

La socialiste a installé son quartier général au cœur de Poitiers, rue des Vieilles-Boucheries, certains s'empressant d'y voir, dans un bel éclat de rire, le signe annonciateur d'une bataille terrible ne pouvant se terminer que dans le sang ! Là, dans cette ancienne boutique tout en longueur, sans en avoir l'air, elle surveille, depuis une estrade installée dans le fond de la grande pièce, toutes les allées et venues. Pour peu que débarque quelqu'un qu'elle ne connaît pas et qui, éventuellement, pourrait être journaliste, elle se précipite, le visage fendu d'un beau sourire de bienvenue. Si la personne en question avoue être passée par là pour accompagner un ami, elle tourne les talons et rejoint son poste d'observation sans même prendre la peine de saluer l'arrivant...

À partir de ce centre des opérations, elle galope partout à bride abattue, dans les villes et les villages. Elle y reçoit un excellent accueil de la part d'une population à la fois ébahie, fière, intimidée et curieuse d'avoir face à elle, « en vrai », la dame vue si souvent à la télé.

Le show est rodé. C'est Denis Leroy qui endosse l'habit d'animateur. Visiblement marqué par le style de Roger Lanzac – il en conservera le surnom – présentant, voilà des décennies, *La Piste aux étoiles*, le directeur de campagne en rajoute des louches lorsque, chauffant la salle, il fait de Ségolène Royal une véritable star. Ce n'est pas Madonna, mais ça y ressemble. L'intéressée fait mine de rabattre l'enthousiasme de son obligé emphatique avant d'assurer savoir capter « la vérité du regard » et ainsi percevoir qu'il existe « beaucoup de gens qui souffrent ». Elle vient « écouter pour agir juste », assurer avoir toujours été animée par « la morale de l'action ».

En parfaite professionnelle, elle maîtrise remarquablement son discours. Il repose sur deux socles : dire aux gens ce qu'ils ont envie d'entendre – « c'est vous qui construisez mon programme » – avant de taper à bras raccourcis sur la maison d'en face.

Élisabeth Morin reçoit quelques flèches ; est dénoncé son train de vie qu'on devine, entre les mots de Mme Royal, somptuaire. Le propos est malin : ce n'est pas dit mais fortement suggéré. Cela à travers un symbole, celui de sa voiture de fonction. Elle roule en Vel Satis, un véhicule loué par la Région. « A-t-on besoin d'une automobile aussi luxueuse ? » interroge la candidate avant de lancer : « Moi présidente, j'utiliserai une simple Laguna, c'est bien suffisant. »

La cible principale demeure « le » sortant, Jean-Pierre Raffarin, accusé de la pire des gabegies durant ses quatorze années passées aux manettes de Poitou-Charentes. Avant qu'il ne soit montré du doigt en tant que chef d'un gouvernement se désengageant sans cesse de nombre de ses obligations vis-à-vis des collectivités territoriales.

En fait, dans ces interventions, Ségolène Royal poursuit une vieille bagarre entamée depuis bien longtemps avec Jean-Pierre Raffarin. Tous deux sont apparus dans le paysage régional la même année, en 1988, tous deux ont accédé, dans cette zone englobant les quatre départements, au titre de champion incontesté de leur équipe respective. Ce n'est un secret pour personne qu'ils se détestent, même pas cordialement comme le veut la formule. En privé, ce ne sont pas des ingrats dès lors qu'il s'agit de balancer des vacheries sur le compte de l'adversaire. À ce propos, une anecdote vaut le détour.

Un soir de campagne sénatoriale, Jean-Pierre Raffarin fait étape chez son vieux complice Dominique Clément, maire de Saint-Benoît, commune périphérique de Poitiers. Clément est l'un de ses plus proches amis avec l'autre Dominique, à savoir Bussereau. La réunion avec les grands électeurs terminée, l'heure est à la décontraction, en petit comité. La discussion vient à porter sur Ségolène Royal et son « art du mensonge ». « De toute ma carrière politique, droite et gauche confondues, jamais je n'ai rencontré quelqu'un d'aussi menteur », assure Raffarin avec, dans la voix, des intonations accusatrices, certes, mais également respectueuses compte tenu du niveau auquel il situe la performance.

Sur le terrain, Royal et Raffarin passent leur temps à s'éviter, faisant néanmoins en sorte de glisser une peau de banane sous les pieds de l'autre dès que l'occasion se présente. Les exemples fourmillent.

Un jour de juin 2001, c'est en lisant le journal que Raffarin apprend que son adversaire, alors ministre de la Famille dans le gouvernement Jospin, s'est rendue entre Deux-Sèvres et Vendée inaugurer un tronçon d'autoroute dont la réalisation a été financée en partie par le conseil régional qu'il préside... « Mais qu'est venu faire un ministre de la Famille couper un ruban dans le domaine routier ? » s'emporte un élu de droite. « Elle s'est déplacée pour expliquer qu'il était fortement conseillé de ne pas oublier les enfants sur les aires d'autoroute », s'entend-il répondre par l'humoriste de service.

Sensiblement à la même période, le dossier d'un centre international caprin atterrit sur le bureau du conseil régional. Ah ! la biquette, cette grande et belle richesse du Poitou-Charentes ! On en recense alors la bagatelle de 250 000 dans la région, la première de France quant à la production et à la transformation du lait de chèvre. Les Deux-Sèvres se taillent la part essentielle de la filière, regroupant 58 % de l'élevage (principalement dans le pays mellois) et la plupart des fromageries. Où Jean-Pierre Raffarin va-t-il implanter son centre international ? Dans le sud de la Vienne, en bordure d'une route nationale, loin de tout mais surtout très loin, le plus loin possible de Melle. Pour faire la nique à qui ? On se le demande. Mais on verra que la vengeance sera terrible…

Donc, durant cette campagne, c'est à Raffarin que s'adresse la tête de liste socialiste, cognant le plus fort possible avec constance et volupté. Se sachant observée par l'ensemble des médias nationaux, elle joue sur tous les échelons, allant jusqu'à « sincèrement » regretter que le Premier ministre ne soit pas à la hauteur. « Il convient qu'il se ressaisisse », espère-t-elle en novembre, ajoutant qu'à ses yeux, « par manque de professionnalisme, le gouvernement ne sait pas anticiper, pas mesurer les conséquences de ses décisions ». Déjà ce côté « maîtresse d'école », toujours prête à faire la morale à la terre entière, une attitude qu'elle entendra souvent lui être reprochée…

Raffarin, dès qu'il le peut, est aux côtés d'Élisabeth Morin, « sa dame de cœur », par opposition à « la dame de pique ». « Une dame de pique, pour moi, c'est une femme qui a du caractère. Il n'en a pas l'habitude », rétorque la candidate socialiste, laquelle, d'entrée, fait montre de son tempérament en prévenant les grandes figures du parti que plus ils se tiendront loin de Poitou-Charentes durant la campagne, mieux ce sera. « Je n'ai besoin de personne, surtout pas de soutien extérieur », impose-t-elle.

Elle est entendue, d'autant plus que depuis des années, elle a fini par exaspérer la plupart des « éléphants » socialistes. Hormis François Hollande, premier secrétaire, qui débute sa tournée des régions par celle où se présente la mère de ses enfants (c'est ce soir-là, à La Rochelle, qu'il lance cette formule que d'aucuns ont prise pour un cri du cœur : « Quand on a Ségolène, on la garde »), hormis Dominique Strauss-Kahn aperçu furtivement au bras d'Anne Sinclair un samedi matin sur un marché charentais, Mme Royal se débrouillera toute seule.

Le meilleur moyen de s'afficher en opposition complète face à Mme Morin, puisque celle-ci « bénéficie » de la venue de plusieurs ministres, les uns et les autres débarquant avec une hotte pleine de cadeaux, comme Gilles de Robien, ministre de l'Équipement et des Transports, lequel, miraculeusement, deux mois avant l'élection, en grattant les fonds de tiroir, dégotte 20 millions d'euros affectés aux routes de la région. Un Père Noël en janvier, ça ne passe pas inaperçu ! D'autant plus que ce jour-là, Robien, en service commandé, affiche une humeur massacrante. Et quand le Père Noël fait la gueule, ça se remarque d'autant plus ! Élisabeth Morin reçoit Nicolas Sarkozy, le ministre de l'Intérieur, à Angoulême pour le lancement de sa campagne, Michèle Alliot-Marie, la ministre de la Défense, dans les Deux-Sèvres ; elle programme un meeting avec Jean-Pierre Raffarin à La Rochelle pour l'entre-deux-tours. Ségolène Royal multiplie les réunions, les rencontres avec, à chaque fois, une seule et unique vedette : Ségolène Royal.

Par contre, pour unir toutes les composantes de la gauche, il va lui falloir faire preuve d'une qualité dont la nature semble l'avoir pourvue avec parcimonie : la patience.

Pas de problème avec les écologistes puisque, dès le départ, son souhait est de teinter fortement ses listes en vert. L'ancienne ministre de l'Environnement ne cesse d'ailleurs de rabâcher que si elle est élue, Poitou-Charentes va devenir le laboratoire de l'excellence environnementale. Cela semble constituer l'une de ses louables obsessions avec le souci permanent de la justification des dépenses publiques. Ce qu'elle traduit par une formule qu'elle répétera à l'envi des années durant: « Un euro dépensé doit être un euro utile. »

Les verts aux anges, les radicaux de gauche vite calmés, restent les communistes à qui il n'est pas aisé de faire admettre que leur influence ne va pas – doux euphémisme – grandissant. D'autant plus qu'à leur tête, ils ont un chef indéboulonnable connu pour être un redoutable négociateur, à savoir Paul Fromonteil.

Encore un sérieux client que cet imposant costaud à la voix douce, amoureux du bel canto et de l'opéra, vieux briscard de la politique régionale. Implanté à Châtellerault, il a été de tous les combats homériques localement engagés par Édith Cresson contre la famille Abelin. À 74 ans, doyen du conseil régional où il siège depuis plus de vingt ans, Fromonteil est le patron incontesté du PC dans la région, un titre remporté sans combattre. Personne n'a songé à disputer cette prédominance à celui qui a été, longtemps – quinze ans, entre 1976 et 1990 –, le plus proche collaborateur de Georges Marchais, son secrétaire particulier.

Avoir rencontré Khrouchtchev, Mao et consorts, ça vous forge un homme, ça lui donne la force d'affronter une femme désireuse de lui jouer un mauvais tour. Aussi, quand Ségolène Royal tente de réduire au maximum l'influence des communistes sur ses listes, se heurte-t-elle à un mur. Et à une sacrée grande gueule n'ayant pas de mots assez durs pour définir les pratiques des socialistes. « Des méthodes de soudards », hurle Fromonteil, excédé, ou du moins faisant parfaitement semblant de l'être. Et de grimper aux rideaux avec une extrême agilité en menaçant – sans que personne n'y croie vraiment – de partir à la bagarre sous son propre étendard.

Prudente, Ségolène Royal finit par envoyer des émissaires à plusieurs réunions « de la dernière chance », comme lors d'une froide soirée de décembre où quantité de gens attendent, près de l'abbaye aux Dames de Saintes, qu'une fumée blanche annonce un accord. Les discussions s'éternisent, les négociateurs ne reviennent pas, on papote en patientant. La politique d'Élisabeth Morin devient sujet de conversation. La présidente en titre se voit chaudement habillée pour l'hiver ; elle est vertement critiquée, en particulier à propos d'une aide importante accordée au Medef. Au moment où la discussion va embrasser un autre thème, on entend Jean-François Fountaine nuancer fortement les propos de ses amis : « Eh bien moi, je crains qu'Élisabeth, nous la regrettions très rapidement... »

C'est le jour de la venue de Hollande à La Rochelle, après des mois de palabres, que les communistes intègrent les listes Royal. En ayant gagné leur bras de fer : ils obtiennent autant de places éligibles qu'ils occupaient de sièges dans la mandature précédente. À compter de ce jour, Fromonteil, dit « Paulo les Bretelles », ne jure plus que par Ségolène Royal. Il vient enfin, persiflent certains, de rencontrer son idéal de petite mère des peuples...

Autre point de friction : la Vienne, où Jacques Santrot, député-maire PS de Poitiers, intronisé tête de liste – au diable le non-cumul des mandats –, veut placer en bonne position l'un de ses fidèles, Jean-François Macaire. Ségolène Royal s'y oppose, au motif que celui-ci, lors d'une récente consultation, n'a pas été fichu de conserver dans l'escarcelle socialiste le canton où sa mission consistait à succéder à un camarade sortant. Ce qui ne manque pas de sel puisqu'elle a vécu le même drame... Il faut d'ailleurs le lui rappeler pour qu'elle finisse par céder. Bien lui en a pris : Macaire deviendra l'un des membres influents du groupe des admirateurs béats de celle qui n'est encore que la députée des Deux-Sèvres. Dix ans plus tard, il lui succédera lorsqu'elle abandonnera – à son tour… – Poitou-Charentes pour le ministère de l'Écologie. Mais nous n'en sommes pas là…

Elle cède aussi en Charente… après avoir tenté de passer en force, une tactique dont elle use fréquemment. Elle a en effet décidé qu'une femme non encartée au PS serait tête de liste. D'ailleurs, elle l'annonce lors d'un point presse, à la mi-novembre. Royal dans les Deux-Sèvres, Santrot dans la Vienne, Fountaine en Charente-Maritime et Cécile Forgeron en Charente, tels sont les quatre noms avancés… et validés par la commission électorale du parti, laquelle ne refuse rien à la femme du chef. Le hic, c'est que militants et élus charentais ne sont pas au courant. Et quand ils l'apprennent, en lisant le journal, c'est la fronde. Ils bâtissent une nouvelle liste menée par le secrétaire fédéral, laquelle est plébiscitée par les adhérents. Exit Cécile Forgeron qui se retrouve en queue de liste et devient présidente du comité de soutien… Et dire que la campagne, lancée depuis des semaines, sans le moindre temps mort, va devoir s'étirer jusqu'au 21 mars. Vivement le printemps ! Car il faut bien avouer que le flot de paroles, de promesses, de part et d'autre, ne parvient pas à cacher qu'au fil des jours, le suspense s'amenuise.

Rapidement, acteurs comme observateurs ont compris que la messe était dite. La notoriété écrasante de Ségolène Royal, ajoutée à l'impopularité d'un gouvernement rejaillissant automatiquement sur les listes de droite, a plié le match. Il suffit d'observer chaque déplacement du Premier ministre dans « sa » région, où son image est pourtant moins dégradée que dans le reste du pays, pour comprendre que le mal est profond. Les services de Matignon doivent à chaque fois refuser de dévoiler l'emploi du temps, le programme des visites, pour éviter les manifestations. Et dès qu'un rendez-vous est connu, comme sa participation à un meeting, c'est derrière des barrières et des cordons de CRS que se déroule une campagne se voulant de proximité...

La socialiste installée dans la posture de favorite, ce n'est pas pour autant que le débat va baisser d'intensité, que les dames vont vivre une pause dans leur duel acharné. Elles continuent sur leur lancée.

Ségolène Royal dévide son programme, sept thèmes fort classiques (emploi – avec les fameux 5 000 emplois tremplins –, éducation, environnement, agriculture et activités maritimes, vie en région, santé, équipement), l'annonce de mesures simples mais efficaces, palpables pour le plus grand nombre, tels la gratuité des livres dans les lycées ou l'arrêt de la culture des OGM en plein champ. Elle ne néglige aucun détail, a recours aux plus grosses des ficelles afin de conserver dans ses filets le plus grand nombre de gens rencontrés ici où là. Ainsi, tous ceux qui participent aux réunions de travail animées par ses soins reçoivent-ils quelques jours plus tard un courrier de la députée des Deux-Sèvres sur son papier à en-tête de l'Assemblée nationale. Dans cette missive, elle ne peut cacher sa joie d'avoir eu un « échange approfondi » avec ces personnes sur leurs « projets » et les « sujets les préoccupant ». Une signature manuscrite suit les « amicales salutations ». La démarche, vieille comme le monde, relève désormais, au pays de la gouvernance raffarinienne et de la « démo part' » ségoléniste, du marketing politique.

La campagne va continuer avec ses hauts et ses bas, ses coups de gueule entre les deux principaux camps, lesquels sont parvenus à éclipser les trois autres listes, l'une représentant l'extrême gauche, la seconde les chasseurs (elle est menée par le sortant Gérard Fontenay, l'un des trois ayant « fait » Raffarin) et, enfin, celle du Front national rangée sous la bannière de Jean-Romée Charbonneau, un salarié du Crédit Agricole (dont le slogan se veut pourtant « Le bon sens près de chez vous ») à la carrure de fort des Halles.

La période des fêtes a fourni à Ségolène Royal un nouvel angle d'attaque puisqu'elle a appris que le Poitou-Charentes était la région retenue par l'épicerie de luxe Fauchon – contre un joli paquet d'euros – afin que soient mis en avant ses produits du terroir. La candidate ne se prive pas de railler cette initiative dénoncée comme une opération de communication politique.

Autre événement où le Poitou-Charentes tient la vedette, le traditionnel Salon de l'agriculture. Celle qui s'est illustrée dans la défense du chabichou en fait tout un fromage, criant au scandale en cette année électorale, voyant dans ce « favoritisme » le résultat d'une intervention discrète du Premier ministre. Lequel s'en défend, rappelant qu'à chaque édition, l'immense manifestation à la gloire de l'agriculture rend hommage à une province de notre beau pays. Pour peu que la région en question accepte de mettre très sérieusement la main à la poche, les équipes de Mme Royal chiffrant cette participation à un demi-million.

En conséquence, Jean-Pierre Raffarin s'applique à en avoir pour son argent (à tout le moins celui des contribuables picto-charentais) puisqu'il sillonne, début mars, les allées du salon sept heures durant, battant ainsi le record de présence des politiques. Il faut souligner que pour cette édition, Chirac a joué petit bras en ne restant « que » cinq heures. Raffarin, collé au train par une

Élisabeth Morin parfaitement consciente de l'enjeu de la journée, croisant les doigts afin que survienne un miracle dans cette région essentiellement rurale.

Et pendant ce temps, toujours sur le stand du Poitou-Charentes, à deux pas de ses adversaires Morin et Raffarin, Ségolène Royal pose, pas trop intimidée, aux côtés d'un énorme bestiau bien pourvu sous tous rapports, remarquablement charpenté, tout juste déclaré vainqueur du concours des taureaux de race parthenaise. Il a gagné haut le sabot et il porte un nom prédestiné : son propriétaire l'a baptisé... Royal.

Quittons le salon de la porte de Versailles pour revenir sur les terres régionales afin d'assister à ce qui restera comme le meeting le plus drôle de cette campagne. À savoir, celui que Jean-Louis Borloo, alors ministre de la Ville, tient à Saintes un vendredi, à une dizaine de jours du scrutin. Avec son habituel ton gouailleur, il ne cache pas être venu apporter son soutien à Élisabeth Morin sur ordre de Matignon. « Je suis en service commandé », confesse-t-il dans un éclat de rire après son show, tout en serrant très fort la bouteille de cognac offerte par son collègue du gouvernement et local de l'étape, Dominique Bussereau.

Ce soir-là, tout ce que la droite de Charente-Maritime compte de têtes couronnées est sagement assis sur l'estrade, les unes comme les uns balançant de leur mieux leurs flèches les plus empoisonnées en direction de la concurrence « socialo-communisse », comme on dit dans le pays.

Les prises de parole de deux femmes sont particulièrement remarquées. Celle de Bernadette Schmitt, la puissance invitante, d'abord. Maire de Saintes, elle ne veut pas manquer l'occasion de rappeler à Borloo qu'elle était dans ses bureaux voilà peu et qu'elle attend son enveloppe pour la réhabilitation de quartiers populaires.

Élisabeth Morin, ensuite, qui s'applique, malgré l'amoncellement de noirs nuages, à jurer que tout est encore possible. Elle muscle son propos et assène quelques sévères coups de griffe à son adversaire, montrant, si besoin en était, que le mépris – voire la morgue – affiché dans le camp d'en face ne la laisse pas sans réaction.

Parfaitement décontracté, Borloo arrive au micro bien décidé à faire le job réclamé par le Premier ministre. En préambule, il s'adresse aux saintais présents dans la salle, leur reprochant, sur le ton d'une confidence souriante, d'avoir porté un sacré pot de colle aux manettes municipales. « Mme Schmitt était effectivement au ministère voilà peu. Pas facile de la mettre dehors avant qu'elle ait obtenu ce qu'elle veut », assure-t-il. Puis l'ancien avocat de Bernard Tapie de se tourner vers l'élue : « Votre insistance a été telle que je n'ai pas oublié que c'est une aide de 28 millions que vous êtes venue réclamer. Eh bien, vous ne les aurez pas ! » Il marque un temps d'arrêt et assène : « C'est 30 millions que je vous accorde ! »

À ces mots, la timide Bernadette Schmitt bondit de son fauteuil, se précipite sur l'orateur afin de lui claquer une bise d'anthologie. Noyé dans le public, Christian Florek, longtemps directeur de cabinet de Jean-Pierre Raffarin à la région avant de suivre le chef du gouvernement à Paris pour s'occuper des affaires réservées (et principalement les dossiers concernant Poitou-Charentes), apprécie en connaisseur : « S'il me donne 30 plaques, je veux bien l'embrasser moi aussi », glisse-t-il.

Borloo est parti. Puisqu'il vient d'oser dépasser les bornes, pourquoi ne pas franchir les limites du raisonnable ? Dans un propos montrant que les services de la région ont fait un excellent travail en lui fournissant la trame de son intervention, il balaie avec précision la liste des quartiers des quatre départements ayant grand besoin d'un coup de jeune. À l'issue de l'inventaire tombe la promesse, aussi énorme qu'inespérée. « Ce soir, devant vous, je m'engage à ce que Poitou-Charentes perçoive 300 millions de l'État pour ses opérations de rénovation urbaine. »

Heureusement qu'il est assis, sinon Christian Florek se serait retrouvé cul par-dessus tête. « Il fait vraiment fort ! 300 briques ! À ce prix-là, j'en connais beaucoup qui se laisseraient faire... », plaisante-t-il grassement, montrant, une fois encore, que c'est toujours l'argent qui manque.

300 millions, une paille ! L'information vaut le détour : que l'un des poids lourds du gouvernement débarque, sur ordre du Premier ministre, tenir meeting, quasiment à la veille d'un scrutin, dans un secteur politiquement très sensible, et qu'il se laisse emporter par une promesse financière représentant la bagatelle des deux tiers du budget régional, l'affaire relève soit d'une superbe ingérence, soit d'une piètre considération de l'auditoire pris, dans son ensemble, pour une bande de benêts, au cas par cas, pour des ignares indécrottables.

Le lendemain, le choix est arrêté de faire figurer comme elle le mérite l'histoire des 300 millions dans l'édition dominicale de « *Sud Ouest* ». Le hasard veut que, ce même jour, se tienne localement une manifestation marquée par la présence de plusieurs des candidats de la liste Royal en Charente-Maritime. En particulier le numéro 2 de celle-ci, Catherine Quéré, le chignon impeccable comme à l'ordinaire, avec son look de femme rassurante, certaine, au jour de sa reconversion, de pouvoir se recycler dans la pub pour les produits laitiers. Le seul dommage pour cette viticultrice appelée à devenir l'une des têtes de pont du groupe des adoratrices béates de Ségolène Royal, c'est que les vaches ne mangent pas de raisin.

Mise au courant de la valse des millions avec Borloo à l'accordéon, elle affiche un visage pour le moins inexpressif. Étrange. D'autant plus que l'univers du cognac a la réputation non usurpée de savoir parfaitement compter. Bien des acteurs de ce petit monde de l'eau-de-vie charentaise n'ont d'ailleurs, dit-on, pour principal objectif, à l'issue de leur passage sur terre, que celui de mourir le plus riche du cimetière.

« 300 millions, mais c'est énorme par rapport au budget de la région ! » Catherine Quéré ne réagit toujours pas. La somme serait évoquée en javanais ou dans un dialecte parlé au fin fond de l'Ouzbékistan qu'elle ne comprendrait pas plus l'incongruité de l'engagement de Borloo. À se demander si elle a la moindre idée du montant du budget de cette région qu'elle aspire à diriger aux côtés de Mme Royal.

La question s'impose : « Poitou-Charentes, c'est un budget à hauteur de quelle somme ?

– Mais enfin, je le sais quand même. Je n'ai pas à répondre à pareil interrogatoire... »

La partie de ping-pong va durer une bonne minute.

« Je le sais...

– Combien ?

– Je le sais.

– Combien ? »

La candidate finit par flancher. D'une toute petite voix trahissant une incertitude absolue, elle lâche un chiffre : « 19 millions ? »

À dix jours du premier tour des élections régionales de 2004 en Poitou-Charentes, après des mois de campagne, la numéro 2 de la liste Royal en Charente-Maritime est encore dans le flou artistique, ignorant que chaque année, 450 millions transitent par la caisse régionale. Par contre, l'affaire des 300 millions, vite reprise par les agences de presse, fait des gorges chaudes. Dommage que le classement des promesses démesurées n'ait jamais été établi. Borloo serait sûrement sur le podium.

Depuis, beaucoup de temps a passé. L'ignorance de Catherine Quéré ne l'a pas empêchée d'être élue députée en 2007 et de devenir quelqu'un de connu au sein du groupe socialiste puisque ses petits camarades, en la voyant débarquer le mardi matin à l'Assemblée, traînant sa valise tout en demandant naïvement de quoi la semaine va être faite, l'ont surnommée « Club Med ». Ségolène Royal collectionnera elle aussi les « p'tits noms » plus ou moins charmants, le plus utilisé d'entre eux demeurant « la Princesse ».

Et les 300 millions ? Bien évidemment, la région Poitou-Charentes n'en a jamais vu la couleur. Ce n'est pourtant pas faute de les avoir réclamés…

4

La publication d'un sondage dans les colonnes de *Sud Ouest Dimanche*[1], une semaine avant le premier tour, va confirmer, avec encore plus d'ampleur que prévu, ce dont chacun est persuadé depuis longtemps. À savoir que Ségolène Royal vole vers la victoire.

Cette étude d'opinion ne laisse planer aucun doute. Dans tous les cas de figure (en clair, même si les chasseurs et le Front national sont éliminés dès le 21 mars, synonyme d'un éventuel réservoir de voix pour la droite au second tour), la gauche est assurée de l'emporter. Lors du traditionnel décryptage avec les sondeurs, d'ordinaire assez prudents, toute réserve est levée. Leur étude ne laisse pas la moindre place à l'incertitude tant les écarts sont importants.

Les réactions des deux candidates sont classiques. Ségolène Royal, subrepticement glissée dans le costume de la petite fille timide, un peu façon rosière socialiste, modeste, forcément modeste, prend acte avec gourmandise, enfonce encore un peu le clou en expliquant que ce

1. *SOD*, 14 mars 2004.

résultat montre à quel point la population ne supporte plus ce gouvernement Raffarin, tout en invitant – classicisme là encore – à la prudence : ce n'est qu'à l'issue du vote que le résultat sera officiel, pas avant. Un point de vue que ses partisans originaires de la région résument d'une image agricole en affirmant que « c'est à la fin de la foire qu'on compte les bouses ».

Côté Élisabeth Morin, pas question de laisser paraître le moindre signe d'abattement. « Il nous reste encore une semaine de campagne pour convaincre », dit-elle, tout en resservant le sempiternel argument des politiques à la lecture de sondages catastrophiques. « À chaque élection, les sondages apportent la preuve qu'ils ne sont pas fiables », rappelle-t-elle. La voix est néanmoins légèrement marquée par la lassitude. Les efforts déployés pour tenter de donner le change s'avèrent insuffisants.

À l'issue du dépouillement du premier tour, huit jours plus tard, à droite, la cabane est bel et bien tombée sur le chien. On peut même parler de débâcle. Les sondeurs avaient dit vrai…

Élisabeth Morin n'atteint pas les 33 %, Ségolène Royal a passé la barre des 46 % et le Front national, juste au-dessus des 10 %, peut se maintenir. Le camp des sortants ne peut même pas aller faire brûler des cierges dans l'espoir de capter les abstentionnistes le dimanche suivant puisque la participation frôle les 65 %. Miracle impossible, l'affaire est pliée.

C'est bien le sentiment que partagent tous ceux qui font le déplacement vers La Rochelle, au début de cette semaine d'entre-deux-tours qui s'annonce longue, très longue pour les troupes de la présidente sortante. Depuis belle lurette, son équipe a retenu l'immense parc des expositions pour ce meeting présenté, avant le désastre, comme capital. Celui-ci va plutôt se transformer en veillée funèbre.

Certains ont d'ailleurs plaidé pour l'annulation pure et simple de ce rendez-vous auquel participe Jean-Pierre Raffarin. La salle, capable d'accueillir près de 4000 personnes, a dû être réduite artificiellement à l'aide de tentures installées à la hâte. Des chaises ont été retirées. Tout au plus 1000 personnes ont bravé le froid. À l'évidence, les causes désespérées incitent à pantoufler devant la télé.

De l'extérieur, parviennent les slogans hurlés par des militants syndicaux du cru, bien vite rejoints par plusieurs centaines d'étudiants venus de Poitiers. Tout ce petit monde est maintenu à distance par les gardes mobiles et les CRS, lesquels, sur instruction préfectorale, ferment purement et simplement toutes les portes à double tour. Quelques sympathisants de l'UMP, arrivés en retard, ne peuvent que rebrousser chemin, les forces de l'ordre leur assurant qu'ils n'ont pas les clés. Décidément, les cochons sont dans le maïs !

Les orateurs font « comme si ». Comme si le premier tour n'avait pas eu lieu. Face à ce public résigné au sein duquel sont agitées mollement des pancartes dérisoires, Élisabeth Morin fait preuve d'une belle volonté, d'une vraie pugnacité. Coûte que coûte, elle veut assurer jusqu'au bout. Cette énergie du désespoir ne change pas l'état d'esprit chez nombre de ses plus chauds soutiens, lesquels ne cachent pas que « c'est foutu ». « Elle me fait de la peine, elle ne mérite pas cela », glisse, au bord des larmes, l'une de ses amies.

Deux jours plus tard, c'est à Angoulême que Ségolène Royal a convié ses partisans. Dans l'après-midi, elle revient à la charge pour distribuer ses tracts devant le siège de Leroy-Somer, là même où elle s'est fait jeter comme une intruse par les représentants de la direction, en tout début de campagne, après avoir osé franchir les grilles du site industriel. Une seule explication: « Pas de politique ici. » Risible pour qui sait que l'ancien patron de l'entreprise, Georges Chavanes, n'a jamais mis son mouchoir sur ses opinions durant toutes les années où il a dirigé la maison avant, une fois l'heure de la retraite sonnée, de devenir député, ministre du gouvernement Chirac lors de la première cohabitation, puis maire d'Angoulême. « Entreprise apolitique... de droite », aurait raillé Coluche. La contradiction fait plutôt sourire Ségolène Royal. Elle est sur un nuage, elle plane, elle s'amuse en remarquant que les regards portés sur elle, ce jour-là, ne sont plus les mêmes qu'à l'automne...

Elle tient sa revanche. En soirée, c'est un triomphe qui l'attend dans la salle des fêtes archipleine d'une commune voisine au nom prédestiné: La Couronne. C'est une reine qu'un public en liesse est venu fêter. *Standing ovation*. Des supporters sous le charme, complices lorsqu'ils entendent celle qui n'est plus tout à fait la candidate redire toujours et encore son programme en prenant bien soin, un sourire jusqu'aux oreilles, de précéder chaque chapitre de la mention: « Si nous sommes élus... »

Comme grisée par l'ambiance, elle va jusqu'à promettre la mise en place, « si nous sommes élus », évidemment, d'un « observatoire des engagements ». Il convient de noter que Ségolène Royal est une chaude partisane des observatoires en tous genres. Une sorte de petit Poucet des observatoires. À l'écouter, des observatoires, elle en sèmerait partout, et, soyons fous, même ailleurs. Rien à voir, probablement, avec la filiation mitterrandienne dont elle se réclame. Ce qui est certain, c'est que l'observatoire en question est rapidement tombé aux oubliettes.

Au terme d'une semaine interminable, épuisante, catastrophique et calamiteuse pour l'une des deux candidates, délectable, voluptueuse pour l'autre, s'achève une campagne de six mois. Ne reste plus qu'à passer par la case obligée d'un second tour aux allures de formalité avant de mettre « l'action » sur orbite et les promesses en musique. La France entière observe...

Ce 28 mars 2004, dans les salons de Blossac, au cœur de Poitiers, entre 19 et 20 heures, les militants de gauche ont tout loisir d'assister en direct à la naissance d'un nouvel « éléphant », selon le vocable en vigueur au Parti socialiste. Certes, le terme pourrait être féminisé puisqu'il s'applique à une dame mais, finalement, la question n'est pas une affaire de sexe, plus simplement d'influence au sein d'une organisation politique. Ce soir-là, Ségolène Royal fait son entrée avec fracas dans le cercle finalement très fermé des poids lourds du PS. Elle n'a pas laissé passer l'occasion d'enfoncer les portes une bonne fois pour toutes. Les régionales de 2004, triomphales pour la gauche, ont un visage : le sien.

Pour l'ouverture des journaux télévisés, une seule vedette, de clair vêtue : Ségolène Royal. Elle n'est pas encore « la madone du Poitou », mais la route semble tracée. « Je prends les paris, elle ne va pas s'arrêter là. Pour elle, la région, ce n'est qu'un emploi tremplin », pronostique un socialiste n'étant pas dans les petits papiers de la star de la soirée... et vice versa.

Sa victoire va bien au-delà de ses pronostics les plus optimistes. L'objectif de franchir la barre des 52 % est pulvérisé : avec plus de 55 %, Ségolène Royal met son adversaire loin derrière, à près de 20 points, tandis que le vote Front national (8,7 %) a reculé par rapport au premier tour, bien que la participation soit passée de 65 à 70 %. Le camp de gauche compte 35 élus, celui de droite en a 17. Le Front national complète l'assemblée avec trois élus.

De ce moment, on retient la dignité d'Élisabeth Morin… laquelle avait eu le temps de se préparer à la défaite. Dès qu'elle a récupéré le numéro de téléphone de la gagnante, elle lui présente ses félicitations républicaines et l'invite à venir dès le lendemain au conseil régional pour régler les détails de la passation des pouvoirs.

Dans la foulée, le camp Royal remet un communiqué, prêt depuis longtemps, destiné à dire le bonheur de sa championne (« une certaine gravité m'habite car j'ai senti des espérances se lever pendant cette campagne »), peindre une époque révolue (« ici, en Poitou-Charentes, c'est la fin d'un système ») et annoncer la conjugaison commune du local et du national (« nous pouvons, en région, réparer des désordres nationaux et combler le déficit d'humanité dont la France souffre depuis deux ans »).

Le titre de ce pensum d'un feuillet comportant une anaphore (« Nous pouvons faire… » ; « Nous pouvons démontrer… » ; « Nous pouvons prouver… ») évitant toutefois le « Moi présidente » pour privilégier le « nous » ? « La France des régions, c'est maintenant. » Bref, ce soir-là, Ségolène Royal annonce que le changement, c'est maintenant.

5

Elle est rayonnante de bonheur, Ségolène Royal, lorsque la totalité des voix – dont la sienne – des conseillers régionaux de sa majorité la portent à la présidence du conseil régional de Poitou-Charentes. En cette matinée du 2 avril 2004, l'espace de quelques instants, le roi n'est pas son cousin. Il est drôle de noter – mais ce jour-là, personne ne le sait – que, pile-poil dix ans plus tard, majestueuse, elle fera son entrée dans son nouveau ministère...

Pour l'heure, à Poitiers, elle plane, elle est ailleurs. «J'ai vu face à moi une enfant folle de joie découvrant ses cadeaux au pied du sapin de Noël. Une vraie gamine. Je me suis demandé si elle n'allait pas se mettre à sauter sur place en tapant dans ses mains», se souvient un témoin. Elle savoure ce moment, ces minutes qui résument six mois d'efforts, de milliers de kilomètres parcourus, de nuits trop courtes, de palabres à n'en plus finir, de discours sans cesse répétés.

Justement, dans son propos d'investiture, elle offre le sentiment d'être encore et toujours en campagne puisqu'elle reprend ses sept thèmes de prédilection (en particulier l'équipement, en promettant – quelle information ! – de « promouvoir les services les plus utiles à tous »), avant de réciter ses « dix engagements ».

Certains – comme l'idée, sous forme du slogan « Un habitant, un arbre », de replanter 1,6 million d'arbres et 6 000 kilomètres de haies –, le recul aidant, peuvent être aujourd'hui classés dans la même catégorie « aussi originale que sans suite » que sa volonté d'éradiquer les lapins de l'île de Ré, mesure annoncée des années plus tard dans le cadre d'une autre élection, législative, cette fois. Nous y reviendrons...

Elle se dit heureuse de la qualité de la nouvelle majorité et de celle de son futur premier vice-président, Jean-François Fountaine. Elle précise avec force son intention de déléguer « largement » les compétences, ce qu'elle n'a cessé de promettre... « si nous sommes élus ».

Point marquant de cette première intervention, son adresse au personnel régional, « des services administratifs solides et compétents », à qui la présidente s'apprête à délivrer leur feuille de route. Elle entend que la collaboration commune soit menée avec « rapidité, créativité, esprit de mission et culture du résultat ». « Je souhaite que chacun soit à son poste et épanoui dans son travail », souligne-t-elle enfin, avec le ton de quelqu'un totalement... épanoui.

Pour mener ces équipes de fonctionnaires territoriaux, son choix a été simple. Elle a fait appel à un fidèle parmi les fidèles, à savoir Jean-Luc Fulachier, un énarque de 41 ans. Elle sait son efficacité, son intelligence vive, puisqu'il a dirigé son cabinet deux ans durant alors qu'elle occupait le poste de ministre déléguée à la Famille, à l'Enfance et aux Handicapés. Ce célibataire costaud pour ne pas dire fort enveloppé, discret, voire taiseux, capable, si nécessaire, de montrer qu'après avoir beaucoup appris à l'ENA, il a parfait sa formation en suivant les cours des plus grandes écoles de langue de bois, est un expert en économie publique. Il a la réputation d'être un bourreau de travail. « Qu'il ne connaisse rien à ce type de collectivité n'est pas un handicap parce qu'il apprend vraiment vite ! J'en suis estomaqué ! » souffle, peu après sa prise de fonction, Jean-François Fountaine, enthousiaste.

Pour Ségolène Royal, c'est tout bénéfice d'avoir propulsé cet homme de dossiers au poste de directeur général des services puisqu'au-delà de sa compétence, il se ferait couper en morceaux pour défendre sa patronne ; il lui voue une admiration sans bornes...

Hormis l'intense pratique du culte ségolénien et la confiance partagée, le profil n'est pas le même pour Daniel Barillot, appelé comme directeur adjoint chargé de l'économie, de l'environnement, de l'agriculture et des territoires. Rien que cela. Barillot, c'est, sur les terres deux-sévriennes, un soutien de la première heure de la nouvelle présidente. Dévoué à l'extrême à sa championne, cet ingénieur en agriculture l'a suivie dans les cabinets ministériels. Son aveugle dévouement lui vaut donc une belle promotion. Mais dans les travées du conseil régional, beaucoup s'étonnent de cette avalanche de responsabilités. « Fulachier montre qu'il est effectivement à la hauteur de sa réputation. Mais il va devoir dégager un peu de temps pour surveiller son adjoint », grince un élu PS des Deux-Sèvres.

Cette garde rapprochée de la direction générale – de la dévotion générale ? – est renforcée par deux technocrates. François Scarbonchi vient de la communauté urbaine de Bordeaux pour gérer les finances et le personnel, Sylvie Petitjean, ex-directrice de l'ANPE dans la région, prend en main les lycées et la formation, ce qui représente la moitié du budget régional. Tous deux s'aligneront sur leurs collègues en devenant bien vite de très zélés collaborateurs.

À noter que M. Scarbonchi ne vient pas seul. Un poste est réservé au sein du cabinet à son épouse, Blanka. Celle-ci, au fil des ans, prendra une place de plus en plus importante auprès de Ségolène Royal, à tel point qu'elle finira par hériter du qualificatif de « camériste », définition d'une redoutable exactitude puisque ce mot désignait, dans l'Italie et l'Espagne du passé, une dame au service d'une princesse… Gare à celui qui baguenaude dans les couloirs le jour où ladite Blanka les enfile ventre à terre ; en passant, entre deux foulées, elle justifie sa précipitation : « Je cours à la pharmacie, la présidente craint d'avoir mal à la gorge. »

Quant à Denis Leroy, il n'est pas oublié puisque Ségolène Royal lui confie la direction de son cabinet fort d'une équipe d'avenir n'ayant pas ménagé ses efforts durant la campagne. À commencer par les deux jeunes de la bande, les « cow-boys », les électrons libres Guillaume Choisy, ancien permanent de la Confédération paysanne, et Benoît Pichard, apparatchik souriant, lesquels ne rendent compte qu'à la grande cheftaine.

Leroy, dir' cab ? Aussi dit, aussitôt fait. Il adresse d'ailleurs, le 22 avril, un courrier à ses « amis » du conseil municipal de La Rochelle, afin de les prévenir de sa nomination. Ce qui le contraint de demander au maire de « l'alléger de quelques responsabilités » locales puisqu'il cumule un poste d'adjoint et de vice-président de la communauté d'agglomération. Mais promis, juré, il n'abandonne pas sa ville. Pas de désertion. Il s'engage à continuer à être « efficace et perspicace ». Et de préciser, modeste : « Il est vrai que ceux qui avaient coutume de me voir beaucoup sont appelés à me voir un peu moins. Mais en matière d'efficacité, la qualité ne prévaut-elle pas sur la quantité ? »

Malheureusement pour lui, de façon vraiment dommage, un tout petit détail a été omis. En effet, « ce bon Roger Lanzac à sa Ségo » a connu une joie à double détente, le soir de la victoire aux régionales : dans le même temps, il a été élu conseiller général de l'un des cantons rochelais.

Bien qu'ayant été installée en tant que conseiller au tribunal administratif à sa sortie de l'ENA, Ségolène Royal semble alors ignorer que la loi interdit à la personne disposant d'un tel mandat de diriger le cabinet du président d'une collectivité territoriale. Voilà donc ce poste hautement politique sans titulaire ! Qu'à cela ne tienne : Jean-Luc Fulachier va bien accepter de cumuler les deux directions. N'est-ce pas Jean-Luc ? Pas besoin d'avoir l'esprit persifleur pour savoir que l'intéressé ne dit jamais non au principal objet de ses dévotions.

Ce n'est pas pour autant que Denis Leroy est abandonné lâchement sur le bord du chemin, comme ces compagnons fidèles oubliés sur une aire d'autoroute lors des grands départs en vacances. Que nenni.

En remerciement de ses loyaux services, de ses compliments incessants adressés à sa femme politique préférée, le voilà bombardé derechef dans le douillet fauteuil de directeur du comité régional du tourisme, une vigie très confortablement rétribuée où il va pouvoir amplement bénéficier des sages conseils de son adjoint. « Un euro dépensé... » Tirant un bilan des années de sa direction hautement touristique, un professionnel reconnu du secteur confiera, bien plus tard, en s'esclaffant : « Évidemment que Denis n'y connaissait rien, mais il est tellement drôle ! Avec lui, nous avons beaucoup, beaucoup ri. »

À cette vague de recrutements, il faut en ajouter quelques autres. En particulier celui de Marie-Annick Duhard, nommée directrice de la culture et de la communication, avec la haute main sur la commission Vivre ensemble. L'arrivante est présentée comme une perle rare puisqu'ayant travaillé aux côtés de Jack Lang, Jean-Pierre Chevènement et quelques autres, sans oublier ses passages remarqués au festival d'Avignon et à la Comédie-Française. Le temps de mettre la clé sous la porte de son agence de Casablanca et là voilà foulant d'un pas assuré le parvis du conseil régional. Elle est rapidement repartie dans des conditions sur lesquelles nous reviendrons très vite...

Par contre, quelques mois plus tard, un premier rôle du système Royal arrive sans faire de bruit. Elle dégustera la bonne soupe régionale jusqu'à ce qu'elle fasse, comme tant d'autres, ses valises pour le ministère de l'Écologie – avec une parenthèse durant la campagne présidentielle de 2007. Il s'agit de l'incontournable Sophie Bouchet-Petersen. Elle est, avec Jean-Luc Fulachier, l'un des deux éléments clés de ce qu'un insolent indécrottable a qualifié de « secte du chabichou doré ».

Fulachier, c'est celui qui fait tourner la boutique. Grâce à un carnet d'adresses très fourni, il monte des stratégies financières complexes, l'essentiel étant qu'elles permettent de valoriser l'image – régionale, certes, mais si possible bien au-delà – de la présidente. Exemple, un plan destiné à faire du Poitou-Charentes l'eldorado du photovoltaïque avec, présentée comme l'initiatrice de l'opération, le gourou des énergies renouvelables, la papesse de la verte croissance, la dame que l'on sait.

Fulachier, dit « le grand chambellan », voire « le grand vizir ». Au moins, avec un vizir de cet acabit, aucun risque pour qu'un jour il aspire à devenir calife à la place de la calife... bien qu'il possède un petit côté Haroun El Poussah, celui qu'envie Iznogoud dans les albums de Goscinny et du Saintongeais Tabary !

Bouchet-Petersen conjugue, en une même et seule personne, les talents d'une « boîte à idées » et d'une rédactrice chevronnée. C'est souvent elle qui tient le stylo lors de la naissance de la plupart des écrits « royaux », quels qu'ils soient, à commencer par les discours prononcés par la dame au sourire automatique, derrière le micro. C'est sans doute, surtout, la plus ancienne des complices de Ségolène Royal.

Elle aussi est une admiratrice déclarée, reconnue, assumée, mais quelque chose dit qu'en tête à tête, avec son côté grande gueule et, parfois, son langage de charretier, elle est probablement l'une des rares à oser critiquer et remettre en cause les choix, les manières d'être et d'agir de « Ségo », ainsi qu'elle la nomme, puisque décidément, dans ce Royal univers, l'habitude d'écraser les mots, de les réduire et de les condenser est bien installée. D'ailleurs, Sophie Bouchet-Petersen, l'inspiratrice de la « démo part' », n'est souvent baptisée que par l'affreux diminutif de « Bouch' Pet' ».

Ces deux dames se sont rencontrées à l'Élysée, au cours du premier septennat de François Mitterrand. L'une y travaille, avec son compagnon, François Hollande, dans l'ombre de Jacques Attali, l'autre est la collaboratrice d'Alain Boublil et suit les dossiers des entreprises en difficulté, un job tout trouvé pour une licenciée en philosophie.

On sait le parcours de la première, fille de militaire élevée à la dure, échappant au carcan familial en se montrant une excellente élève, une étudiante brillante et une énarque disciplinée. La seconde a très tôt fui son milieu originel bourgeois catho bon teint pour la rive totalement opposée. Sa formation de trotskiste pure et dure durant les onze ans passés en tant que membre du comité central de la Ligue communiste révolutionnaire – dans le même temps, elle était claviste à *Rouge*, le journal de l'organisation – a laissé des traces, c'est peu de le dire.

Ces deux femmes avancent donc dans le même sillon depuis longtemps, ce sont des amies de plus de trente ans... étant clairement entendu que le travail de l'une est entièrement tourné vers la mise en valeur de l'autre. Les choses sont claires ; pas de compétition entre elles.

Sophie Bouchet-Petersen a fait du conseil un métier. Après les canards boiteux de l'industrie, il serait fastidieux d'énumérer la liste des cabinets ministériels où elle a sévi. Elle fut, entre autres, une proche collaboratrice de Christian Paul lors du passage de celui-ci au secrétariat à l'Outre-Mer, sans oublier bien évidemment ses interventions auprès de Ségolène Royal lorsque celle-ci fut appelée à l'Enseignement scolaire puis à la Famille.

Son nom apparaît aussi dans quelques collectivités où elle n'a jamais cessé de... conseiller, bien qu'elle n'hésite pas à dire que « les conseillers autoproclamés, c'est une race haïssable[1] ».

Comme beaucoup d'autres, elle a atterri au Conseil d'État avant la fin du second septennat Mitterrand. Elle en est repartie pour mieux y revenir, étant nommée conseiller en service ordinaire par Rachida Dati en octobre 2007.

Sans attendre, une parenthèse à l'intention de ceux qui veulent tout ignorer des fromages de la République : les nominations au tour extérieur du Conseil d'État constituent l'un des moyens fort utilisé par tous les

1. *Le Monde*, 10 mai 2006.

pouvoirs, de droite comme de gauche, pour recaser les petits copains et leur assurer une subsistance coquette. Préférable à la soupe populaire !

C'est au conseil régional d'Ile-de-France, où elle occupait un poste de... conseiller spécial en charge de la décentralisation, des initiatives nouvelles et de la démocratie participative (quelle surprise !), que Ségolène Royal est allée arracher Sophie Bouchet-Petersen à l'entourage du rocardien historique Jean-Paul Huchon. L'histoire ne dit pas si celui-ci a beaucoup pleuré en voyant partir l'ancienne trotskiste toujours impeccablement mise.

Lorsqu'elle est devenue la « conseillère spéciale » de la présidente, il faut bien avouer qu'à Poitiers, nul n'a entendu retentir les trompettes de la renommée. Pire, c'est quasi en catimini que cette femme aussi énergique que menue, au ton toujours assuré, parfois cassant, a rejoint l'institution régionale.

Pour une fois, Ségolène Royal, grande communicante devant l'éternel, a fait preuve d'un étonnant mutisme. Peut-être parce que cette nouvelle collaboratrice a bénéficié d'un statut très spécial, l'essentiel de sa mission faisant d'elle une travailleuse à domicile. C'est-à-dire plus souvent dans la capitale qu'en Poitou. Rue de l'Ancienne-Comédie, chacun a eu loisir de le constater.

En outre, cette discrétion tient, c'est l'évidence, à la volonté d'éviter que des esprits chagrins dénoncent une contradiction avec le fameux slogan de campagne voulant qu'« un euro dépensé soit un euro utile ». Les émoluments de Sophie Bouchet-Petersen – connus au centime près, sans les primes... – sont plus que rondelets. Ce sont ceux d'un haut fonctionnaire. Dans le cas présent, la question qui vient à l'esprit est toute simple : « Un euro utile à qui ? » La réponse est dans la question.

Dès les premières semaines de l'installation du nouveau pouvoir, dans le but de bien montrer à l'opinion que les choses ont changé, diverses mesures à la symbolique forte sont annoncées.

Côté environnement, afin de favoriser la mise en place d'une filière d'agriculture biologique, les maires ont été invités à signer des arrêtés interdisant dans leur commune toute culture OGM ainsi que le stockage des insecticides de marque Régent et Gaucho.

Pour ce qui est du fonctionnement de l'institution, dans un but de transparence, les commissions permanentes, ces rendez-vous réguliers au cours desquels la collectivité décide de ses dépenses, sont devenues publiques et ouvertes à l'ensemble des élus régionaux. L'occasion de dire haut et fort au camp d'en face que désormais, plus rien ne sera caché. Allusion en particulier à une fameuse subvention de l'ordre de 300 000 euros accordée au Medef par l'équipe Morin en avril 2003 ayant, on le devine, beaucoup alimenté le débat durant la campagne. Ainsi ces réunions quasi mensuelles vont-elles devenir une nouvelle tribune politique.

Autre symbole, la décision de tordre le cou aux représentants du Front national par le biais d'une décision toute bête. Jusqu'alors, pour former un groupe bénéficiant de moyens conséquents (ne serait-ce que la prise en charge des frais de fonctionnement et du salaire d'un collaborateur à temps plein), les partis politiques doivent compter au moins trois élus. Ségolène Royal présente une modification du règlement intérieur faisant passer ce seuil à six élus. Exit le groupe du Front national, résonnez musettes, gloire à celle permettant la réalisation d'aussi substantielles économies…

On s'en doute, mis à part les intéressés, peu de voix se sont élevées pour dénoncer cette pirouette administrative.

Six années plus tard, cette affaire est néanmoins revenue sur le tapis. En effet, au début de sa seconde mandature, Mme Royal a demandé d'effectuer le chemin inverse, à savoir ramener le nombre d'élus à trois pour permettre à un « parti » – dont elle avait elle-même trouvé le nom de baptême, « les centristes humanistes » – de constituer un groupe. Il faut dire que ces trois élus avaient, du membre supérieur droit, adressé un magnifique bras d'honneur à François Bayrou tout en parvenant, de la main gauche, à saisir celle que leur tendait Ségolène Royal. Cette dernière y a vu de l'humanisme alors qu'il s'agissait plus simplement de contorsion. Laquelle a été récompensée par la constitution d'un groupe. Les euros dépensés pour leur compte leur ont probablement été utiles. Mais nous anticipons sur les régionales de 2010...

Par contre, ce « deux poids deux mesures » a été à l'origine d'une première polémique. Un représentant du parti chasse gardée des Le Pen a parlé d'une « décision arbitraire et un peu totalitaire ». Ce qui laisse entendre que le totalitarisme peut connaître des nuances. D'autres voix, tant de droite que de gauche, ont rappelé qu'un élu, même dans le pire des cas, est toujours l'émanation du suffrage universel. Et d'ajouter, en conséquence, que dans cette affaire, Ségolène Royal faisait peu de cas de la démocratie. Sans que le mot « participative » lui soit accolé.

6

Elle a eu un très joli cadeau, Ségolène Royal, en atteignant la place centrale et dominante de l'hémicycle du conseil régional de Poitou-Charentes : une paire de bottes de sept lieues, sans doute volée, comme dans le conte, à l'ogre Raffarin alors que le sommeil avait saisi le Premier ministre après un déjeuner trop copieux.

Elle a aussitôt enfilé les chaussures magiques et ses sujets, ébahis, la voient partout à la fois. Dans le journal comme à la télé régionale, lesquels rendent compte de son rendez-vous aujourd'hui à Poitiers avec les proviseurs des lycées afin d'évoquer la gratuité des livres scolaires lors de la prochaine rentrée, hier à La Rochelle pour promouvoir la filière bio chez les agriculteurs, demain à Châtellerault où il sera question des plates-formes de reconversion.

La présidente communique soir et matin et, gourmande, distille quelques anecdotes ne pouvant que réjouir les échotiers. Comme l'histoire de cette facture en provenance de la chambre de commerce de la Vienne, laquelle demandait à la région de régler les repas de chefs d'entreprise étrangers en visite dans le secteur. « J'ai évidemment refusé, nous n'avons rien à voir là-dedans », glisse-t-elle en soulignant, sourcils levés, l'évidence de sa réaction. Un euro dépensé n'est-il pas un euro utile ? Surtout quand la directrice de la CCI en question s'appelle Raffarin de son nom de jeune fille, étant la sœur aînée d'un monsieur ayant perdu à la fois ses bottes et les élections !

Ce don d'ubiquité s'exerce également à Paris, ce qui tombe bien, Assemblée nationale oblige. Ségolène Royal compte figurer aux premières loges à Matignon lors d'une rencontre s'annonçant musclée entre les présidents de région et ce Premier ministre remuant encore, mais très faiblement, compte tenu du K.-O. dont il vient d'être victime. Le combat, ce jour-là, finira faute de combattants, les patrons des régions partant en claquant la porte pour protester contre l'intransigeance du chef du gouvernement dans un dossier lié aux personnels non-enseignants des lycées.

Bref, un emploi du temps... de ministre pour la présidente, alors que, parallèlement, il s'agit de mettre en place toute la machinerie régionale. Et fort naturellement, elle entend veiller de très près au moindre détail de cette construction.

Mais il lui faut également se rendre disponible afin de donner suite aux sollicitations permanentes des médias nationaux : les petites graines semées au début de l'automne donnent de superbes fleurs en ce printemps. Le « produit Ségolène Royal » bénéficie des retombées des campagnes marketing rondement et intelligemment menées. Il séduit la ménagère de moins de 50 ans, ses parents, ses enfants, toute la famille, et jusqu'au voisinage. La preuve, désormais les sondages la placent en position de présidentiable... trois ans avant le scrutin. Les « vertus » de ce quinquennat tout nouveau, tout beau. Le président de la République n'a pas encore avalé sa dernière gorgée de bière destinée à arroser sa « brillante » réélection contre Jean-Marie Le Pen que chacun des prétendants est déjà engagé dans le coup suivant !

Donc, Ségolène Royal vient de faire son entrée dans le club restreint des « crédibles possibles » pour l'édition 2007 de la course à l'Élysée. D'entrée, l'intéressée la joue modeste : « Pas question de me fixer un tel objectif ! Je suis présidente de région, cela me réjouit », clame-t-elle, ajoutant qu'elle veut « réussir » car elle se sait « observée, très observée ». « Normal qu'elle soit observée puisqu'elle ne cherche qu'une chose : être toujours devant sur la photo », grince un élu écologiste de sa majorité.

Inutile, néanmoins, de la pousser dans ses derniers retranchements pour qu'elle consente à avouer que ces régionales lui ont apporté un nouveau statut. « Certes, je suis consciente de représenter un symbole », confesse-t-elle avant de prononcer une phrase qu'elle aura le tort de bien vite oublier : « Je ne me ferai pas instrumentaliser. Je connais ces techniques consistant à en faire monter un pour enfoncer les autres. »

Il existe un revers de la médaille à cette volonté d'être partout à la fois : en région, elle ne dispose pas du temps nécessaire lui permettant d'échanger avec tous ceux qui, en cette période de rodage, ont besoin du dialogue avec celle qui décide. C'est vrai pour les membres de sa majorité, mais aussi pour les cadres de l'institution, les membres du personnel, leurs représentants. On lui demande de faire montre de la disponibilité qu'implique *a minima*... la démocratie participative. Au lieu de cela, elle tranche dans le vif, affiche un caractère très directif. Elle ne se cache plus derrière les sourires de circonstance de la campagne électorale, une époque qui semble remonter à Mathusalem. C'est plus souvent « Circulez, y'a rien à voir » qu'« Embrassons-nous, Folleville » !

Elle n'est pas élue depuis trois mois que les craquements se font symphonie. Elle a déjà sévèrement étonné la presse régionale lors d'un déjeuner organisé dans le centre de Poitiers, puisqu'elle a décidé que la « cantine » de la rue de l'Ancienne-Comédie coûtait beaucoup trop cher. Voilà pourquoi, désormais, les déjeuners de presse, fréquents, se tiendront dans un excellent restaurant de la place où les pisseurs de copie auront régulièrement l'occasion de goûter au homard et au foie gras ne figurant pas à leur ordinaire. On dit merci à qui ? À l'euro utile du contribuable, évidemment.

Ce premier repas, à L'Absinthe, cette plante amère, est en fait une prise de contact post-élection. Il est question de tout et de rien, de cette arrivée dans le cercle étroit des présidentiables, promesse d'un avenir éventuellement radieux puisque, chez les socialistes, la prochaine élection à la magistrature suprême – ainsi que le veut la formule ! – est présentée comme gagnée d'avance...

La discussion porte sur la décision de Ségolène Royal d'avoir, dès son entrée en fonction, viré sans ménagement le directeur général adjoint des services, Pierre Boutin. Elle s'entend reprocher, à l'heure où son équipe et elle-même découvrent tout de cette « maison », de s'être bêtement privée des compétences reconnues de ce fonctionnaire loyal appelé à partir en retraite quelques mois plus tard.

Puis, c'est le cas de l'attachée de presse (remerciée elle aussi, sans que personne y trouve à redire tant sa proximité avec Élisabeth Morin tient de l'évidence) qui occupe la conversation. Et là, ô surprise, la présidente se lance dans un dégagement dont elle a le secret, expliquant avoir eu longuement cette personne au téléphone. Elle dévoile les souhaits de cette dame dont elle ne veut plus comme collaboratrice, ses inquiétudes, ses espoirs pour la suite, tout cela en étant la seule autour de la table à ignorer que, juste face à elle, le responsable de diverses publications agricoles de la région n'est autre que le compagnon – et père des deux grandes filles – de l'ex-contractuelle dont elle se permet de révéler, en long, en large, et même au-delà, les prétendus états d'âme.

Gêne palpable. Chacun baisse le nez, tout en remarquant que le convive assis face à la présidente serre très fort les bords de son assiette ; ses phalanges toutes blanches le prouvent. Le chemisier de Ségolène Royal va-t-il se retrouver tapissé de blanquette de veau à l'ancienne ? Non. Elle en est quitte, un peu plus tard, pour être gratifiée de quelques noms d'oiseaux.

Est-ce avec Jean-François Fountaine ou avec Jacques Santrot qu'ont éclaté les premiers conflits, pour ne pas dire les premiers coups de gueule ? Toujours est-il que l'été n'est pas encore arrivé que le conseil régional bruisse de tensions à tous les étages.

Avec le maire de Poitiers, c'est une attitude générale de la présidente qui a mis le feu aux poudres. L'élu poitevin, devant maints témoins, en a subitement eu marre de parler dans le vide. En colère, il s'est écrié : « Écoute, Ségolène, tu es venue me chercher pour être candidat, alors maintenant, tu m'écoutes ! »

Avec Fountaine, les premiers accrocs sont nés des initiatives incontrôlées du directeur adjoint en charge de l'économie, Daniel Barillot. « Je ne vais pas passer ma vie à accourir à Poitiers pour éteindre les incendies allumés en permanence par Barillot », s'emporte Fountaine, une poignée de semaines après l'élection.

Son énervement laisse place à la colère lorsqu'il découvre peu après l'idée de baisser la subvention au salon nautique du Grand Pavois, à La Rochelle. Là, l'élu... rochelais, doublé du patron d'un important chantier naval, voit rouge. Il a vraiment l'impression d'être pris pour un imbécile. Rétropédalage : Ségolène Royal et son entourage comprennent vite qu'il n'est pas question de réduire la participation régionale à la manifestation sous peine d'un clash sévère...

Pourtant, le « bras droit » de la présidente n'est pas au bout de ses surprises : à la veille de l'une des premières commissions permanentes, il croit rêver en lisant l'un des projets de délibération. Il découvre en effet que les sommes disponibles au titre du FRIL (fonds régional d'intervention locale) sont en grande partie allouées dans les Deux-Sèvres, plus précisément dans le secteur de Melle. Il déboule dans le bureau de la présidente et se fait menaçant : « Soit ce dossier passe au panier, soit tu décides de le maintenir. Dans ce cas, je demande un vote de l'assemblée et je me fais fort qu'une majorité le refuse. » Délibération retirée. Commentaire de Denis Leroy, le phare du tourisme : « Fountaine s'est imaginé comme un numéro 1 bis. Il est amer en constatant qu'il n'est que numéro 2. » Ambiance...

L'alternance ne date pas encore de six mois qu'une enquête du *Point* titrée « Le laboratoire de Ségolène Royal » va faire sauter le couvercle de la marmite avec le personnel. C'est encore l'été et la présidente de région n'a surtout pas dit non, à la veille du traditionnel rendez-vous « universitaire » de La Rochelle, à ce qu'un reportage mette en lumière son action régionale. L'ennui, c'est que les quelques lignes racontant une histoire de pots de fleurs vont mettre sous l'éteignoir toutes les mesures présentées, à longueur de colonnes, comme aussi géniales qu'originales.

De quoi s'agit-il ? Tout simplement, explique la présidente dans ces pages du *Point*, de sa volonté que des pots de fleurs soient mis en place à l'entrée du conseil régional afin d'empêcher le passage des voitures, laissant ainsi l'accès libre aux visiteurs. Elle a dit son souhait, elle l'a répété, mais deux semaines plus tard, toujours pas de pots de fleurs. Elle relate : « Mon directeur de cabinet et moi avons placé nous-mêmes les pots. » Une affaire très symbolique à ses yeux : « Tout ce que je voulais bouger, c'était interdit. Comme en 1981, quand la gauche est arrivée au pouvoir, ils considèrent que nous sommes des imposteurs. »

Inutile de dire que le personnel apprécie ces propos à leur juste valeur. D'autant plus que depuis avril, les agents « épanouis » se sentent épiés, sans cesse accusés d'être toujours et encore au service de la majorité précédente, même ceux qui n'ont pas caché leur bonheur de voir l'alternance enfin se produire ! Un personnel disant, à qui souhaite l'entendre, son mal-être, son stress, son manque de repères, son impression de pilotage imprécis, d'absence de confiance. Des hommes et des femmes déboussolés par le fossé existant entre celle que la presse nationale a affublée du surnom de « Zapatera » – par allusion à l'icône de ce temps, le Premier ministre espagnol – et leur présidente au quotidien. Ils ont d'ailleurs décidé d'apporter une retouche à cette appellation non contrôlée, préférant parler de « Zapaterreur ».

Ségolène Royal parvient à éteindre le feu qui couve en expliquant – technique à laquelle elle a souvent recours – que les journalistes racontent n'importe quoi, qu'il ne peut s'agir que d'un « malentendu ». La main sur le cœur, elle en apporte la preuve : elle n'a qu'à se louer de « cette administration parfaitement loyale, le bilan le prouve ». Et d'enfoncer le clou : bien sûr qu'elle ne sollicite jamais ce genre d'article, mais lorsqu'elle y répond, « cela valorise la région ». Tout en permettant de réaliser des économies sur le budget communication. La boucle est bouclée, un euro économisé est un euro qui sera dépensé utilement ailleurs. C.Q.F.D.

Autre interprétation de son propos par la voix de son opposition, laquelle commence à sortir du bois, n'ayant qu'à se baisser pour ramasser les motifs de critique : « Si ce type d'enquête, tout comme d'ailleurs les émissions de télé qui lui sont consacrées, "valorisent la région", c'est que désormais, elle considère que la région, c'est elle. Si elle le croit vraiment, c'est la preuve qu'elle a besoin de soins... »

Si les fonctionnaires font mine d'être calmés, on assiste début septembre à la première défection d'importance. Marie-Annick Duhard, la directrice de la culture et de la communication, s'en va. Elle a signé son contrat le 8 juin et déjà, elle tourne les talons. « On lui propose ailleurs un poste plus important », confie Ségolène Royal, droite dans ses bottes de sept lieues, pour tenter de justifier ce départ. Est-ce bien la vérité ? La version que colportent, sous le manteau, les employés de la région est tout autre : ils évoquent un conflit sérieux entre Mme Duhard et sa nouvelle patronne. Ce sont eux qui disent juste, ainsi que le prouvera le protocole transactionnel signé au cours du mois de décembre suivant.

À quelques jours de Noël, dans le plus grand secret – on vient d'introduire la notion d'opacité au royaume de la transparence –, les parties se mettent d'accord au terme d'une longue déchirure. On apprend ainsi que par manque d'une « relation de confiance », la directrice a été licenciée fin novembre. N'étant pas habituée à se laisser marcher sur les pieds, elle a, dans la foulée, contesté les motifs de son licenciement et clairement fait part de son intention de porter l'affaire devant la juridiction *ad hoc*.

La meilleure défense demeurant l'attaque, son refus lui permet de faire entendre raison à l'adversaire. Cette dernière – en conséquence Ségolène Royal – a pour habitude d'essayer d'imposer d'emblée sa volonté. Si besoin en usant de son autorité, voire en envoyant ses sbires étrangement dénués, parfois, de la moindre notion de démocratie participative... Pour peu qu'en face on batte immédiatement en retraite, c'est gagné. Par contre, si l'ennemi se rebiffe, montre ses muscles en assurant qu'il ira jusqu'au bout, le drapeau blanc est hissé très vite avec promesse de transaction.

Ce qui explique qu'après seulement trois mois d'un travail pouvant être considéré comme effectif, Marie-Annick Duhard part vers de nouvelles aventures avec une indemnité de 29 500 euros, somme indépendante du montant légal devant lui être réglé dans le cadre de son solde de tout compte. De l'utilité de l'euro dépensé...

Dans la foulée, avec Xavier Thibault, recruté par l'équipe Morin en février 2003 en tant que responsable multimédia, la confiance a également été rompue. Coût de la transaction intervenue le même jour : 16 902 euros. Joyeux Noël à tous les deux grâce à ce joli chèque délicatement posé dans leurs petits souliers.

En ce même mois de septembre où Mme Duhard n'inspire vraiment pas confiance, le téléphone sonne. Au bout du fil, un élu de la majorité de Ségolène Royal. Il n'en peut plus. L'élection date de moins de six mois et déjà cette personne est au bord de la crise de nerfs. Il faut que sa colère déborde, éclate, s'exprime ; impossible de la contenir. Ses propos sont d'une violence terrible à l'égard de la présidente, les insultes fusent. D'ordinaire calme et pondéré, ce conseiller régional exaspéré adopte subitement un langage grossier. Une attitude qui se reproduira au fil des ans chez nombre d'individus du même bord politique que la présidente de région.

Gommons les mots excessifs pour ne retenir que le souhait énoncé et la cause de cette fureur. Le souhait: « Qu'elle finisse par nous foutre la paix, qu'elle continue à aller partout en hurlant qu'elle est la plus belle, la plus forte, la plus intelligente et qu'elle nous laisse bosser. Sinon, on va lui coller la tête contre un mur! » Pourquoi cet emportement? « Elle vient de nous annoncer, lors d'une réunion interne, sa décision de faire appel à une société spécialisée dans le conseil aux managers, dans la mobilisation des hommes, afin de déterminer les causes des sévères malaises internes, tant au sein de la majorité qu'avec le personnel. Un marché de gré à gré de 89000 euros a été signé... puisqu'à partir de 90000, un appel d'offres est obligatoire. C'est une honte, de l'argent fichu en l'air. Car tout le monde connaît, ici, la cause de tout ce cirque. Il y en a une, une seule. C'est elle, cette... » La suite de la phrase est gratinée. Oublions-la[1].

Le cabinet auquel Ségolène Royal demande conseil se nomme César consulting. Installés à Neuilly, ses dirigeants vantent leurs qualités en se présentant comme des spécialistes de la « gestion de crise », proposent d'« accompagner les projets de changement vers la réussite ». Assurément, les hommes idoines: le mot « changement » n'est pas encore gravé sur le fronton de l'institution poitevine, mais ça ne saurait tarder! Ce groupe emploie également, si l'on en croit sa réclame informatique, les oiseaux rares capables de « préparer et d'accompagner la fermeture d'un site et son plan social ». Ce qui n'est pas, semble-t-il, encore le

1. *Sud Ouest*, 22 octobre 2004. Article signé par l'auteur.

cas à Poitiers, aucune réforme territoriale ne figurant dans les tuyaux en cet automne 2004. Enfin, ses collaborateurs possèdent, c'est promis, « humour » et « courage », tout en s'imposant un « devoir d'impertinence ». Vaste programme.

La grosse surprise reste à venir. Le b.a.-ba consiste à effectuer un petit tour sur Infogreffe pour savoir qui pilote cette entreprise. Président du conseil d'administration : Gérard Longuet. Tiens, un homonyme ; c'est drôle. Par acquit de conscience, un saut sur le site du Sénat pour vérifier la date de naissance de Gérard Longuet, sénateur de la Meuse. Et là, bingo : cet élu et le président du conseil d'administration de César consulting ne font qu'un.

C'est ballot que Ségolène Royal n'ait déniché qu'une société de Neuilly administrée par un homme connu pour ses erreurs de jeunesse du côté de l'extrême droite afin de venir résoudre ses problèmes relationnels à Poitiers. Quoique. D'un côté, nous avons l'un des anciens penseurs d'Ordre nouveau, de l'autre, la future super-prêtresse de l'« ordre juste ». Et de l'ordre, il y en a un besoin urgent, compte tenu du bordel ambiant !

7

Ségolène Royal comprend-elle qu'elle vient de commettre une faute en faisant appel à cette société de conseil ? Toujours est-il qu'elle cherche à se débarrasser de la patate chaude. Elle tente d'envoyer Jean-François Fountaine au front afin qu'il réponde aux questions ne manquant pas de fuser sur ce dossier… et la dépense qu'il entraîne. Raté : le premier vice-président rappelle à la présidente qu'elle a conduit cette affaire seule. En conséquence, elle doit sûrement être assez grande pour la gérer.

Elle va alors prouver qu'elle n'est jamais en peine d'argumenter pour se justifier. César consulting ? Elle explique qu'il s'agit là du meilleur choix afin d'aider les nouveaux élus régionaux chargés « d'un changement des mentalités » « à maîtriser la machine, à la remettre à plat. À savoir quelle idée chacun se fait de sa mission. À anticiper les prises de décision. Pour éviter le dérapage des dépenses, il convient de changer le système. Et là comme ailleurs, il est difficile de remettre les choses en cause ».

C'est sous l'angle financier – un euro dépensé, on connaît la chanson – que la présidente étaye sa défense dans le « mauvais procès » qu'elle considère lui être fait. « Je travaille dans la transparence, c'est le revers de la médaille. J'accepte la discussion, je comprends que les gens puissent ne pas être d'accord. Mais en fin de compte, c'est moi qui ai la responsabilité d'arbitrage. Il m'est impossible de tout accepter. Personne ne fait les additions ! Dans les trois dernières années, cette région s'est endettée de 240 millions. Nos dépenses sont de l'ordre de 480 millions, les recettes de 400. Comment on fait ? » Elle concède qu'il y a des « discussions » avec Santrot et Fountaine, lesquels plaident « pour une augmentation des impôts », ce à quoi elle s'oppose, voulant au préalable connaître « les effets de la décentralisation ».

La décentralisation avec le transfert des salariés des lycées, l'état déplorable dans lequel elle a trouvé les finances régionales, tels sont les deux sujets qu'elle ne cesse de reprendre en boucle à la façon d'une chaîne d'info en continu.

D'un revers de main, elle écarte l'idée que ses méthodes de « gouvernance » – le mot est à la mode depuis l'arrivée de Raffarin à Matignon – puissent avoir la moindre incidence sur les malaises internes à l'exécutif régional. Et de conclure : « Je ne lâcherai pas devant le souci de l'efficacité et de l'action. Pas plus que sur la maîtrise des fonds publics. »

« Elle bave et elle dit qu'il pleut », rétorque l'élu exaspéré par l'appel à la société de consulting ; avant de sacrifier, à son tour, à son devoir d'impertinence : « Elle croit vraiment que la terre entière est peuplée par des idiots, que personne n'a compris d'où vient le malaise. Un cheval de bois lui ficherait des coups de pied... »

Pendant ce temps-là, les sujets de friction ne manquent pas. L'état de grâce, si tant est qu'il ait existé, n'aura vraiment pas été long ! Même Jean-Pierre Raffarin s'y met en adressant un courrier aux responsables des journaux locaux.

Dans cette lettre, il revient sur la forme de communication mise en place, sous sa présidence, par le conseil régional. À savoir la publication mensuelle, dans la presse quotidienne, de pages publicitaires détaillant diverses actions. « Je m'étais engagé à ce que jamais ni mon nom ni celui des autres élus ne soient cités », écrit-il, voulant éviter « tout reproche de promotion personnelle ou d'exercice personnel du pouvoir ».

Voilà pourquoi, dès l'alternance consommée, il s'étonne d'avoir vu son nom cité dans la dernière publication mensuelle, le système ayant été conservé par la nouvelle majorité, laquelle « critiquait cette action de communication quand elle était l'opposition ».

Il s'avoue encore plus surpris de voir la photographie de la présidente fraîchement élue illustrer, à trois reprises, chacune des rubriques de cette page. « L'information publique dérive-t-elle vers la promotion personnelle ? » fait-il mine de s'interroger, concluant : « Je sais que la publicité est nécessaire pour l'avenir de la presse, mais je pense qu'en ce qui concerne la publicité politique, des règles éthiques doivent être respectées. »

Quelques mois plus tard, un chef d'entreprise recevant une aide régionale liée à un contrat d'apprentissage aura une réaction similaire en lisant la missive d'accompagnement. Sur le papier à en-tête, on ne lit que le nom de la présidente. Il est imprimé en grosses lettres, une loupe permettant d'apercevoir la mention « Poitou-Charentes ». « C'est extraordinaire, EGOlène Royal m'écrit personnellement pour me dire qu'elle a glissé sa blanche mimine dans son petit porte-monnaie afin de me donner trois sous en remerciement de la formation d'un jeune. Elle est vraiment gentille, cette dame... », raille ce patron, excédé qu'un élu finisse par croire que l'argent du contribuable et le sien ne font plus qu'un...

Si certains estiment que la tempête se déchaîne à Poitiers, incapables de prévoir quand, après la pluie, reviendra le soleil, Ségolène Royal offre une image parfaitement inverse, idyllique, dès qu'elle est à Paris. Ce qui d'ailleurs aura toujours constitué sa grande force. D'un côté, les éléments décoiffent tout, les vagues creusent la mer, de l'autre, avec son beau sourire, sur les plateaux de télévision, elle raconte en l'enjolivant à peine – mais que voulez-vous, quand on aime, on ne compte pas – le conte de fées que vivent les habitants de sa région. Ils doivent dire merci à qui ? Mais la question ne se pose même pas. S'ils nagent dans le bonheur, c'est parce qu'ils respirent l'air sain et vivifiant du laboratoire qu'elle a implanté au bord d'un océan calme et tranquille.

Les hebdomadaires nationaux ont beau s'interroger sur la réalité de ce paradis sur terre, *Le Canard enchaîné* persifler en relayant le pas de deux Longuet-Royal dans l'histoire de César consulting, *L'Express* se montrer plus que dubitatif, voire critique dans une enquête sur son action à la tête de la région[1], tout cela n'est rien quand, en face, elle peut dérouler sereinement son discours sur les plateaux de quantité d'émissions de télé où l'esprit de complaisance le dispute à la flagornerie. Là, elle joue sur du velours, ne risquant pas d'entendre une voix s'élever pour apporter la moindre bribe de contestation.

L'exercice est d'autant plus simple pour elle qu'elle accroche parfaitement la lumière. Elle est le client idéal de ces magazines où people et politique font bon ménage, où

1. *L'Express*, 17 novembre 2005.

l'on va accorder beaucoup plus d'importance à la couleur de la cravate d'un président ou à son regard intéressé sur la plastique d'une starlette plutôt qu'aux conditions de l'attribution de centaines de millions d'euros à un homme d'affaires réputé pour sa grande gueule et sa moralité douteuse. Par exemple...

Quand, déjà entourée de sa cour, elle est la reine d'une émission de divertissement un dimanche après-midi, nul ne risque de venir lui poser une question gênante. Le présentateur – un œil sur son chien qui roupille, l'autre sur sa boîte de cirage destinée à faire reluire les escarpins de son invitée – n'est là que pour la mettre en valeur. Résultat, elle fait un tabac dans les maisons de retraite, voire, pour peu qu'il pleuve, dans les foyers de jeunes travailleurs.

Le bon téléspectateur s'empiffre de la pitance qu'on lui sert. Il s'esbaudit dès lors que Ségolène Royal aligne trois notes sur un piano. Il frise la dépression si la malheureuse enfile l'espace d'un instant son costume de Cosette pour évoquer son enfance terrible sous le joug d'un père militaire de droite, ce qui fait deux bonnes raisons pour qu'il soit méchant.

Un programme aussi copieux ne laisse même pas la place pour évoquer la dernière histoire en date qui fait jaser, rue de l'Ancienne-Comédie, là où les pots de fleurs permettent l'entrée du public.

Ce n'est pas le lieu, sur ces plateaux de télé où « tout le monde il est beau », de conter une anecdote toute simple méritant qu'on s'y arrête tant elle est lourde de symboles. Pour certains, elle aura d'ailleurs constitué la goutte d'eau ayant fait déborder un vase vide en avril, dégoulinant six mois plus tard. Et parmi ceux-ci, quelques-uns n'ayant pas caché leur joie le jour où l'heure de l'alternance a sonné.

De quoi s'agit-il ? Pour le savoir, il suffit de répondre à l'invitation d'un petit groupe de fonctionnaires qui, l'œil malicieux, conseillent aux personnes intéressées par la bonne marche de l'exécutif d'aller effectuer une petite visite de reconnaissance au cinquième sous-sol du parking de l'institution. Sacrée expédition puisque l'ascenseur s'arrête au moins quatre. Plus bas, l'électricité est parfois défaillante et, en ce temps-là, personne ne sait encore si, dans le bâtiment, ne rôde pas le fantôme revanchard de Raffarin…

C'est là, dans les entrailles du conseil régional, au fond du fond du fond, sous une bâche grise, qu'intrigué, on aperçoit une voiture. En soulevant la bâche, les habitués de la boutique comprennent immédiatement. Cette automobile est la Vel Satis utilisée comme véhicule de fonction par Élisabeth Morin, carrosse dont Ségolène Royal s'est allègrement moquée, expliquant que si elle était élue, une Laguna ferait parfaitement son affaire. Souhait concevable de la part de quelqu'un se disant révulsé par les signes d'ostentation. Raison de plus quand on a la maîtrise des fonds publics pour obsession…

On aura vite l'explication de la dissimulation de cette voiture. Prisonnière de ses propos de campagne, Ségolène Royal a évidemment refusé d'avoir recours au véhicule loué pour Élisabeth Morin. Elle a réclamé une berline plus modeste. Sauf à dire que la concession ayant fourni la Vel Satis a exigé que le contrat aille à son terme. Et voilà comment la Région s'est retrouvée à louer une seconde auto après que ses nouveaux dirigeants ont pris soin de camoufler la première… Un euro dépensé en plus est un euro utile pour l'image de la présidente ! Reste qu'il aurait suffi à cette dernière d'expliquer simplement les choses. Qui se serait alors étonné de la voir circuler quelques mois dans une Vel Satis puisque cela permettait de réaliser des économies ?

C'est à pied, par contre, que la présidente arrive à l'improviste, rue du Cherche-Midi, à Paris, afin de découvrir la Maison du Poitou-Charentes. Depuis son élection, elle a dans le collimateur cette antenne régionale acquise quelques mois avant que Jean-Pierre Raffarin ne débute son bail de quatorze ans à Poitiers. Un lieu où il a décidé d'investir afin que la vitrine parisienne d'une région à la vocation touristique affirmée (la Charente-Maritime se classe en seconde position nationale quant à la fréquentation) soit attrayante et fonctionnelle. C'est d'ailleurs dans son costume de Premier ministre qu'il a inauguré l'année précédente d'importants travaux de rénovation.

La nouvelle majorité qui semble s'appliquer à gommer tout ce qui peut incarner le pouvoir du passé ne veut plus entendre parler de cette représentation. Tous les arguments sont bons pour justifier la vente pure et simple de ces locaux, les chiens que l'on veut noyer étant toujours atteints de maladies incurables et contagieuses. Et lorsqu'il s'agit de faire dire aux chiffres ce qu'elle souhaite qu'ils expriment, Ségolène Royal s'y entend, arrivant même à mélanger chiffre d'affaires et résultat d'exploitation. « Le coût de fonctionnement est énorme », clame-t-elle. Les quatre départements qui prennent leur part dans la marche de cette maison apprennent en lisant le journal qu'on va s'en débarrasser.

Après tout, les électeurs lui ont donné les clés du camion, c'est elle qui conduit. Même si son opposition crie au scandale. « La Maison du Poitou-Charentes a été déclarée d'inutilité publique unilatéralement. Bel exemple de démocratie participative ! » s'étouffe un élu de droite, spécialiste du tourisme, en rappelant que ce lieu permet également à nombre d'habitants de la région, à des chefs d'entreprise, de tenir des réunions dans une vaste salle du sous-sol.

Le jour où elle débarque, Ségolène Royal veut visiter. Les employés n'ont jamais oublié ce moment : « Nous avons bien compris qu'elle soupçonnait des choses bizarres. Elle a tout juste consenti à jeter un œil sur les caves aménagées. Ce sont les étages qu'elle voulait voir. Elle a paru très déçue de ne rien trouver d'extraordinaire, sinon des espaces de stockage pour nos dépliants et nos produits régionaux. À croire qu'elle s'imaginait que Raffarin avait fait installer une garçonnière dans les combles ! »

Pour la somme de 1 320 000 euros, un promoteur est devenu le nouveau propriétaire des lieux. Certainement une opération de gestion éclairée pour qui sait l'évolution du prix de l'immobilier dans la capitale dans les années qui ont suivi... Nul ne se souvient si la promesse d'investir le produit de cette vente dans le développement touristique régional a été tenue. Peut-être.

Par contre, ce qui est certain, c'est que six ans plus tard – nous sommes alors en 2011, la présidente de région, comme nous le verrons, a « rempilé » l'année précédente –, il est apparu absolument indispensable que son très cher pôle régional des éco-industries de Poitou-Charentes ait une implantation à Paris. Une subvention est attribuée à cette nébuleuse afin qu'elle paye son loyer, mais le bailleur refuse de signer, demandant à la collectivité de s'engager directement. C'est donc le conseil régional, après l'adoption d'une nouvelle délibération, qui verse les 47 025 euros annuels hors taxes pour la location de locaux situés au 1-3 rue du Départ, dans un immeuble anonyme et discret coincé entre un cinéma et une pharmacie, à proximité de la gare Montparnasse. Un espace qui s'avérera terriblement utile pour des gens n'ayant qu'un rapport très lointain avec l'éco-industrie. À moins qu'il convienne, désormais, de classer les primaires du Parti socialiste précédant une élection présidentielle au rayon des éco-industries ? En tête de gondole ?

Dans le domaine des éco-industries, un euro dépensé est un euro sacrément utile : il offre un toit à Paris.

8

La transparence ayant ses limites, le rapport circonstancié de César consulting, au modeste tarif de 89 000 euros, est classé confidentiel défense. Même en le réclamant poliment, la réponse demeure la même : top secret. Certains rares élus en ayant eu connaissance, il devient évidemment possible de consulter ce document. Quelques propositions ne manquent pas de bon sens mais faute d'être mises en place – surtout quand il s'agit, on le lit entre les lignes, que Ségolène Royal revoie nombre de ses façons de faire –, le malaise perdure.

Tout au plus l'idée des as du management d'alléger la tâche de Jean-Luc Fulachier va-t-elle être suivie. Bien que considéré, à juste titre, comme une grosse tête, il ne semble pas nécessaire que le chef des « Ségo boys » continue à être affublé de deux casquettes. Voilà pourquoi une directrice de cabinet vient d'être recrutée. Elle s'appelle Danièle Mailhé. À 54 ans, cette femme discrète arrive avec une solide réputation. Elle a été sous-préfète de l'arrondissement de Jonzac en Charente-Maritime, elle est chargée de la politique de la ville en Loire-Atlantique. Le travail au sein des collectivités, en relation avec les élus, n'a plus de secret pour elle.

Elle tiendra le choc un peu plus de deux années, après avoir constitué à elle seule une cellule psychologique propre à apaiser plaies et bosses de bien des membres de la majorité, et prêté une oreille attentive à quelques conseillers régionaux d'opposition, sans oublier la quasi-totalité des salariés de l'institution. Deux ans durant lesquels la présidente a passé l'essentiel de son temps à fouetter d'autres chats que ceux de sa région. Et quand elle reviendra de sa course à l'Élysée, il y aura de la casse. Ses défaites sont toujours suivies d'un climat incertain pour son entourage; Danièle Mailhé devra boucler ses valises.

Bien avant cela, Ségolène Royal doit, toutes affaires cessantes, voler dans les plumes de Frédéric Cadet, le recteur d'académie nommé juste après son élection dans le seul but de lui chercher querelle, du moins en est-elle persuadée. Celui qu'elle considère comme un suppôt de Raffarin vient d'avoir l'outrecuidance de rappeler aux proviseurs que, hiérarchiquement, il demeure leur seul patron. Les lycées, compétence régionale, certes; mais le corps enseignant et la direction des établissements restent sous son autorité. L'échange entre deux personnalités « entières » est sévère. Certains imaginent que Ségolène Royal revit les heures tendues de son séjour sous la coupe de Claude Allègre à l'Éducation nationale…

Dans la foulée, elle se doit d'arbitrer un débat budgétaire acharné au sein de sa majorité. Discussion classique agitant une équipe parvenant au pouvoir : de combien augmenter les impôts ? De droite comme de gauche, les nouveaux arrivants se disent toujours effarés par leurs découvertes lorsqu'ils ont cherché à connaître l'origine de ces sons particulièrement creux en provenance de la caisse…

Après analyse obligatoirement très fine menée par des cabinets d'expertise comptable naturellement indépendants, les causes du désastre s'avèrent multiples : les prédécesseurs ont fait n'importe quoi, vécu au-dessus de leurs moyens, jeté l'argent par les fenêtres, favorisé copains et coquins. Bref, le contribuable doit payer afin de corriger les erreurs du passé et accessoirement éponger le désengagement de l'État. En politique, c'est un grand classique : si le gouvernement n'est pas du même bord qu'une collectivité territoriale, il se désengage toujours. À retenir également que « les pouvoirs précédents » « creusent les déficits » et font « exploser la dette dans des proportions abyssales ». Ainsi soit-il.

Pour équilibrer son premier budget, Ségolène Royal se prononce sur une augmentation de 12 % de la part régionale sur les taxes d'habitation et professionnelle, de 25 % sur les cartes grises. Plus jamais, lors de son long bail à la tête de Poitou-Charentes, elle ne touchera aux impôts, préférant s'appuyer sur les talents du magicien de la finance Fulachier, lequel, ne disposant pas de planche à billets, devra se résoudre soit à avoir recours à l'emprunt, soit à limiter les participations régionales.

Il est regrettable que ceux ayant vu pendant dix ans baisser leurs subventions n'aient pas créé la chorale de l'enfer, tant leurs cris de douleur n'ont cessé de résonner dans les vertes campagnes poitevine et charentaise. Leur public applaudissant frénétiquement aurait pu être constitué de l'armada de mécontents se plaignant de ne jamais recevoir de réponse aux courriers envoyés rue de l'Ancienne-Comédie. Ces questions budgétaires constituent le terreau sur lequel ont grandi les différends avec Jean-François Fountaine qui se sont terminés, on le verra, par un clash d'anthologie.

Reste que ces menues péripéties locales ne sont rien comparées à l'immense bataille du référendum sur la constitution européenne dans laquelle la générale Royal s'est lancée à corps perdu, sur la même ligne que le maréchal Hollande.

Époque épicée que celle de ces querelles homériques. Le sujet a fait se battre les meilleurs amis du monde ; certains déjeuners de famille n'ont pu aller à leur terme à cause de l'intrusion du fameux plombier polonais ayant glissé dans sa boîte à outils une idée saugrenue de concurrence libre et non faussée.

Dans les rédactions de journaux *a priori* sérieux, où dès janvier, on réfléchit à la couverture de ce référendum du 29 mai 2005, les spécialistes de la question européenne affirment sans rire – même quand ils peuvent faire valoir l'excuse de posséder un passeport belge – que l'affaire est entendue, puisqu'il faudrait être fou à lier pour voter non. Qu'un hurluberlu sans la moindre boule de cristal ose dire que le « non » va l'emporter haut la main et le voilà aussitôt suspecté d'être frappé par un florilège de maladies mentales aussi graves qu'incurables.

Ségolène Royal, dont le flair politique est souvent mis en exergue, va, dans cet épisode, se tromper lourdement. Comme à son habitude, elle ne fait pas dans la nuance. La voilà donc en première ligne aux côtés du premier secrétaire du Parti socialiste, alors qu'en interne, la bagarre fait rage. « Dire non, ce serait passer pour des nantis capricieux aux yeux des habitants de tous les pays de l'Est qui viennent de rejoindre l'Europe », explique-t-elle. Elle refuse, dans un mouvement de menton, tout « malentendu » : le « oui », « c'est nous pousser à conquérir des droits sociaux, des cohérences nouvelles, c'est réexaminer la place de la France dans cette Europe nouvelle». Si elle le dit...

Elle est là également pour clamer bien haut ce que son compagnon de premier secrétaire se contente de susurrer. En décembre, les socialistes, dans leur ensemble, se sont prononcés sur la question. Le résultat du vote a été clair et net (près de 59% pour le «oui»), même si, aujourd'hui encore, certains dénoncent – comme dans toutes les consultations internes du PS et plus généralement de tous les partis politiques... – des magouilles, des tripatouillages, de la triche à tous les étages ayant pesé sur le résultat du scrutin.

Que les Emmanuelli, Mélenchon, rejoints, on s'en souvient, par les Fabius et autres Montebourg – ces derniers, évidemment en raison de leur seule conviction profonde –, continuent à plaider pour le «non» et ils sont happés par les flammes d'un terrible Royal courroux. «Il y a un principe de cohérence», s'emporte-t-elle; «ils ont perdu le référendum interne, qu'ils respectent le choix de la majorité des socialistes». Emmanuelli et consorts, «s'ils veulent reprendre leur liberté de parole par rapport à la position officielle du parti, doivent démissionner de tous leurs mandats», poursuit-elle, sans visiblement se faire d'illusion mais en regardant au-delà: «J'espère que leur investiture ne sera pas renouvelée», menace-t-elle. Menacer, elle sait faire.

C'est surtout Emmanuelli qu'elle a en ligne de mire. L'ancien grand chef socialiste ne la porte pas non plus dans son cœur, même s'il met toujours ses proches en garde «de ne pas la prendre pour plus bête qu'elle n'est». Le personnage Royal le déroute parfois, mais il l'estime «intelligente».

Toujours est-il qu'un beau jour, Ségolène Royal adresse un e-mail à nombre de socialistes dans lequel l'élu landais en prend une fois de plus pour son grade. Elle vient de trop tirer sur la ficelle : celle-ci lui revient violemment dans la figure. Jérôme Lambert, député de Charente, petit-neveu de François Mitterrand, sort de ses gonds et lui répond par le même canal. Son texte est virulent. « Ségolène Royal réinvente le centralisme démocratique ! » écrit-il, se demandant si elle n'est pas « nostalgique » de « régimes totalitaires » qu'elle voudrait imposer aux socialistes. « Il est vrai que cela peut paraître confortable quand on est la "femme du chef" d'avoir un parti à sa botte », note-t-il, montrant ainsi que pour lui, la complicité Hollande-Royal est vivace. Proposant qu'elle effectue un « petit séjour en camp de rééducation, afin de calmer ses ardeurs », il pose la question de savoir si un jour le PS n'aura pas « besoin d'afficher son sourire Colgate à défaut de ses idées personnelles ». Ce n'est pas gentil pour sa présidente de région. Sa conclusion l'est encore moins : « Franchement, ne croyez-vous pas que l'on a mieux à faire dans cette période que de devoir réagir aux conneries de Mme Royal ? » Au moins, c'est clair. Le petit-neveu, désireux d'apporter un peu de fraîcheur dans un monde de brutes, n'emprunte pas aux précautions stylistiques du grand-tonton !

Cette campagne référendaire égrène ses péripéties loufoques. Comme la publication d'un numéro de *Paris-Match* où, en une, Sarkozy et Hollande posent tous deux dans leur uniforme d'homme politique, même costume, même cravate, même chemise, même volonté de convaincre le bon peuple de voter « oui ». Qu'en pense Ségolène Royal ? Rien. Pas de commentaire. C'est si rare que ça mérite d'être retenu.

Par contre, elle ne peut qu'esquisser une sorte de sourire triste en apprenant qu'un certain Jean-Louis Borloo est venu à Bordeaux prêcher – lui aussi – pour le « oui » et que dans la foulée, répondant à l'interrogation bien naturelle d'un journaliste quant à ses promesses sur son aide pour la réhabilitation des quartiers en difficulté de Poitou-Charentes, il a assuré, martial, que « l'engagement de 300 millions sera tenu ». Un seul problème : il évite soigneusement de préciser quand. Mme Royal a trépigné des années durant dans l'espoir de voir tomber cette pluie d'euros sur sa région. En pure perte. Sécheresse absolue et continue... Preuve que Jean-Louis Borloo a pris les électeurs pour des imbéciles.

Le référendum, c'est bien, mais Ségolène Royal ne veut pas pour autant oublier la chère maison qu'elle préside. Le jour anniversaire de sa victoire aux régionales, elle souffle la première bougie avec le sens de la mise en scène qu'on lui connaît. Ivan Drapeau, dans *Charente libre*, rédacteur d'ordinaire charitable, en arrive presque à la railler, faisant probablement appel à ses racines vendéennes pour raconter que la grand-messe célébrée a été précédée de vêpres et mâtines à la gloire de l'œuvre entreprise. Le même reporter continue à persifler en écrivant : « La présidente soigne sa communication avec la même attention que le boxeur son uppercut. Il faut que ça marque, d'où la pédagogie de la répétition. »

Il est vrai que la journée est tout à l'honneur de celle qui avance comme la princesse au milieu de ses sujets. La Princesse, le dernier de ses surnoms charento-poitevins, celui qui s'installera définitivement, sitôt passé l'épisode de la présidentielle contre Sarkozy, contre le PS... et contre Hollande.

Pour cette première bougie, Ségolène Royal n'a pas lésiné. Elle a validé le petit film tournant en boucle dans ces mêmes salons de Blossac où, un an plus tôt, elle faisait l'ouverture des journaux télévisés. Ce clip dû à un réalisateur passé à côté d'une carrière de renom dans les pays du défunt bloc soviétique est un hommage à une seule et unique vedette. Elle, la dame à l'écharpe de soie blanche. Modeste, évidemment, souriante, proche des gens. Souvenirs de la campagne passée, des meetings, des accolades sur une musique répétitive de la Grande Sophie alignant à l'envi les mêmes mots : « Du courage, du courage... »

Pour illustrer le changement, elle est entourée de plusieurs de ses vice-présidentes, dont Catherine Quéré – l'histoire ne dit pas si ce jour-là, elle a une petite idée du montant du budget régional – et Françoise Mesnard, longtemps cadre très actif du NPS (Nouveau Parti socialiste) des trois mousquetaires, lesquels, bien sûr, étaient quatre, à savoir Benoît Hamon, Arnaud Montebourg, Christian Paul et Vincent Peillon.

Françoise Mesnard qui, de par sa qualité de médecin du travail, rédige, au nom de ce courant, nombre des textes liés à la santé. Quelques mois plus tard, en octobre, dans les rues de La Rochelle, on l'entend, prise dans l'ambiance d'un trio bien parti pour raconter n'importe quoi, rire de bon cœur lorsqu'Arnaud Montebourg balance quelques qualificatifs plus que gratinés sur le compte de Ségolène Royal...

Mais finalement, le docteur Mesnard succombera au charisme de sa présidente. Rentrant dans le rang, offrant des gages de la réalité de sa conversion, elle parviendra à se hisser au cœur du noyau dur des adorateurs de la présidente. Un noyau composé d'une remarquable brochette d'hommes et de femmes, lesquels mériteraient un jour d'être décorés de la grand-croix de l'ordre suprême du chabichou doré. Certains d'entre eux – à commencer par Denis Leroy – pouvant également prétendre à la gamelle d'argent.

Bref, pour ce premier anniversaire, ne manquent que les poids lourds du style Fountaine et Santrot. Sans doute n'ont-ils pas trouvé la route…

Les accents de la Grande Sophie couvrent les critiques d'Élisabeth Morin, laquelle profite de l'occasion pour dire que la nouvelle présidente est, dans ses relations avec l'opposition, « une violente ». Billevesées balayées d'une main ne manquant pas de courage, de courage, de courage.

Non, ce jour-là, la seule ombre au tableau, ce sont ces fichus sondages. Doucement mais sûrement, ils montrent que le « non » se refait une santé et peut l'emporter. « Incroyable, non ? » soupire Ségolène Royal. Oui, incroyable.

Puis elle jure à la cantonade qu'en aucun cas ces agapes ne constituent « une autocélébration ». Ce qui va encore mieux en le disant.

Durant plusieurs années, fin mars, *a minima* lors d'un repas avec la presse régionale, un rendez-vous marquera cet anniversaire. Puis les festivités ont cessé sans qu'aucune explication ne soit apportée. À se demander si ce n'est pas ce malappris de Drapeau qui aurait vexé la Princesse lorsque, dans un établissement de prestige des environs de Poitiers, entrechoquant sa flûte de champagne avec celle de la présidente, il a osé cette réflexion idiote : « Un euro dépensé est un euro utile ! »

9

Le 29 mai au soir, les partisans du « non » baignent dans l'euphorie, leurs concurrents du « oui » sont plongés dans un abîme de tristesse. La liesse des uns, le spleen des autres ne durent pas puisque les élites européennes, mises à la porte par le vote français, parviennent, une trentaine de mois plus tard, à rentrer par la fenêtre en signant un traité du côté de Lisbonne. Un déni démocratique qui, depuis, n'empêche pas les mêmes de s'interroger, les soirs d'élection, sur la chute régulière des taux de participation, signe d'un dédain profond – pour ne pas parler de dégoût – à l'égard de la politique et de ceux qui en ont fait profession.

Ségolène Royal n'a pas le temps de s'appesantir. D'abord, elle obtient un joli lot de consolation : son vieil adversaire Raffarin, en sursis depuis belle lurette, paie cash l'échec référendaire chiraquien puisqu'il est dégagé de Matignon. Si elle verse une larme, elle est de joie. D'autant que le successeur, Dominique de Villepin, est une vieille connaissance, un collègue de l'ENA membre de la promotion Voltaire, laquelle est appelée à connaître une grande notoriété dans le futur.

Ensuite, Mme Royal a du lait sur le feu. Sa petite entreprise de vedettariat ne connaît pas la crise. Bien au contraire. D'ailleurs, dans les jours suivant cette gifle venue des urnes, elle a les honneurs d'un nouveau portrait. Un grand format de 52 minutes, sur Canal +.

Certes, pour une fois, les habituels détours hagiographiques ont été évités. À cela, une raison toute simple : son auteur ne s'est pas contenté de humer l'atmosphère poitevine le temps de venir et de repartir, d'écouter Ségolène Royal lui expliquer doctement qu'elle est tout simplement géniale. Non, John-Paul Lepers a simplement fait son métier de journaliste ; il s'est immergé dans le paysage afin de comprendre, de se faire une idée. Son film est intitulé *En avant marche*, étrange connotation militaire… À moins qu'il ait surtout retenu du personnage son art de faire avancer les autres au pas cadencé.

Au fil des images, on sent poindre quelques critiques ; *a priori*, Ségolène Royal doit en avoir cure puisqu'elle appartient à cet univers des politiques demeurant – sans doute à juste titre – persuadés que l'essentiel reste qu'on parle d'eux. En bien ou en mal, peu importe. Mais surtout, ne pas se faire oublier. Occuper le terrain.

Dans ce film, le témoignage de Jacques Attali écrase tout le reste. « Ségolène Royal a le talent pour être présidente de la République », martèle-t-il, ajoutant une sorte de pari sur l'avenir : « C'est une hypothèse plausible. » Venant de celui qui lui a fait franchir pour la première fois les portes de l'Élysée, du « sherpa » ayant joué un rôle primordial aux côtés de François Mitterrand, on mesure l'importance de la remarque, de l'affirmation. De quoi donner des idées à n'importe qui possédant un tant soit peu d'ambition. Quand celle-ci se mesure en kilos, en tonnes, en mégatonnes, on devine l'impact de ces paroles…

Jacques Attali se livre à une autre prédiction. Il est en effet persuadé que, « si un jour, le couteau sous la gorge, dans le couple Hollande-Royal, l'un des deux devait abandonner la politique, c'est le premier qui céderait ».

À ce stade, il convient, d'un mot, de régler une question. On a su, officiellement en juin 2007, les lézardes puis la faille du duo Hollande-Royal. Chacun a alors pu mesurer l'importance primordiale qu'a pu avoir sur l'actualité politique la crise traversée par ce couple avant sa séparation.

Il s'agit là d'un aspect dont nous n'embarrasserons pas ces pages, des spécialistes autoproclamés du courrier du cœur ayant eu, grand bien leur fasse, les informations utiles et nécessaires pour s'en charger. Il n'en sera question que lors des épisodes où Ségolène Royal, de son propre chef, a abordé le sujet. N'empêche qu'au fil de ces années 2005-2007, bruits et rumeurs au sein du conseil régional, « tuyaux de première bourre » plus ou moins confirmés à l'occasion des contacts divers et variés avec le monde politique et celui des médias n'ont jamais cessé.

Si sa vie privée est son affaire – elle a néanmoins tenu parfois à l'utiliser et à la mettre en scène –, à la même époque, à Poitiers comme ailleurs, nul ne peut ignorer que la présidente de région vient d'avoir recours aux soins d'un... orthodontiste. Durant plusieurs semaines, elle est affublée d'un appareillage métallique qu'il serait fort audacieux de qualifier de gracieux. Aussitôt, « privilège » de tous ceux disposant d'une once de pouvoir, elle est la cible des plaisanteries de mauvais goût. Celles-ci fusent de toutes parts. Retenons celle d'un élu socialiste charentais expliquant qu'à chacune de ses conversations avec Ségolène Royal, il craint de pouffer de rire tant elle lui fait penser à Zézette, l'une des héroïnes du film culte *Le Père Noël est une ordure*.

Il oublie vite ses références cinématographiques et la remarquable Marie-Anne Chazel pour revenir aux classiques de la politique et assurer, le jour où il la voit ainsi « équipée » : « Je prends les paris. Elle accepte ce traitement parce qu'elle veut s'aligner dans la course à la présidentielle. Souvenez-vous de Mitterrand se faisant limer les canines à la veille du combat contre Giscard en 1981. La preuve que la région, ce n'est pour elle qu'un emploi tremplin... » La suite lui donnera raison.

Sollicitée de tous côtés, Ségolène Royal, dont l'emploi du temps régit celui de toute l'assemblée, imprime un train d'enfer à ceux qui ont la « chance » de l'entourer. Lorsqu'elle quitte son costume de députée, elle saute dans le TGV en direction du Poitou-Charentes, descend toujours du train par le wagon de seconde après avoir voyagé en première. C'est l'une de ses habitudes les mieux ancrées, des centaines de Poitevins ont repéré le manège ; autre marotte, interdiction absolue aux photographes de la mitrailler lorsqu'elle est à table.

À Poitiers, donc, c'est régime... surmultiplié. Les menus des sessions sont boulimiques, Ségolène Royal veut établir des schémas régionaux dans tous les domaines de compétence – lycées, formation, transports –, ce qui est normal, mais également sur le reste, à commencer par les secteurs qu'elle a décidé de s'approprier – OGM, handicap, santé. Elle trouve une seconde pour s'enthousiasmer du slogan retenu par le fidèle Leroy, directeur du comité régional de tourisme, dans l'espoir d'attirer un maximum de vacanciers. « Chasser le banal », voilà son programme. On se demande à qui il a bien pu songer avant d'accoucher d'une idée pareille ?

La présidente annonce une autre initiative laissant aphone son opposition, voire la plupart des membres de sa majorité. Elle propose en effet que la télévision régionale retransmette régulièrement une séance de questions orales au conseil régional. Comme à l'Assemblée nationale.

Le projet a un coût: 20000 euros de l'heure. Face à cette facture qu'elle juge beaucoup trop salée, Élisabeth Morin fait la grimace, s'étrangle. Elle s'attire les foudres de celle que les électeurs ont choisie à sa place. Ségolène Royal n'admet pas ce refus: sa remplaçante ose critiquer une mesure qu'elle préconisait quand elle dirigeait la majorité! On apprendra plus tard que la figure de proue de l'opposition avait alors pensé, en toute bonne foi, que cette somme correspondait au montant de l'indemnité réclamée pour toute une année de diffusion. On peut être inspectrice générale de l'Éducation nationale et faire preuve de grosses lacunes quant aux coûts de l'audiovisuel...

Entre deux interviews, trois communiqués et quatre conférences de presse, la Laguna présidentielle sillonne la région avec à son bord une personnalité qui, chaque jour, prend un peu plus de place dans le cœur des Français. Raison de plus pour se faire respecter chez elle où elle ne supporte pas de voir plus d'une tête. Elle est la patronne, la «Marie j'ordonne», qu'on se le dise. Le premier ayant le culot de lui faire comprendre qu'elle ne l'impressionne aucunement est assuré de ne pas avoir affaire à une ingrate. Le résultat ne se fait pas attendre: tous aux abris, ça va cogner!

Ainsi cet après-midi, à Saint-Jean-d'Angely, où elle vient signer un contrat de territoire. Elle arrive avec une bonne heure de retard, ce qui a le don d'énerver le préfet Tomasini, en grand apparat, ainsi que le député de la circonscription, l'avocat international Xavier de Roux.

Celui-ci tâte de la politique sous l'étiquette radicale tendance Borloo-valoisienne dans le département de son enfance, au bord de la Charente, où il ne se lasse jamais de taquiner le gardon. Le plus souvent, quand il n'est pas parti refonder la Constitution de l'Albanie ou de la Hongrie, on le trouve à son cabinet parisien plongé dans des dossiers de première envergure. Il a, par exemple, mis son nez de près dans l'affaire des avions renifleurs ; il a défendu Yves Chalier – le détenteur du vrai-faux passeport délivré par Charles Pasqua – dans la ténébreuse histoire du Carrefour du développement. Autant dire que Ségolène Royal, toute figure de premier plan qu'elle est, même précédée de sa réputation de « Zapaterreur », ne fait pas naître chez lui le plus petit sentiment de crainte...

L'inverse est vrai. À peine descendue de voiture, ajout au programme : la présidente décide d'une visite du lycée de cette modeste sous-préfecture. Le député emboîte naturellement le pas. À l'entrée de l'établissement, la patronne, entourée de tout son aréopage, apostrophe le parlementaire : « Vous n'êtes pas convié à cette réunion ; c'est une initiative privée de la Région. Vous n'entrerez pas. » L'espace d'une seconde, l'élu demeure bouche bée, scotché par un tel mépris. Avant de réagir dans la foulée. On entend alors la voix puissante de l'avocat émettre une hypothèse qui, dans sa bouche, tient de la certitude : « Je crois qu'elle est cinglée », lance-t-il à l'attention de la dame. Un avis ne constituant en aucun cas une première.

Quelques jours plus tard, relatant l'incident dans *L'Écho des arènes*, son journal mensuel, sa « danseuse » lui permettant de laisser libre cours à ses talents de polémiste, le même écrit : « On aurait pu supposer que son passage dans un établissement religieux d'abord, à l'Élysée ensuite, lui avaient fabriqué un vernis d'éducation. Les lycéens de Saint-Jean-d'Angely ont pu constater qu'il n'en était rien. »[1]

Fin août, à La Rochelle, pour la seconde année consécutive, elle prend un réel plaisir à se transformer en hôtesse d'accueil polie et attentive à l'égard de ses collègues présidents de région.

Ils ouvrent, dans l'après-midi du jeudi, les « festivités » de l'université d'été du Parti socialiste, rendez-vous immuable de la rentrée. Tout commence par la réunion au sommet des patrons d'exécutifs régionaux, lesquels, sagement assis autour de la seule dame de leur docte corporation, expliquent à quel point ils sont efficaces et foisonnent d'idées remarquables. Résonnez musettes.

Le dimanche matin, à l'heure de la messe, c'est le révérend père Hollande qui officie. Un discours toujours tonique, «*punchy*», parsemé de clins d'œil et de traits d'esprit pour dépeindre les adversaires détenteurs du pouvoir comme une armada de ringards, de maladroits, de profiteurs et d'incapables. Habituel, de bonne guerre, bien fait.

Cette année-là, il rend hommage au secrétaire fédéral du PS en Charente-Maritime dont il dit avoir beaucoup aimé le court propos introductif. « Olivier a fait un discours de premier secrétaire. Je le dis, parce qu'il faut aussi préparer l'avenir. » Le rose socialiste vient alors colorer les joues du destinataire de cet hommage. À savoir le dénommé Olivier Falorni. François Hollande voit juste : un homme d'avenir... Ses désirs d'avenir ne sont pas minces.

Ségolène Royal a tout juste quitté le vieux port, ses tours et ses bistrots, qu'elle doit assumer un nouveau

1. *L'Écho des Arènes*, mai 2005.

statut. Elle entre en effet dans le cercle restreint des politiques auxquels une biographie est consacrée. Daniel Bernard, journaliste à *Marianne*, a eu l'instinct de se lancer dans l'aventure. Résultat, un livre précis, complet. Titré *Madame Royal*[1]. Tout un symbole quand on connaît les efforts de l'intéressée pour n'être que « Ségolène ». N'est-elle pas la seule à bénéficier de ce sentiment de proximité qu'implique le fait d'être appelée par son prénom, plus précisément par la moitié de son prénom ? Arlette et Marie-George évoquent certes des figures connues, mais ni l'une ni l'autre n'ont joué sur ce registre marketing. Quant à Simone, Anne où Martine, personne n'a idée de mettre un visage particulier sur ces prénoms. Pourtant le pilotage de la loi sur l'IVG, la direction de la mairie de Paris ou de Lille ne constituent pas des missions tenant de la broutille !

Quand on demande à Marie-Ségolène Royal de confier les secrets de la contorsion l'ayant amenée à se transformer en « Ségolène », elle prend son air ingénu de petite fille modèle, confesse qu'elle n'est absolument pour rien dans l'utilisation de cette appellation familière, les seuls journalistes étant, elle l'affirme, les responsables de cette originalité. Pieux mensonge. Doublé d'une réelle habileté afin de capter sans discontinuer l'attention des médias et partant, du grand public. « Ce qui fait, depuis toujours, l'atypisme de la présidente de région sur le marché, c'est cette capacité à faire d'elle l'héroïne d'une histoire, censée émouvoir en permanence le consommateur », écrit le « fils de pub » François Belley[2].

Hormis la précision de sa narration, Daniel Bernard a recueilli deux déclarations méritant d'être gravées dans

1. Aux éditions Jacob-Duvernet, 2005

2. François Belley, *Ségolène, la femme marque*, Rambouillet, Éditions Peau de com, 2008.

la pierre tendre du panthéon ségoléniste. La première est due à Noël Mamère. Le député écolo girondin juge que Ségolène Royal est « une formidable actrice ». L'avis de ce spécialiste en mesure d'assurer l'enseignement au cours Florent est autorisé...

Second morceau choisi. C'est le sujet lui-même qui parle, l'impératrice de la démocratie participative, la passionaria du chabichou. Écoutons-la religieusement : « La politique, c'est de l'artisanat. Faut jamais déléguer, faut tout faire soi-même. » Cela mérite d'avoir une pensée émue pour l'armée – sans compter les réservistes – de collaborateurs dont la dame a toujours eu l'habitude de s'entourer. Les malheureux ont dû beaucoup s'ennuyer. Ou alors, souvent, elle a volé au secours de nécessiteux ayant un besoin impératif de se nourrir.

Sans transition, direction Nevers pour les journées parlementaires socialistes. Nevers, la ville de Pierre Bérégovoy, le département d'élection de François Mitterrand, deux symboles forts permettant d'espérer la fraternelle réconciliation après les déchirures référendaires. Tous les ténors sont là, à commencer par Hollande, Fabius et Strauss-Kahn, lesquels ne songent qu'aux deux prochains coups à jouer sur l'échiquier. Premier match, le congrès du Mans fin novembre. Il s'agira, pour l'un de garder le parti dans sa manche, pour les autres de se l'approprier dans l'optique du second round, capital, à savoir la grande finale présidentielle de 2007.

L'ambiance est électrique. Les plaies sont encore à vif, les partisans du « non » se sentent plus que jamais ostracisés, certains d'entre eux dénonçant les méthodes « corses, pour ne pas dire mafieuses », de la direction afin de conserver ce qu'elle estime être devenu son pré carré.

À l'heure du repas, Michel Charasse, plus représentant en bretelles que jamais – la paire qu'il aborde est du dernier cri –, fait oublier un instant la tension en racontant non pas des histoires de chasse mais en distillant l'art de manipuler le chasseur. Cours d'éducation politique entre le gigot, le fromage, le café, le pousse-café et le cigare afin d'inculquer les techniques permettant de se mettre les fines gâchettes dans la poche à la veille des élections...

À la table voisine, Gilles Savary disserte sur la « gamelle » en politique sous le regard intéressé de Safia Otokoré, jeune femme espérant alors, à partir d'Auxerre, faire carrière en politique, tandis qu'à ses côtés, rêveur, Victorin Lurel, le président du conseil régional de Guadeloupe, écoute d'une oreille distraite.

Le lendemain, coup de tonnerre. La parution d'un hebdomadaire ayant fait des mots percutants et des clichés choquants sa marque de fabrique éclipse tous les autres débats. Ségolène Royal y bénéficie d'un long entretien avec l'académicien Jean-Marie Rouart, agrémenté de quantité de photographies ô combien spontanées, l'une la représentant en train de disputer une partie de badminton avec la plus jeune de ses filles et les amies de celle-ci. Élisabeth Morin, observatrice, estime alors dommage, pour la véracité de l'histoire, que nul n'ait songé à décoller les étiquettes indiquant le prix sur des raquettes flambant neuves achetées pour l'occasion.

L'essentiel n'est pas là. Dans cet entretien, la présidente de Poitou-Charentes annonce purement et simplement être candidate à la candidature en vue de la présidentielle. « Si François [Hollande] me sollicite et me soutient », prend-elle bien soin de préciser. La bombe de Nevers, le jour de son anniversaire ! Ce sont des dates qui lui importent, on le sait. Mais quel courage, quel courage, quel courage...

À la maison de la culture de Nevers, l'agitation fait place à l'incrédulité. Ségolène Royal la joue « traditionnel » en débitant de nouvelles calembredaines – elle assure « ne pas avoir tenu certains des propos rapportés » –, en contestant certaines interprétations. Évidemment, personne ne la croit.

Elle occupe toutes les conversations. Nul ne remarque le message codé qu'elle adresse au père de ses enfants en décrivant, alors que le torchon brûle, « sa famille très unie » tout en pointant du doigt un Sarkozy noceur abonné à des aventures passagères...

Après la cause, ses effets. Un déferlement inscrit dans toutes les mémoires. Le maladroit « Qui va garder les enfants ? » de Fabius, l'agressif « Je vais devoir mettre une balle de plus dans le fusil » d'Emmanuelli – il ne fait pas de différence puisqu'il veut farcir de plomb tous les candidats putatifs –, sans oublier les propos machistes de Lang ou de Mélenchon, lesquels rappellent qu'une présidentielle n'a rien à voir avec l'élection d'une reine de beauté.

Dans ce monde de brutes, Ségolène Royal parvient néanmoins à bénéficier d'un peu de douceur. En cadeau d'anniversaire, elle reçoit un sachet de friandises proposé sur place. En effet, dans le hall de la salle de réunion, plusieurs artisans locaux ont installé leurs stands. En particulier un fabriquant de « carabiquettes », des caramels à base de lait de chèvre. Voilà le présent idéal pour la députée d'une circonscription où baguenaudent quasiment autant de chèvres que d'électeurs ! Dès qu'elle apprend la composition du bonbon, elle veut aussitôt pouvoir exporter cette invention dans les Deux-Sèvres. Malheureusement, le confiseur nivernais, prudent, a fait breveter sa petite sucrerie...

À compter de ce jour, celui de ses 52 ans – « le champagne est au frais dans le coffre de la voiture », assure Denis Leroy venu probablement faire du repérage touristique en

Bourgogne –, Ségolène Royal ne sera plus jamais regardée comme avant. Ses quelques mots font d'elle « la » candidate. Instantanément, un phénomène bizarre d'une ampleur inconcevable se produit. Sa notoriété, déjà importante, explose.

Ce 22 septembre 2005, Ségolène Royal, vedette confirmée, devient diva. Elle change d'univers, de statut. D'autant plus qu'avec une remarquable habileté, elle fait des mâles et lourdingues attaques nivernaises un atout. À la façon d'un judoka, elle utilise la fougue de l'adversaire pour mieux le déséquilibrer.

Fabius a parfaitement compris qu'il aurait mieux fait de se taire. En visite, peu de temps après, sur les terres charentaises du député Jérôme Lambert, où tous deux communient dans le souvenir mitterrandien, l'ex-plus jeune Premier ministre de la France s'enfonce encore un peu plus en tentant de se justifier, assurant que sa réflexion liée à la garde des enfants, simple trait d'esprit, a été mal interprétée et se disant persuadé – mais bien trop tard – ne voir que du « très positif » à ce que « les femmes aient un rôle plus actif ». Ben voyons...

Ségolène Royal ne lâche pas son nouvel axe de combat. À chaque occasion, elle maintient, d'une main de fer, la tête sous l'eau de tous ces beaux messieurs sûrs de leur fait. Tout en ne quittant jamais la posture digne de la femme outragée. Ainsi, à la veille d'un déplacement à Bordeaux, où elle vient plancher devant les étudiants dans le cadre des rencontres conjointement organisées par l'Institut d'études politiques et *Sud Ouest*.

Dans une interview, elle répète que si elle est « en situation et sollicitée par le PS », mener la campagne présidentielle « est quelque chose d'inscrit dans le champ du possible », soulignant que ce n'est pas son itinéraire personnel qui est en jeu. Qui pourrait imaginer une chose pareille ?

Puis elle tombe avec avidité sur le poil de tous ceux qui l'ont cherchée quelques jours plus tôt. Ces réactions machistes, elle dit les avoir « très mal vécues », les juge « dégradantes, humiliantes, violentes », teintées d'« un vieux fond de misogynie ». Et d'enchaîner : « En tant que femme, il est déjà tellement difficile de réussir à concilier vie personnelle, familiale et professionnelle ! *A fortiori* pour une femme engagée en politique, puisqu'il y a des contraintes supplémentaires. N'ai-je pas le bagage de n'importe quel homme avec mon itinéraire, mon expérience d'élue, de ministre ? Un homme n'aurait pas vu sa légitimité contestée. Ça veut dire qu'une femme doit toujours faire ses preuves plus qu'un homme. Cela prouve que ma candidature est crédible. Si ce n'était pas le cas, on n'aurait pas entendu autant de réactions hargneuses ! » Implacable argumentaire. Imparable. Les commentaires de Nevers font mal. Au-delà de ses espérances...

Le texte de cet entretien est mis en page, prêt pour l'impression, quand sonne le téléphone. Mme Royal demande que soit apportée une précision dans ses réponses : « En tout état de cause, je ne serai jamais en compétition avec François Hollande », tient-elle à ajouter.

À Sciences-Po, c'est l'émeute. L'immense amphi est bondé, une autre salle est ouverte afin d'y relayer l'intervention de celle qui avoue « avoir envie » de se présenter – en fait, elle en meurt d'envie. Deux heures durant, certains rajeunissent de deux ans, revivant la campagne des régionales. Tout y est, le sourire identique, la même volonté de donner le sentiment d'une proximité avec son public, tout en prenant bien soin de ne jamais se livrer.

Deux éléments nouveaux viennent se greffer au discours, à la veille de se lancer à l'assaut du plus haut des sommets politiques.

En premier lieu, elle met en avant « ses » réalisations en Poitou-Charentes, à coups de « je » répétés. « Je fais les choses », « je veux remettre en place les points de repère pour que les gens n'aient pas peur du futur », « j'ai le sens de l'urgence ». À l'écouter, elle a, en dix-huit mois, façonné une sorte de paradis terrestre dont les habitants reconnaissants respirent le bonheur et la volupté à pleins poumons en marchant dans les pas de leur bien-aimé guide suprême.

À la tribune, les étudiants-intervieweurs font de leur mieux mais les malheureux ignorent tout des réalités de la vie dans cette ville qu'elle ne cesse de citer, Poitiers. Vu de Bordeaux, il ne s'agit là que d'une modeste bourgade perdue dans le grand Nord, un village entouré de vignes produisant un vin tellement quelconque qu'il faut s'empresser de le distiller deux fois pour obtenir une boisson buvable répondant au nom de cognac... Dans ces conditions, la présidente se fait fort d'enjoliver la réalité, de gommer tout ce qui pourrait fâcher.

Second élément de poids, elle insiste sur son « identité de femme ». Elle est venue à la politique « par le féminisme », elle regrette que « trop de femmes pensent qu'il faut ressembler à des hommes pour se faire respecter » mais elle prévient : « Si je suis candidate, ce sera en tant que responsable politique et non pas en tant que femme. Sinon, on gadgétiserait. » Gadgétiser. Drôlement chébran.

Cet après-midi-là, elle fait un triomphe. Elle a testé avec succès sur l'animateur ce qui va devenir une nouvelle phrase culte : « Vous poseriez la même question à un homme ? » Neuf fois sur dix, l'attaque fait mouche, la personne en face, surprise, balbutie. Lui répondre, sur le même ton sec, qu'il faut être goujat, idiot et demeuré pour varier d'attitude à l'égard d'une personnalité politique selon qu'elle porte une jupe ou un pantalon et l'affaire est réglée. D'autant plus quand on sait que la dame tire sur toutes les mêmes ficelles que les messieurs, jouant, en plus, de la corde sensible de sa féminité quand cela s'avère nécessaire...

Pour ce grand oral à Sciences-Po, elle accepte de clore son intervention en... chantant ! L'un des jeunes l'entourant à la tribune le lui a proposé de façon aussi naïve que provocatrice. Dans la droite ligne du « T'es pas cap' » des cours de récréation. Elle se fait prier, pour la forme, le temps de le dire, introduit deux-trois secondes de minauderies, puis entonne le refrain d'« Une chanson populaire » de Claude François. « Ça s'en va et ça revient, ce n'est qu'un tout petit rien... »

Au premier rang, Sophie Bouchet-Petersen boit du petit-lait. Elle est sous le charme – comme à l'ordinaire –, mais surtout, elle aussi connaît la chanson. Elle perçoit, à cet instant, que l'éléphant macho en mesure de rattraper Ségolène Royal dans la course à la candidature va devoir courir très vite. Si tant est qu'il soit né. Étant entendu qu'un éléphant champion olympique du sprint, c'est extrêmement rare.

La conseillère spéciale n'est d'ailleurs pas la seule, au moment où la présidente de région et ses nombreux collaborateurs venus la soutenir remontent dans les voitures du conseil régional (elle prend place non pas dans une Laguna mais à bord d'un Espace Renault, preuve d'une vraie fidélité à cette marque !), à avoir compris que sauf maladresse cataclysmique, le suspense est quasiment levé quant au nom du candidat socialiste à la présidentielle de 2007. Le débat semble clos avant d'avoir commencé.

La force de l'adhésion de la jeunesse a été aussi impressionnante que surprenante. Que leur a-t-elle dit pour se mettre pareillement les étudiants dans la poche ? En réalité pas grand-chose d'exceptionnel ; elle a parlé de sa vie, de son rôle de députée, des leviers dont dispose un patron d'exécutif régional, de la mise en place d'une stratégie pour être choisie par les militants afin d'être la voix du PS pour la prochaine présidentielle. Pas de promesses, pas de programme, l'ensemble présenté sur le ton de la conversation au coin du feu. Sans effets de manches puisqu'elle n'est pas un tribun, même ses supporters les plus farouches l'admettent.

Ces deux heures d'échanges avec les étudiants de Science-Po viennent de faire éclater une évidence : la vague sur laquelle surfe Ségolène Royal est trop énorme, trop puissante pour que quiconque puisse s'aventurer à vouloir nager à contre-courant. Fabius et Strauss-Kahn s'y essaieront. On sait qu'ils seront engloutis.

Désormais, Ségolène Royal possède sa propre botte de Nevers. Elle a vu comment ses adversaires se sont pris les pieds dans le tapis en dévoilant tout simplement leur pensée, en s'exprimant sur un ton considéré par eux comme humoristique. En réalité, un loupé d'anthologie. Hors de question qu'elle commette une erreur identique.

Pour éviter d'en dire trop, de donner le sentiment qu'elle cherche en permanence à tirer la couverture à elle, la candidate virtuelle arrive au Mans, pour ce congrès du parti à l'issue incertaine, avec une stratégie bien arrêtée. Elle tient en une formule : « Motus et bouche cousue. »

L'enjeu de ces trois jours de discussions est important. Après les déchirures du référendum, les tenants du « non » ont longtemps espéré réaliser l'union sacrée afin de déboulonner Hollande et ses partisans. Emmanuelli est parvenu à s'allier au NPS de Montebourg et Peillon ; il a espoir de récupérer quelques « éléments » jusqu'alors proches du premier secrétaire pour parvenir à un changement de majorité. Il le claironne sur tous les tons, à longueur de meeting. Il y croit, grisé par l'enthousiasme qu'il suscite au gré de ses réunions publiques.

Le vote des motions douche ses illusions. Hollande et ses principaux soutiens (Strauss-Kahn, Aubry, Lang, Royal) ont passé la barre des 53 %. L'affaire est réglée. Reste à savoir si va intervenir, au terme des échanges, la sacro-sainte synthèse à laquelle seuls les initiés peuvent comprendre quelque chose.

En ces heures de fin de congrès socialiste, entrouvrir la porte de la cuisine du parti revient à apercevoir un chef, la toque sur le front. Il vient d'annoncer à la cantonade le plat qu'il propose de concocter pour le repas du soir. On le voit balancer ses ingrédients dans un immense chaudron ; il laisse mijoter un temps, assaisonne avec précaution. Tout cela, sous l'œil attentif d'une armada de marmitons fort intéressés. Ceux-ci surveillent les opérations en silence. Mais subitement, alors qu'avancent les débats de la fameuse commission des résolutions, ils sortent les produits jusqu'alors cachés sous les tabliers, soulèvent le couvercle de la gamelle et menacent de tout renverser si les autres n'acceptent pas qu'ils intègrent à la préparation ces éléments nouveaux. À les entendre, leurs rajouts constituent l'unique moyen de corser le brouet. Au bout du compte, la pitance arrivant sur la table n'a plus aucun goût, mais elle a le mérite d'exister.

Ségolène Royal n'a pas assisté à la préparation de la tambouille. Arrivée au Mans avec François Hollande, elle a vu fondre sur elle micros et caméras. Elle a esquivé, est partie sagement s'asseoir au milieu des militants des Deux-Sèvres... et a attendu que ça se passe. Avec Denis Leroy, pratiquement en permanence accroupi au pied de sa chaise, elle entame une impressionnante série de messes basses. Probablement des questions liées au tourisme et à l'introduction du chabichou dans les Alpes mancelles...

Cent fois, mille fois, la présidente de Poitou-Charentes répond à ceux qui viennent s'étonner de son refus d'intervenir à la tribune, ne serait-ce que pour tracer les grandes lignes d'un éventuel programme présidentiel, que ce n'est pas « l'enjeu du congrès ». « François parle dimanche », a-t-elle souligné dès son arrivée, façon de faire comprendre qu'entre elle et le premier secrétaire, c'est du copié-collé, du pareil au même. L'union, l'osmose, la fusion.

Que Fabius, dans un discours remarqué, en impose, elle s'en moque. Que le couvercle ait été posé sur la marmite, que la synthèse si improbable intervienne, faisant de Montebourg un cocu magnifique, elle dit s'en réjouir, mettant ce rassemblement au crédit du seul François Hollande. Mais elle refuse de jeter un œil dans la cuisine, encore plus de tremper ses lèvres dans le plat du jour. Elle se devait d'être là, elle a joué les potiches le temps qu'il a fallu – ce qui n'est pas, habituellement, le genre de la maison... –, et elle semble ravie à l'idée de pouvoir enfin repartir à ses occupations. Puisqu'elle est persuadée que c'est ailleurs, loin de cette étuve mancelle, que va se disputer une compétition dans laquelle elle a effectué des débuts particulièrement prometteurs, creusant d'emblée un écart conséquent avec ses adversaires...

À l'issue de ce barnum, Jean-Marie Le Pen – à qui personne n'a surtout rien demandé – juge primordial de faire savoir ce qu'il en pense. Le déjà vieux châtelain de Saint-Cloud, plus que jamais prompt à pimenter le bouillon, propose à qui veut l'entendre de parier avec lui. Il dit connaître le nom du candidat socialiste pour la présidentielle. Comme quoi porter un œil de verre n'empêche pas de posséder une boule de cristal. Son pronostic ? « Il y a tellement d'éléphants qui se bousculent que c'est une petite souris qui finira par passer », imagine-t-il. Bien vu.

10

Un tourbillon. La vie de Ségolène Royal est devenue une vraie folie. On la réclame de toutes parts, en France comme à l'étranger ; les demandes d'interviews sont innombrables, proportionnelles aux sondages dépeignant la présidente du conseil régional de Poitou-Charentes comme une championne hors d'atteinte. Ses concurrents dans la course à la candidature socialiste sont dans les choux, son potentiel adversaire de droite doit se préparer à faire de la figuration... Autant dire que la patronne de l'exécutif régional, doublée de la parlementaire deux-sévrienne, a bien de la chance de ne pas être rétribuée à hauteur du temps passé à la réalisation effective de chacun de ses mandats ! Il y a de quoi, en ce début d'année 2006, ne plus savoir où donner de la tête !

Priorité des priorités, constituer une équipe de campagne, un état-major. Car pour l'heure, elle ne peut compter que sur une poignée d'inconditionnels dont bon nombre sont salariés de l'institution régionale. On peut même, parfois, lorsque le masque tombe l'espace d'une seconde, se demander si elle n'est pas dépassée par les conséquences de sa déclaration de Nevers *via Paris-Match*.

Au départ, le but de la manœuvre traduisait-il une volonté affirmée d'entamer, éventuellement, un marathon vers l'Élysée, ou n'était-il rien d'autre qu'un message codé à l'intention du père de ses enfants, candidat naturel du PS à la présidentielle puisque premier secrétaire ? On peut effectivement se poser la question, même si celle-ci fait pousser des cris d'orfraie aux très proches de la dame…

La mayonnaise ayant pris, la voilà embarquée dans une aventure en tout point extraordinaire. Le problème, c'est qu'aborder le plus périlleux des scrutins nationaux n'a rien de comparable avec des élections régionales. Poitiers n'est pas Paris. Le premier à s'en être persuadé est un certain Jean-Pierre Raffarin ; il ne cessait, avant d'être bombardé Premier ministre, d'expliquer doctement qu'« une Région est un petit Matignon ». Il a vite compris que cette théorie ne résistait pas longtemps aux réalités du quotidien d'un chef de gouvernement.

Si Ségolène Royal dispose de troupes, elle les a parfaitement bien camouflées ! Impossible de considérer les individualités de la secte du chabichou doré comme une armée susceptible de marcher sur l'Élysée ! Au sein du Parti socialiste, structure dont elle se méfie au plus haut point, elle est perçue à la fois comme la femme du patron, comme une sempiternelle donneuse de leçons et comme une militante très occasionnelle bien contente de bénéficier des investitures en cas de besoin. En un mot, au cours des ans, elle a fini par énerver sévèrement la plupart des poids lourds, lesquels ne lui font pas de cadeaux. Ils la décrivent comme une excellente communicante sans la moindre consistance. La forme sans le fond.

Au départ, en effet, dans la catégorie des vrais barons socialistes, rares sont ceux qui osent s'afficher clairement derrière elle. Certes, on y voit Georges Frêche, perçu comme l'éternel provocateur, alors qu'à ses débuts en tant que maire de Montpellier à la fin des années 1970, il avait continuellement besoin d'être rassuré, comptant pour cela sur... les journalistes, passant des heures entières, l'après-midi, dans les tristes locaux du secrétariat d'édition du *Midi libre*, rue d'Alger, transformés pour l'occasion en salons de conversation.

Au cœur de ses soutiens, on distinguera vite Jean-Noël Guérini, dès lors qu'il aura la certitude que l'éventuelle candidature de Lionel Jospin est à ranger au rayon des souvenirs. Guérini qui, déjà, traîne une réputation... mitigée. Ce qui n'ira pas en s'arrangeant.

Possédant un sixième sens quant à ce qui peut lui être utile et profitable, pouvant faire appel, au conseil régional, à des collaborateurs ayant oublié d'être idiots, c'est avec des méthodes de pointe que Ségolène Royal va néanmoins, en un temps record, constituer un énorme bloc autour d'elle et laisser sur place ses chers petits camarades Fabius et DSK.

Première étape de la fusée, la naissance de Désirs d'avenir, en fait son courant au sein du PS. En des temps où tout ce qu'elle touche se transforme en or, où elle est mode, tendance, branchée, l'initiative, essentiellement véhiculée sur la toile, connaît un succès qui ne tarit pas. Quelques mois plus tard, on dénombre une croissance exponentielle des comités locaux – son entourage avance le chiffre de 400, ce qui n'est pas, *a priori*, totalement exagéré puisque quand on aime, on ne compte pas – et surtout, le PS lance sa campagne d'adhésion à 20 euros. En l'espace d'une dizaine de semaines, Solférino annonce la bagatelle de 75 000 demandes dont 55 000 sont devenues effectives. Plus de 80 % de ces nouveaux adhérents ne cachent pas qu'ils n'ont qu'un seul et unique... désir pour l'avenir. Participer au choix du candidat socialiste. Dans leur très grande majorité, ils rêvent que celui-ci soit une femme…

Coller des affiches ? Euh, non, merci. Distribuer des tracts ? À condition que ce soit extrêmement rare. Allez tirer les sonnettes lors d'opérations porte-à-porte ? Beurk. Vous n'avez rien d'autre à proposer ? Des tâches qui ne sont pas la tasse de thé de ces nouveaux « militants », d'accord pour dire leur préférence si ça ne leur coûte pas trop cher, prêts à prendre la fuite si quelqu'un s'imagine leur demander de mettre les mains dans le cambouis.

Leur profil ? Jeunes (plus de 40 % ont moins de 40 ans), habitant en majorité dans les métropoles, comptant plus de femmes que d'hommes, beaucoup d'entre eux – d'entre elles… – étant titulaires de diplômes de l'enseignement supérieur. Pas étonnant que les vieilles barbes du PS (voire les nostalgiques de la SFIO, il en reste quelques-uns, religieusement conservés, reconnaissables à leur forte odeur de formol) regardent ces adhérents de la dernière heure comme une bande de bobos tombés sous le charme de l'une des leurs. N'empêche qu'ils sont venus pour voter, que leur présence commence à faire réfléchir nombre de cadres du PS, de grands élus, de parlementaires, de secrétaires fédéraux, lesquels finissent par comprendre que le phénomène ne s'arrêtera pas. L'important n'est-il pas de se dégotter une place au chaud dans le camp ayant toutes les chances de gagner ? Un à un, puis dix par dix, ils franchissent le pas. Ils collent leur nez aux fenêtres de la maison Royal, s'enhardissent, poussent la porte en demandant poliment et gentiment si, par hasard, leur immense expérience doublée d'un talent au moins aussi impressionnant pourraient s'avérer utiles.

L'effet boule de neige fonctionne à plein. Le fumet se dégageant de la gamelle agit comme un aimant. Les amis des amis deviennent des amis. Les experts (dans le jargon Royal-Bouchet-Petersen, ils se transforment en « personnes ressources », dans la droite ligne des femmes de ménage devenues techniciennes de surface) se marchent sur les pieds.

Le pire, dans le genre, reste Arnaud Montebourg. Il n'a pas de – très gros – mots assez forts pour dire tout le mal qu'il pense de Mme Royal huit mois avant l'épisode nivernais ; il ne sait pas quel superlatif inventer pour louer ses fabuleuses qualités, l'espoir qu'elle incarne, dix mois plus tard lorsqu'il l'invite comme une star internationale pour son après-midi récréatif de Frangy-en-Bresse. Il l'adoube, tout en commettant probablement une erreur majeure : lui qui incarne alors la fougue, l'énergie, l'espérance du coup d'après est subitement rangé dans le vaste placard des politicards capables de tout sacrifier à leur ambition... Lorsque certains lui disent quelle a été leur stupeur en apprenant son subit engouement pour Ségolène Royal, il affiche la mine du type tombant des nues. D'autres lui éclatent carrément de rire au nez lorsqu'il a le culot de leur expliquer, docte, un tantinet hautain, qu'il aurait aimé être informé sur ce que sont, au quotidien, les méthodes de la dame.

Dans les cas les plus désespérés, cela peut se solder par un stage de recyclage dans la vente de meubles dits contemporains. La mode demeurant ce qui se démode. Avant, bien sûr, que le naturel reprenne le dessus...

À la façon des commerces subissant des transformations où l'on peut lire que « pendant les travaux, la vente continue », Ségolène Royal ne lâche pas pour autant son cher « laboratoire », sa région où elle s'efforce de faire croire que la révolution économique, culturelle, environnementale est en marche. Sans oublier le côté gestion exemplaire puisqu'un euro dépensé est un euro... Un euro comment ? Utile. C'est bien, vous suivez.

Ce n'est pas commettre pêché de curiosité, juste le temps de le dire, que de jeter un œil par-delà les frontières du Poitou-Charentes, pour constater qu'en Aquitaine, Limousin ou Pays de la Loire, les initiatives sont souvent similaires, la seule différence résidant dans la taille des tambours présidentiels destinés au « faire savoir ».

Très occupée par la mise en place du projet de sa vie, la présidente se doit de montrer que cela ne nuit aucunement à sa puissance de travail en faveur de ceux qui l'ont élue. Encore convient-il qu'elle se fasse remarquer à chaque fois qu'elle foule le sol de son pays d'adoption, en règle générale le vendredi, jour du poisson, ce qui n'a pas la moindre relation de cause à effet.

Le mois de mars fourmille d'exemples où, avec un réel talent, elle a su faire chauffer le tambour. Parfois jusqu'à l'incandescence.

Le 8, c'est la journée de la femme. Il convient donc qu'elle tape encore plus fort. En début de matinée, dans une cohue indescriptible puisque désormais elle ne peut plus faire un pas sans être entourée d'une armada de micros et de caméras – sans omettre son staff, chaque jour un peu plus impressionnant –, elle marque une étape dans un lycée professionnel de Poitiers. Aux premières loges, l'envoyée spéciale du *Times* ; le « must » des quotidiens britanniques a jugé bon de faire suivre la candidate à la candidature, laquelle vient de s'illustrer, lors d'un récent et court séjour à Londres, en disant haut et fort tout le bien qu'elle pense de Tony Blair, le redoutable gauchiste installé au 10 Downing Street.

Ce matin-là, le discours de Ségolène Royal s'adresse aux lycéennes. L'ancienne ministre déléguée à l'Éducation nationale ayant œuvré en faveur de la délivrance de la « pilule du lendemain » annonce qu'en piochant dans le fonds social régional, elle va dégager les sommes nécessaires afin de permettre la gratuité d'accès à la contraception. La mesure s'adresse aux jeunes filles élèves des lycées, des établissements d'enseignement adapté et des centres de formation des apprenties ainsi qu'à leurs petits amis, la Région s'engageant à financer la délivrance libre et gratuite des préservatifs en milieu scolaire. Hormis dans les milieux traditionnalistes rétrogrades, nul ne risque de venir critiquer pareille décision promettant à son concepteur une couverture médiatique d'envergure.

Mais la voilà déjà repartie rue de l'Ancienne-Comédie, toute guillerette. « On voudrait que ce soit la journée de la femme tous les jours », glisse-t-elle avec un sourire « large comme un passage pour piétons[1] » à l'adresse de la représentante d'une télévision allemande tombée sous le charme dès qu'elle est apparue dans le viseur de son objectif.

Visite au pas de course d'une exposition sur André Léo, pseudonyme d'une femme de la région (prénommée Victoire...) s'étant illustrée comme journaliste durant la Commune, remise de prix à des lauréates ayant permis d'apporter des « solutions collectives à un problème collectif » (remarquée tout particulièrement, une association de canoéistes charentaises baptisée Les Femmes mettent la pagaïe, un vrai symbole !). Si personne n'y prend garde, la journaliste allemande va faire un malaise ; elle n'en peut

1. Formule empruntée à Yannick Jaulin, créateur du Nombril du monde à Pougne-Hérisson, dans les Deux-Sèvres. Ce conteur a souvent porté la parole du Poitou-Charentes et de la Vendée, sa terre d'origine.

plus d'émotion, d'enthousiasme. Tout juste si elle parvient à bredouiller : « Nous avons Merkel, ce serait vraiment bien que les Français élisent Mme Royal. Croyez-moi, une femme au pouvoir, c'est l'avenir. » La vérité nous arriverait-elle d'Outre-Rhin ? Place au déjeuner-débat, sans perdre une seconde, afin d'écouter des femmes détailler leur réussite professionnelle. Plusieurs d'entre elles devront ravaler leur propos puisque déjà la présidente courant d'air s'en est allée vers un ailleurs lointain. En fait, une réunion électorale en Ardèche : elle part soutenir le candidat socialiste d'une municipale partielle, à Privas.

Pour la petite histoire, le lendemain, sur son blog, le député du secteur fait porter le chapeau de l'important retard avec lequel Ségolène Royal a honoré le rendez-vous à cette malheureuse SNCF. Son TGV est, à en croire le parlementaire, tombé en panne. Les trains ont parfois le dos large. Comme s'il était nécessaire d'en rajouter à leurs horaires élastiques ?

Ce jour-là, entourée de quelques-uns de ses collaborateurs, lesquels, avant le top départ, étudient l'itinéraire sur les cartes routières, la reine des sondages a effectué le trajet à bord d'un Espace. La Laguna était sans doute en révision et la Vel Satis repartie chez le concessionnaire...

Une semaine plus tard, gros ramdam avec le forum régional des éco-industries. Les médias se marchent sur les pieds pour entendre le discours de la présidente-candidate. Elle promet que la région Poitou-Charentes va servir d'exemple pour la réduction des gaz à effet de serre. Il y en a encore, même au sein de sa majorité, qui ne peuvent s'empêcher de se moquer en affirmant très sérieusement qu'elle s'apprête à faire voter une délibération contraignante interdisant le plus petit pet aux bovins du pays. C'est malin ! Les gens sérieux (heureusement, il en reste) retiendront la phrase choc de son intervention : « Le seul avenir possible, c'est d'être intelligents ensemble. » De quoi rendre jaloux, en une saillie, Bernard-Henri Lévy et Alain Finkielkraut réunis !

Pas une seconde de répit puisque dans le même temps, elle se mobilise contre les conséquences de l'épidémie de grippe aviaire, laquelle pose maints soucis à la filière de l'élevage des volailles. Une filière représentant, selon ses services, quelque 3 000 personnes dans les quatre départements.

Que propose Ségolène Royal ? De relancer la consommation de poulet. Pas plus bête que cela. Comment ? En mettant sur pied un pique-nique géant de solidarité. (Ouvrons une parenthèse afin de remarquer qu'elle adore les pique-niques. À plusieurs reprises, elle conviera ses supporters à amener leur panier afin de partager un moment festif et convivial. Fermons la parenthèse.) Où ? Aux Hérolles, lieu-dit d'un minuscule village du nord de la Vienne, aux confins des régions Centre et Limousin. Le 29 de chaque mois, s'y tient, depuis le Moyen Âge, une énorme foire où il est possible d'acquérir tout et n'importe quoi. Un cheval, des chevaux, un tracteur, deux tracto (pelles), de la lingerie fine, des vêtements robustes, de la nourriture, des plantes vertes, des fanfreluches et... ce qu'il vous plaira. Mme Royal assure aimer cette ambiance campagnarde. C'est là, aux Hérolles, qu'à plusieurs reprises, elle a convié ses collègues des régions voisines. On la retrouvera dans le même décor lors de sa campagne présidentielle pour une visite valant vraiment le détour...

Pas question de lésiner, pour cette opération « sauvetage de la plume ». Des bus ont été affrétés afin de conduire sur place les malheureux éleveurs n'ayant plus de sous pour mettre de la gazoline dans leurs automobiles.

Des armées de rôtisseurs ont été mobilisées. Toute bestiole ayant échappé au virus – c'est bien le moins – et considérée comme en âge d'être consommée a beaucoup de souci à se faire. Henri IV et sa tristounette poule au pot sont ridiculisés, enfoncés, oubliés, moqués.

La princesse des Hérolles a vu très large, côté gallinacés grillés. Pas question que son pique-nique « géant » ne se réduise à un pique-nique de « nain ». N'empêche, la grande foule attendue a failli. Des dizaines, des centaines de poulets sont morts pour rien.

Qu'importe : la France entière a constaté que la grippe aviaire a enfin trouvé celle qui va l'éradiquer en montrant, face aux caméras, qu'elle n'en a même pas peur. La preuve, elle s'apprête à manger du poulet et elle conseille à chaque famille d'en ingurgiter deux par semaine. Aux Hérolles, les photographes, les cameramen s'en donnent à cœur joie. « Du vécu, coco », comme on dit dans le métier. De la bonne image de terroir avec une candidate les deux pieds, les deux mains dans le réel.

Un bel investissement puisque quelques jours plus tard, bingo : sans s'être concertés, pas moins de quatre hebdomadaires – *Paris-Match, Le Point, VSD, Le Nouvel Observateur*, excusez du peu – offrent à leurs lecteurs la même une : Ségolène Royal, la femme en qui le peuple va placer son espoir. Elle est partout.

Voilà qui amène ceux qui s'efforcent alors de prendre un peu de recul – exercice difficile, tant la « tornade Ségolène Royal » décoiffe – à se poser une question toute simple. Pourquoi un tel engouement, une telle unanimité du monde médiatique en faveur de la présidente de région et ce, par ricochet, au détriment de ses deux challengers annoncés, MM. Fabius et Strauss-Kahn ? Certes, il y a ce phénomène de mode plongeant les esprits cartésiens dans l'embarras, certes, on sait bien que la presse dans son ensemble, souvent taxée de véhicule de la pensée unique, ne peut rendre compte que de ce qui intéresse ses « clients », à savoir les lecteurs, les téléspectateurs et les auditeurs.

N'empêche, la plupart de ces grands médias sont la propriété de braves philanthropes qu'il convient de ranger plutôt dans le camp des supporters de Nicolas Sarkozy que dans celui des soutiens de celle (ou de celui) qui sera le candidat de gauche. De là à imaginer que, par le biais de ses amis – souvent qualifiés de « puissances d'argent », alors que chez les socialistes on sait déjà que l'ennemi, c'est la finance –, le candidat de droite ait en quelque sorte choisi l'adversaire considéré comme le plus facile à battre, il y a un pas allègrement franchi par certains.

Mme Royal, bien plus tard, s'interrogera d'ailleurs à ce sujet, notant, lors d'une discussion informelle, la différence de comportement de nombre de ses interlocuteurs de cet univers médiatique entre le moment de la campagne interne au PS et celui de la bagarre présidentielle proprement dite. « Au départ, tout ce que je disais leur paraissait novateur, intéressant, plein de bon sens ; dans un second temps, la moindre de mes paroles était soumise à critiques », remarquera-t-elle. Il est vrai, par exemple, qu'il n'y a eu aucune commune mesure entre la publicité réservée à la fameuse « bravitude » et maintes perles grossières régulièrement enfilées par l'exterminateur de la « racaille », ne serait-ce lorsqu'il a parlé de « chrétienneté » en lieu et place de « chrétienté ».

Elle demeure portée par la vague. Les louanges s'empilent sans discontinuer. Des salles entières chavirent, comme hypnotisées. Qu'elle prononce avec le ton de l'évidence la pire des platitudes et, immédiatement, éclatent des tonnerres d'applaudissements.

En visite à La Roche-sur-Yon, sur les terres de Jacques Auxiette, président des Pays de la Loire, au terme d'une déambulation dans une rue commerçante, le cortège s'arrête prendre un pot. Dix minutes plus tard, alors que ce petit monde est déjà reparti, le serveur débarrasse la table et, très sérieusement, s'interroge pour savoir si le verre dans lequel elle a bu une eau minérale ne doit pas être conservé sans être lavé, afin de l'exposer dans l'établissement, enfermé dans une niche de verre. Sainte Ségolène, priez pour nous !

Le plus extraordinaire, c'est que dans le même temps, des voix s'élèvent avec vigueur, dureté. Elles attaquent Ségolène Royal sans faire dans la dentelle avec l'espoir de ramener à la raison des populations qu'elles regardent, ahuries, comme frappées par une mystérieuse épidémie leur faisant perdre toutes leurs capacités d'analyse. Ces critiques, solides, argumentées, portent-elles ? Pas le moins du monde. C'est « Circulez, y'a rien à voir » !

Dans le genre, la pire émane de sa propre famille. C'est la colère salvatrice de son oncle, le général de brigade Pierre Royal, qui revient au goût du jour, abondamment véhiculée au sein même du PS. Un coup de gueule datant du début des années 1990, peu de temps après la nomination de sa nièce au poste de ministre de l'Environnement. Las d'être questionné sur un éventuel lien de parenté avec la titulaire de ce portefeuille, l'ancien général de brigade, retiré à… Royan, en Poitou-Charentes, adresse une lettre à *L'Épaulette*, une publication destinée aux militaires retraités.

En quelques lignes, l'ennemie est noyée sous le feu de la mitraille. D'une part, le général n'admet pas que la fille de son frère aîné Jacques « qui a terminé sa carrière militaire avec le grade de lieutenant-colonel de l'artillerie de marine [...] ait, pour construire sa carrière politique, sali de manière outrageante la mémoire de son père ». Mais surtout, on comprend qu'il ne lui pardonnera jamais un épisode fort connu dans les Deux-Sèvres lorsque, au moment de la guerre du Golfe, disant son soutien aux soldats français, Ségolène Royal a cru bon « d'évoquer avec émotion le souvenir du départ de son père pour l'Algérie et sa mort au combat ». « En réalité, mon frère est mort d'un cancer en 1981 », rappelle sobrement Pierre Royal avant de conclure : « Je n'ai aucune relation avec cette jeune femme, résolument mythomane, et j'ai honte de voir le nom de ma famille ainsi galvaudé. » Tonton, il tousse, fort, et il sait pourquoi.

Sa nièce, quant à elle, est bien loin de ces querelles familiales. Que viennent faire ces menus détails à côté d'un destin national ? Madame navigue dans un tout autre monde. Pour s'en persuader, l'oncle général est invité à pointer sa lorgnette sur le vieux port rochelais où va s'ouvrir l'université d'été du PS. Il ne verra alors, le malheureux, que celle dont il a honte puisqu'elle porte son nom, que celle qu'il considère comme une harpie. Il ne pourra pas la manquer : elle marche sur l'eau ! En toute simplicité...

11

L'une des plus « remarquables » cohues de l'année. En cette fin août 2006, l'arrivée de Ségolène Royal sur le parvis de l'Encan, pour l'ouverture de l'université d'été du Parti socialiste à La Rochelle, donne lieu à une bousculade dont photographes, cameramen et journalistes se souviendront longtemps.

Il faut dire qu'au fil des ans, le bonheur d'avoir les pieds écrasés, de recevoir de sévères coups de coude dans les côtes et d'être balancé sans ménagement par les gros bras du PS est devenu une tradition incontournable. Comme si, au retour de vacances paisibles, il s'agissait de se replonger avec délectation dans ce que le métier a de plus idiot, de plus ridicule, de plus « troupeau de moutons décervelés ». L'apparition de chacune des vedettes (ou considérées comme telles) socialistes se traduit par une foire d'empoigne d'anthologie. « L'éléphant » a tout juste montré le bout de sa trompe qu'il est entouré, happé, submergé par une foule de reporters, tout ce petit monde se livrant à un jeu de rôle à peine digne d'un jardin d'enfants. C'est une sorte de ballet disgracieux auquel chacun se sent tenu de participer, concurrence oblige, au cas où, par extraordinaire, le politique se livrerait à autre chose qu'aux figures imposées de la langue de bois...

Pour bien s'assurer que l'émeute soit encore plus terrible qu'à l'ordinaire, Ségolène Royal se fait attendre une bonne dizaine de minutes. Pourtant, son timing a été arrêté avec une précision horlogère. Pas question, en cette période de lutte des chapelles, de favoriser l'une plus que l'autre. Justement, question chapelles, c'est le chanoine onctueux Cambadélis, en charge des cérémonies rochelaises, qui a joué les grands architectes quant à l'intervention de la présidente de région. Quand, comment, combien : il est persuadé d'avoir pensé à tout, de l'avoir corsetée. En fait, la suite va montrer l'étendue de son incroyable naïveté.

Elle est incontournable puisqu'il lui revient, en tant que puissance invitante – à Poitiers, La Rochelle est considérée comme faisant partie intégrante de la proche banlieue... –, de lancer les travaux et de souhaiter la bienvenue aux milliers de militants venus sur les bords de l'Atlantique. Son propos doit se limiter à cela. Hors de question, on l'imagine, qu'elle profite de l'occasion pour tenter d'accentuer encore un peu plus son avance sondagière. À croire que Cambadélis, soutien déterminé de Strauss-Kahn – preuve que le trotskisme mène à tout –, ne connaît pas Ségolène Royal !

Celle-ci met un temps infini pour parcourir la centaine de mètres la séparant de l'auditorium et visiblement, elle n'est pas pressée. Elle profite du moment, elle se nourrit de sa popularité, elle en reprend, elle en redemande, elle sourit à s'en gercer les lèvres.

L'immense salle où elle est attendue est bondée. Il y a un monde fou, partout, dans les escaliers, au pied de la scène. À l'extérieur, les gens s'agglutinent, se poussent, dans l'espoir de dégotter un trou de souris leur offrant l'entrée dans cet espace où l'on « tutoie l'Histoire », ainsi que l'affirme une groupie tout énervée. Elle ressemble à Sophie Bouchet-Petersen, mais ce n'est pas elle.

L'apparition de Ségolène Royal est saluée par des tonnerres d'applaudissements. Dans l'immédiat, aucun évanouissement n'est signalé. Quand, enfin, elle parvient jusqu'à la scène, Jean-Christophe Cambadélis, sourire faux-cul de circonstance, patience à bout, zen dehors, chaud bouillant dedans, ne perd pas une seconde pour se lancer dans son discours censé ouvrir les festivités. Il en a à peine terminé qu'elle s'empare du micro et débute... un véritable meeting de campagne. Ses concurrents l'accusent de ne pas avoir de programme, de naviguer à la godille ? Elle s'appuie sur les réalisations des régions, les livres scolaires gratuits, les emplois tremplins, ponctuant chaque exemple d'un tonitruant : « C'est ça, la politique socialiste ! »

Le meilleur est à venir puisque, piochant dans l'œuvre géniale construite depuis deux ans en Poitou-Charentes, revue et corrigée par « César consulting », elle démontre qu'elle possède le don d'engendrer le bonheur. La preuve ? Sa volonté de mettre les trains express régionaux à portée de tous fait que certains jours, c'est la queue dans les gares. Elle a même rencontré des Charentais pauvres et enclavés qui, grâce à elle et à ses autorails si utiles, ont vu l'océan pour la première fois !

La séquence « émotion » est tout juste close qu'elle aborde les grands enjeux de demain. La nécessité de restaurer « les liens de confiance et de respect ». Le public, conquis, chavire ; enfin quelqu'un l'écoute. Et qui d'autre pour porter sa voix que cette femme sereine et déterminée à la veille de ces « combats rudes et beaux » que « tous ensemble, nous gagnerons ». Là, c'est trop. Standing ovation obligatoire. L'enthousiasme communicatif de ces militants de la base déborde. Une mer d'amour, de fraternité, de victoire acquise sans même combattre se répand à une vitesse folle, incontrôlable. Elle inonde tout, franchit les obstacles les plus hauts, saute bien au-delà des digues de la raison. Exceptionnel moment. Seul Arnaud Montebourg, envahi par son immense désir d'avenir, pourra dire « J'y étais ». Les autres, tous les autres, les Aubry, Hollande, Fabius, DSK, Lang et consorts se font remarquer par leur absence.

Et ce n'est pas fini puisque voilà un petit film de sept minutes retraçant la formidable aventure du budget participatif dans les lycées de Poitou-Charentes, le paradis de la jeunesse; la preuve est là, regardez défiler les images, découvrez ces visages épanouis. On crie bravo à qui?

Cambadélis et les autres intervenants, lesquels attendent leur tour depuis belle lurette, doivent prendre leur mal en patience. Le show s'éternise; face à la madone, le public se sent pousser des ailes. Normal, il est aux anges.

L'artiste a frappé fort d'entrée... Le numéro se termine sous les hourras, les cris. Un vrai délire. Il faut y être pour le croire. À hauteur de la folie ayant suivi la victoire en coupe du monde de foot de l'équipe d'Aimé Jacquet. Royal, Zidane, même combat!

La « ségolénomania » n'est pas terminée: les scènes de liesse enfin tues, débarquent sur le parvis une poignée de jeunes gens vêtus d'un tee-shirt violet d'une discrétion toute relative frappé de la mention « Ségosphère ». Aussitôt, les journalistes se précipitent et s'adressent à celui qui semble être le berger de la clique. On le devine parce que c'est lui qui parle, qu'il est habillé en bleu, ce qui le distingue, et qu'il aimante les micros.

En quelques phrases précises, ciselées, ne laissant pas place au hasard ou à l'improvisation, il raconte l'histoire de l'association, il dit son sentiment d'être écouté par la candidate putative, il exprime le ressenti de ces tout jeunes adultes « d'avoir de l'importance » au travers de chacun des mots de Ségolène Royal, leur championne incontestée. La représentante de France 3, après avoir bu ses paroles, lui demande son nom afin de pouvoir l'incruster lors du passage à l'antenne. « Je m'appelle Thomas. » « Thomas comment ? » « Thomas Hollande. »

N'est-ce pas gentil tout plein de vanter à ce point les exceptionnelles qualités de sa mère ? La journaliste de la télé régionale mettra quelques secondes à digérer sa surprise... et à admettre l'importance de la scène. L'engagement du fiston apporte la certitude qu'au sein de la famille, la question de savoir qui, de papa où de maman, va s'aligner dans la compétition consistant à désigner le candidat est réglée. En conséquence, les gesticulations des Hamon, Emmanuelli et compagnie appelant Hollande à prendre part à la bagarre ne servent à rien. Il leur faudra un bon mois pour l'admettre...

Ces journées rochelaises vont ramener dans le jeu, pour quelque temps du moins, un prétendant que certains s'efforcent à grand-peine d'oublier. Il s'agit de Lionel Jospin, baptisé « le contribuable de l'île de Ré » par les amis de Mme Royal.

Le dérouté du 21 avril a accepté, quatre ans après (ce qui donne à l'opération un petit côté Dumas, dans ses chapitres peignant le retour des mousquetaires guettés par les rhumatismes), d'« ouvrir son cœur » devant les jeunes socialistes. Moment parfois émouvant parce qu'à l'évidence, le malheureux doit se faire violence afin de reconnaître nombre d'erreurs et confier que sa joue est encore marquée par le cinglant de la claque. Quelques semaines plus tard, les sondages ayant gommé tout suspense, il rangera au placard ses dernières velléités de pouvoir.

À La Rochelle, tous ceux qui ont misé gros sur l'éclatement de la « baudruche médiatique » avant le vote des militants, à la mi-novembre, ont compris que leur pari était perdu. Bien que depuis des mois, ils se gaussent de la stratégie de la députée des Deux-Sèvres. Selon eux, elle empile les fautes politiques comme une Bretonne le ferait des crêpes sur sa galettière.

Le 8 janvier, elle fait l'impasse sur le dixième anniversaire de la mort de celui qu'elle considère comme son unique mentor. Le seul à être digne de pouvoir se parer d'un tel titre, l'enfant de Jarnac, François Mitterrand. En lieu et guise de la Charente, elle s'est envolée vers le Chili courir au secours de la victoire de Michelle Bachelet, élue présidente quelques jours plus tard. « Quelle erreur ! » ont clamé en chœur les socialistes trempés, bons à essorer après usage suite à l'averse violente et ininterrompue ne laissant que Mitterrand à l'abri… On a su, plus tard, qu'il n'y avait à cela rien d'étonnant puisque François Hollande présidait les cérémonies.

Pendant le déluge tontonesque, Ségolène Royal, sous le soleil éclatant de Santiago, sort le sourire de catégorie mondiale pour poser aux côtés de Michelle Bachelet, affiche le masque convenant pour se recueillir sur la tombe de Salvador Allende. Promis, à son retour, elle ira déposer des fleurs devant la sépulture de François Mitterrand, à… Jonzac (il s'agit d'une sous-préfecture de Charente-Maritime), ainsi que l'annonce son service de presse de l'hôtel de région, lequel pratique désormais allègrement le mélange des genres entre communication institutionnelle (en principe son unique mission) et dévouement total,

« désintéressé », en faveur de sa présidente ayant l'Élysée dans le viseur. La correction entre Jarnac et Jonzac sera apportée le lendemain. Ouf ! Elle sait encore où, dans sa région, est enterré Mitterrand...

Ce déplacement au Chili lui a permis de découvrir le sens affuté de l'organisation dont dispose Patrick Mennucci, le socialiste marseillais mis à sa disposition par le PS. Cheville ouvrière de ce voyage, ce grand costaud chaleureux à l'accent dévoilant d'emblée ses origines est, à Solférino, en charge des affaires méditerranéennes. Il va très vite glisser dans la peau d'une sorte de superintendant pour le compte d'une candidate qu'il ne va pas quitter d'une semelle jusqu'au terme de l'aventure. Il occupe un rôle très important puisqu'à l'inverse de la plupart des membres de l'entourage, il semble avoir été vacciné contre le virus de l'adoration aveugle, se permettant parfois, mezza voce, de dire vraiment ce qu'il pense, même – et surtout – quand ce n'est pas agréable à entendre... Sa proximité avec l'icône poitevine lui vaudra le patronyme de « Ségolin ». En évoquant, des années plus tard, ce surnom aux consonances pagnolesques, Ségolène Royal ne pourra s'empêcher d'en rire.

Elle ne fait rien comme les autres, et ça marche ! Chaque jour lui apporte des motifs de satisfaction. Les « neuf minutes et trente-trois secondes » (trente-trois, comme chez le docteur, et pas trente-quatre) passées en direct dans le journal de Patrick Poivre d'Arvor se résument en un moment de bonheur commun ; elle fait en effet savoir que le présentateur lui a téléphoné dans la foulée afin de lui dire sa joie quant à la qualité de l'échange et au taux d'audience, ce qui ne gâche rien.

Qu'en interne, les critiques pleuvent, elle s'en contrefout. Son absence de programme ? « Laissons passer la phase du diagnostic partagé», explique la reine de la «démo part'», laquelle vient de récupérer dans son staff un autre énarque en la personne de Christophe Chantepy, son ancien directeur de cabinet à l'Enseignement scolaire. Désormais, c'est lui qui pilote Désirs d'avenir. «Trente-cinq ans de parti pour en arriver là, quel gâchis!» se lamentent quelques grognards en jetant un œil sur le «triste spectacle Royal», ne lui accordant qu'une seule qualité: avoir inventé «l'aimant médiatique». «Que voulez-vous que j'y fasse, même quand je ne dis rien, ça fait du bruit», leur répond-elle, faussement naïve. Jospin s'emporte-t-il en affirmant que «le socialisme, ce n'est pas sa première langue»? Elle ne se fatigue pas à lui répondre. Certains, proches de Fabius et de DSK, vont s'en charger pour elle en les mettant tous deux dans le même sac. Jospin-Royal, les voilà baptisés «le fossile et la marteau». Cela lui va très bien puisqu'elle sait que toutes les vacheries qui peuvent être proférées sur son compte glissent, sans laisser de trace, sur les plumes de la blanche colombe virevoltant dans le ciel bleu azur des sondages. Par contre, que le contribuable de l'île de Ré, dit aussi «Crin Blanc» par les opposants à ce «cheval de retour», soit rangé dans la catégorie des antiquités ne peut que réjouir son petit cœur d'enfant...

Nouveau contre-pied lors d'une date fétiche de la mitterrandie: le 10 mai, tout le monde débarque à Château-Chinon. Sauf elle. Elle a préféré organiser sa propre commémoration dans le marais poitevin où, en tant que députée du cru, elle avait reçu le grand homme. Un tour en barque pour les photographes ravis de sa tenue immaculée dans cette «cathédrale de verdure», Mitterrand dixit. À une journaliste étrangère à l'évidence dépassée par les courants, les tendances, les chapelles et autres subtilités socialistes, elle lance, guillerette, cette image : « La gazelle court beaucoup plus vite que les éléphants. » À croire qu'elle ne serait pas contre le fait que les futurs affrontements oratoires liés à la primaire soient organisés au zoo voisin de La Palmyre !

Elle va son bonhomme de chemin, poursuit sa triomphale campagne interne à son rythme, d'humeur toujours égale. Elle parvient toujours à masquer son énervement. Pourtant, il l'envahit chaque jour un peu plus. L'usine à gaz imaginée par les instances de son cher parti consistant à obliger les trois derniers postulants à débattre à six reprises (!) est cause d'une froide colère. Elle a dit son opposition à ce type de cinéma, expliquant que ses flèches, c'est à la droite qu'elle les réserve. « Le débat face aux militants ne peut que diviser, épuiser, dégrader l'ambiance », argumente-t-elle. Si tant est que la dite ambiance puisse devenir encore plus mauvaise qu'elle est… « Arrêtons les dégâts, arrêtons les frais », implore-t-elle ; « les militants sont fatigués de ces conflits de courants. Si un homme était à ma place, il n'y aurait plus de problème d'investiture ». Et de dire son sentiment d'être seule « à porter la responsabilité de la préservation de l'unité du parti ».

Ses journées sont pratiquement consacrées en totalité à franchir la marche ultime de la République. Si jamais elle a le sentiment que la pression médiatique se tasse, que ses concurrents bénéficient du plus discret halo de lumière, elle sait, avec son art consommé de ne pas avoir l'air d'y toucher, ramener les projecteurs sur elle. Ainsi annonce-t-elle, dans un train la conduisant en Bretagne, qu'il n'est pas impossible qu'elle mette l'été à profit pour se marier avec le père de ses enfants. L'union, évidemment discrète puisque prévue pour se dérouler dans un cadre « strictement familial », pourrait avoir lieu en Polynésie,

Oscar Temaru s'étant proposé pour officier. Match nul un partout avec Sarkozy puisqu'à la même époque, celui-ci roucoule en Guyane avec sa chère épouse revenue au bercail ; les deux tourtereaux naviguent tendrement à bord d'une frêle embarcation. C'est touchant. Ce qui n'empêchera pas, par la suite, le couple de couler.

Notons qu'en ce qui concerne le mariage de Ségolène Royal, nul n'a jamais trop su si le marié putatif avait appris l'imminence de la cérémonie en lisant le journal. Ce qui n'a d'ailleurs strictement aucune importance puisque dans les semaines qui ont suivi, ce projet de noces exotiques a été délicatement rangé dans le tiroir secret des oubliettes. N'empêche, durant le temps où il a alimenté les rubriques du cœur de certaines gazettes, il n'a pas été nécessaire de parler d'autre chose...

Dans son cher laboratoire de Poitou-Charentes quelque peu délaissé, c'est un autre sujet qui agite le Landernau depuis des mois. Une histoire à dormir debout, à faire se plier de rire la région tout entière pour ainsi éviter d'avoir à en pleurer. Un feuilleton loufoque, parfait reflet du système Royal, des méthodes Royal, de la propension de Ségolène Royal à s'entêter, à n'écouter personne et à ne pas regarder à la dépense tout en assurant, droite dans ses bottes, qu'un euro dépensé est un euro utile. Une drôle d'affaire, là encore un mariage, mais bien plus original que celui consistant à unir une femme et un homme, même sur une île polynésienne.

En effet, Ségolène Royal veut associer en un mélange détonnant les biquettes du centre caprin voulu par Raffarin à l'art contemporain. Une aventure tragi-comique que même Pierre Dac et Francis Blanche au mieux de leur forme n'auraient pas osé imaginer. Du contemporain beau comme l'antique. Suivez le guide...

Trois mois après son arrivée à la présidence, Ségolène Royal a envoyé un émissaire prévenir les dirigeants de la filière caprine qu'il allait leur falloir mettre la main à la poche pour éponger le déficit accumulé de Cabrilia, le « biquette land » de Linazay. « Pas question que la Région allonge les 200 000 euros indispensables pour boucher le trou », vient dire aux responsables de la structure le conseiller régional Serge Morin, un agriculteur écologiste des Deux-Sèvres très au fait des dossiers liés à la filière.

Un délai est réclamé afin de pouvoir frapper à d'autres portes et espérer ainsi régler le problème. La promesse de parvenir à l'équilibre en 2006 est prise. Accordé… jusqu'à ce que la présidente change d'avis. Au mieux accepte-t-elle de louer les bâtiments dans l'hypothèse où un éleveur envisagerait de s'installer. Personne ne se manifeste. C'est le dépôt de bilan.

Et voilà comment le rêve éveillé d'un petit parc Astérix de la bestiole à la barbichette fleurie et aux mamelles pleines de bon lait parfumé se termine en liquidation pure et simple. Caprin, c'est fini, et dire que c'était le site de ton premier fromage ! Le cheptel est vendu ; les locaux restent sur les bras de la nouvelle majorité. Avec, pour effet collatéral, la menace d'un gros orage financier : l'Europe y est allée d'une forte contribution dans la réalisation du palais de Blanquette et de ses copines (depuis Alphonse Daudet, beaucoup plus de chèvres que de veaux s'appellent Blanquette, tous les loups le savent).

Sur un coût total de 5,6 millions, Bruxelles en a versé deux. Cette somme n'ayant vraiment pas servi à grand-chose, l'institution est en droit de réclamer un retour à l'envoyeur pur et simple. Sauf si les locaux retrouvent un quelconque usage : dans ce cas, seul le volet agricole de la subvention (soit 800 000 euros) devra être remboursé.

Bien entendu, dans le camp d'en face, on crie au scandale après le « sabordage » de Cabrilia, on dénonce avec véhémence la volonté délibérée de casser tout ce qui porte le sceau des équipes précédentes.

C'est Jean-Pierre Raffarin qui monte au créneau lors d'une émission de la télé régionale, traçant le bilan « catastrophique » de dix-huit mois de gestion socialiste. La fermeture du centre caprin, la vente de la Maison du Poitou-Charentes lui fendent particulièrement le cœur, du moins l'assure-t-il avec force.

Aussi sec, communiqué vachard de Ségolène Royal plein de sous-entendus et de confusions probablement voulues. La Maison du Poitou-Charentes ? « Elle était sans doute utile pour les membres de la majorité précédente », glisse-t-elle, perfide, bien que sachant parfaitement que jamais le moindre petit nid d'amour n'a été aménagé dans les combles ! Les biques ? « Comme la justice l'a constaté, écrit-elle, la cessation de paiement était réelle dès la fin décembre 2003, quatre mois avant l'arrivée de la nouvelle majorité. Les fourrages n'étaient plus payés pour les animaux. Cette mauvaise gestion a amené les juges à décider la liquidation judiciaire, la nouvelle majorité ayant pour tâche de rechercher un nouveau projet pour ce site pour que les millions d'euros investis par la majorité précédente ne soient pas gaspillés. » Du Royal dans le texte, brut de décoffrage.

Agrémenté d'une certaine imprécision relevant soit d'une méconnaissance coupable du dossier, soit d'une subtile recherche d'enfumage par le biais d'une erreur sur les dates. « Elle fait semblant de se tromper d'un an, c'est une escroquerie », s'étouffe Élisabeth Morin, soulignant que jusqu'au terme de sa présidence, les chèvres ont « toujours mangé et donné du lait», sans préciser pour autant si c'est elle qui procède à la traite.

Pendant ce temps-là, et même depuis un bail, le FRAC est sur la sellette. Sous ce sigle, se dissimule le fonds régional d'art contemporain. Cette structure, implantée dans chacune des régions françaises, financée à 50-50 par l'État et la collectivité régionale, a pour but, comme son nom l'indique, de constituer une collection d'art contemporain et d'y sensibiliser le public à travers diverses expositions.

Dirigé par Olivier Chupin, le FRAC de Poitou-Charentes est réputé, dans le microcosme des spécialistes, pour la qualité des œuvres qu'il détient (en particulier des dessins et des photographies), pour l'exiguïté de son lieu de résidence, à savoir le bel hôtel Renaissance Saint-Simon, dans les rues piétonnes d'Angoulême. L'espace est inadapté tant pour la conservation des créations artistiques que pour leur éventuelle découverte par des visiteurs, nul ne l'ignore. Quant à son directeur, on le dépeint comme très pointu dans son domaine, mais fort frileux dès qu'il s'agit de montrer ses richesses.

Tout cela pour dire que depuis bien longtemps, l'idée est dans l'air de penser une nouvelle organisation en éclatant la structure entre les villes chefs-lieux, principalement Poitiers et La Rochelle, qui disposent d'universités. À tout le moins, les diverses tutelles s'accordent pour souligner l'urgence de déménager le FRAC. Pour ce faire, la municipalité angoumoisine a cédé à la région, rue des Frères-Lumière, un immeuble *a priori* suffisant. Des sommes rondelettes ont été dépensées en études mais rien n'a abouti sous les présidences Raffarin et Morin. Au pays de la cagouille, c'est doucement le matin, pas trop vite l'après-midi... À se demander si les majorités de droite n'ont pas choisi de laisser le FRAC dormir dans son coin à Angoulême, évitant ainsi de réveiller le souvenir cuisant d'un vrai scandale remontant à une dizaine d'années plus tôt. En cause, une « sculpture » du provocateur plasticien américain Paul McCarthy, baptisée *Spaghetti Man*. En découvrant « la chose », Georges Chavanes, le député-maire très chrétien de la cité des Valois, avait tout simplement manqué défaillir, se demandant s'il avait affaire à de l'art ou du cochon.

Chavanes, ancien grand capitaine d'industrie ayant fait de la société de moteurs électriques Leroy-Somer une entreprise de près de 10 000 salariés disséminés dans le monde entier, s'était tourné vers la politique à l'heure de la retraite. Très vite, il héritait d'un portefeuille au sein du gouvernement Chirac lors de la cohabitation de 1986, celui du commerce et de l'artisanat, confirmant ainsi que, souvent, sont réservés à nos ministres les domaines dans lesquels ils s'avèrent le plus ignares.

En art contemporain, Georges Chavanes n'était pas non plus un expert. Mais très vite, face à « la chose », il avait explosé de colère. Le préfet avait été sommé d'intervenir, un ordre exécuté sur-le-champ en convoquant derechef le directeur régional des affaires culturelles, le malheureux étant chargé de circonscrire l'incendie. Chavanes exigeait que l'œuvre « obscène et pornographique » soit écartée de l'expo consacrée à McCarthy – une première européenne –, remisée dans les réserves où l'humidité avait toutes les chances de finir par en avoir raison. Au terme de plusieurs heures de palabres, un arrangement était trouvé : exposition interdite aux mineurs et, pour les plus âgés, visible uniquement sur rendez-vous. « Assez de ces élus réactionnaires effrayés à la vue d'une bite en bois », avait tranché Olivier Chupin.

En fait, on ne sait trop si le grand poète McCarthy avait voulu, avec sa sculpture, illustrer l'extrême solitude d'un bûcheron ou confectionner une ode à la gloire du pic-vert. Toujours est-il que son imaginaire avait accouché d'un mannequin équipé d'un zizi immense et mollasson forniquant allègrement avec un arbre creux , l'ensemble étant animé par un moteur bien adapté dont on n'a jamais su s'il sortait des usines de Leroy-Somer.

Longtemps, très longtemps après cet épisode, McCarthy, décidemment obnubilé par les arbres, fera à nouveau parler de lui en installant sur la place de la Concorde, à Paris, une espèce d'énorme structure gonflable verte baptisée *Tree* (« arbre », en anglais, ce qu'ont le droit d'ignorer les ignorants robustes de la langue de Churchill). Certains, crédules et croyant aux explications de l'artiste, verront dans cette création un sapin. D'autres y détecteront plus sûrement un sex-toy. Dans le même registre, quelques-uns assureront avoir face à eux un godemiché géant. McCarthy sera molesté par un individu réfractaire soit à l'art contemporain, soit à l'utilisation de ses impôts pour de telles inventions. La « sculpture » sera vandalisée, démontée et on passera à autre chose.

L'histoire du bûcheron trop amoureux de la nature n'est probablement pas arrivée aux oreilles de Ségolène Royal, connue pour sa propension à jouer la « mère la pudeur » à intervalles réguliers. N'empêche qu'il suffit de prononcer le mot FRAC pour constater dans l'instant que le visage de la dame traduit une certaine irritation.

Quelques semaines après sa victoire, elle débarque à Angoulême, découvre l'hôtel Saint-Simon où l'accueille Olivier Chupin. Insensible à l'architecture des lieux, elle met violemment en cause la gestion de la boutique... et propose de l'installer en bordure de Charente, à proximité des futurs « Studios Paradis », sorte de musée du cinéma concocté par le pôle image de la capitale de la bande dessinée.

Elle change d'avis moins d'un an plus tard, en mars 2005, en estimant que la place du FRAC est dans une ancienne imprimerie située sur la route de Bordeaux, toujours à Angoulême. En juin de la même année, elle annonce sa décision définitive : retour à la case départ, sur le site de la rue des Frères-Lumière. Juré-craché, elle s'y engage, le début des travaux est imminent.

Sauf à dire que profitant de sa visite au Salon de la bande dessinée, fin janvier 2006, alors que la fusée présidentielle est déjà sur orbite, la magicienne sort un nouveau lapin de son chapeau. Une vraie trouvaille : c'est à Linazay, dans les locaux laissés vacants par les vilaines biquettes de M. Raffarin et de Mme Morin, que le FRAC va s'implanter. Cette fois, elle a tranché, c'est ferme et définitif. Dossier classé.

Au passage, sans se départir de son beau sourire, elle assassine le pauvre Olivier Chupin en déclarant qu'il n'est pas l'homme de la situation pour assurer cette mutation. Comprenant que son sort est scellé, celui-ci crie au fou tandis que le successeur de Georges Chavanes à la mairie – il n'a bien sûr été tenu au courant de rien, la démocratie participative ayant ses limites… – promet que l'affaire n'en restera pas là.

Il s'adresse alors au ministre de la Culture Renaud Donnedieu de Vabres, lequel fait parvenir à la présidente de région (et néanmoins ancienne collègue de la promotion Voltaire, à l'ENA) un courrier très sec s'étonnant de son culot à décider seule de l'avenir d'un organisme financé pour moitié par ses services. Il fait par ailleurs savoir à Ségolène Royal qu'il est hors de question que le

FRAC aille se perdre au milieu de nulle part, à Linazay, en bordure de la nationale 10. « Un de ces jours, elle va avoir l'idée de subventionner l'installation d'un marchand de sable en plein cœur du Sahara », raille un fonctionnaire en plein accord avec son ministre. En réponse à Donnedieu de Vabres, « on » lui fait savoir qu'à Poitiers comme à Angoulême, « on » se moque de ses observations comme d'une guigne.

C'est la guerre. Les deux camps se battent à coups d'arguments chiffrés souvent aussi imprécis qu'absurdes, sortis de n'importe où, pourvu qu'ils servent leurs intérêts. Dans la foulée, le communiste Paul Fromonteil est bombardé président du FRAC en mandataire de sa lumière, de sa petite étoile, de celle qui guide sa fin de carrière politique. Plus que jamais ébloui par la personnalité de sa présidente, il est prêt à placer sa tête sur le billot afin de défendre l'idée qu'un Chèvroscope légèrement revu et corrigé n'est rien d'autre qu'un temple de la culture qui s'ignore. Ségolène Royal lui a balancé une patate chaude brûlante, il l'a saisie avec délectation, il la déguste avec gourmandise. Cela lui donne l'occasion de faire de beaux discours, d'écraser une larme rien qu'en songeant aux « trésors de la collection du FRAC » qui, bientôt, vont quitter leurs réserves insalubres.

Subitement, les choses s'accélèrent. Olivier Chupin est mis à pied. À la mi-novembre, en cette semaine qui va voir la dame en blanc devenue la « madone » du Poitou emporter haut la main la primaire socialiste, c'est de quantité de sujets beaucoup plus terre à terre dont il est question lors d'une commission permanente décentralisée à Châtellerault. Une délibération dite « Décision relative à l'accès de tous à la culture – Rééquilibrage des territoires » (baratin, quand tu nous tiens...) a trait au FRAC. Une première autorisation de programme pour la « mise en œuvre » du projet Linazay est votée. Une paille : 1 760 000 euros. Elle est suivie d'une seconde, plus modeste (tout est relatif) de 560 000 euros. Cette fois, il s'agit de la part régionale permettant d'engager les travaux pour la naissance d'un second site à Angoulême. Le chantier est piloté par le propriétaire des lieux, une société d'économie mixte locale. Le coût global de l'opération est chiffré à 1,6 million... et la Région deviendra locataire des lieux dès la fin de leur aménagement.

Enfin arrive le grand jour. Début décembre, à Linazay, sous l'œil averti d'une belle brochette de gendarmes et d'une forte équipe de cow-boys débarqués en droite ligne d'une société de gardiennage, est inaugurée une exposition très tendance des collections du FRAC. Pourquoi tant de gros bras ? La crainte d'une manifestation des chèvres s'estimant virées illégalement ? La peur d'une intrusion d'Olivier Chupin et de ses soutiens ? La dernière hypothèse ne tient pas debout puisque ce dernier est ce même jour face au conseil des prud'hommes auquel il demande de se prononcer sur le bien-fondé de sa mise à pied.

Une absence se remarque, lors du vernissage : Ségolène Royal n'est pas là. Heureusement, Paul Fromonteil, le chantre du « FRAC multipolaire de troisième génération » (*a priori*, il n'a eu besoin de personne pour concocter ce charabia) est présent. Il est planté devant une sculpture massive répondant au doux nom de *The Big One World*, un Bibendum version afro en résine moulée. D'emblée, il rassure l'auditoire : la présidente n'est pas malade, elle est partie « montrer la voie de la détermination et du courage » dans un autre pays, au Proche-Orient. Ouf !

Quelques minutes plus tôt, le téléphone du communiste sous hypnose a retenti. Miracle, c'est elle. « Excusez-moi une seconde... » Il est revenu, des trémolos dans la voix, submergé par l'émotion. « Elle m'a appelé pour me dire qu'elle pense à tous ceux qui sont réunis ici. » Chacun a sorti son mouchoir, caché ses larmes.

La suite ? Pas d'avis sur « les choses » exposées. Pourvu que le FRAC les garde et n'en fasse pas cadeau au premier venu lequel, embarrassé, ne pourrait que les glisser dans la niche du chien. La pauvre bête, pour éviter d'être traumatisée, devrait alors coucher dehors. Un « détail » toutefois : les frais de gardiennage, pour cette expo, s'élèvent à 25 000 euros pour deux semaines. Au moins les chèvres se gardaient-elles toutes seules...

Peu de temps après, Olivier Chupin, qui n'est jamais parvenu à rencontrer la présidente pour une explication en tête à tête, porte plainte pour harcèlement. Son licenciement intervient dans la foulée. Pour faire bonne mesure, au même moment, le conseil d'administration du FRAC demande au procureur d'Angoulême d'ouvrir une enquête afin de faire toute la lumière sur la disparition d'une œuvre... Un épisode dont on n'entendra jamais reparler.

À l'été 2008, le FRAC intégrera ses nouveaux locaux angoumoisins. À l'automne 2009, les réserves, « l'espace d'expérimentation », les galeries d'exposition seront investies à Linazay. Nul ne pourra dire alors que Ségolène Royal ne s'est pas décarcassée pour... l'accès de tous à la culture.

Il conviendra d'attendre mai 2010 pour connaître la fin de l'histoire. Comment ? En lisant *Sud Ouest*. Dominique Richard, une fois encore parfaitement renseigné, y raconte dans le détail et avec une certaine jubilation l'issue de l'affrontement Chupin-Royal. Entre les lignes, on perçoit effectivement un vrai bonheur d'expliquer aux contribuables du pays de la transparence comment leur argent a été utilisé alors que tout a été mis en œuvre pour qu'ils n'en sachent rien.

Que s'est-il passé ? En avril 2007, Olivier Chupin est débouté par les prud'hommes. Il est à nouveau envoyé dans les cordes par le procureur d'Angoulême en juillet 2008, lequel décide d'un non-lieu en ce qui concerne sa plainte, précisant que « le comportement du plaignant n'est pas étranger au conflit ». Des réquisitions dont Ségolène Royal n'aura jamais connaissance. Son avocat parisien – à croire qu'il n'est de bon juriste que de Paris – l'a-t-il mal conseillée en ne demandant pas son placement sous le statut de témoin assisté ? Dominique Richard pose la question. Souvent, pour les journalistes, poser des questions permet d'y répondre. Alors, un amateur, cet avocat ? Ce serait étonnant puisqu'il s'agit d'un associé d'une vedette du barreau, Jean-Pierre Mignard, par ailleurs président de Désirs d'avenir de fin 2007 à 2009 et, à titre privé, parrain de deux des enfants nés des amours du couple Hollande-Royal. Le monde est petit…

Résultat, alors que le juge d'instruction s'apprête à refermer le dossier à son avantage, Ségolène Royal n'en sait rien. Une ignorance qui va coûter cher.

En effet, fin 2008, dans l'urgence, elle accepte (« elle ordonne » convient mieux) qu'un petit arrangement entre ennemis soit trouvé. Craint-elle de devoir traîner des années durant un nouveau boulet judiciaire déplorable pour son image ? Elle a déjà donné avec deux anciennes collaboratrices parlementaires, lesquelles n'ont jamais lâché le morceau, finissant par gagner sur toute la ligne au terme de plus de… dix ans de procédure !

Dominique Richard révèle que pour mettre fin au contentieux avec Chupin, un chèque avoisinant les 115 000 euros est gentiment remis à l'ex-directeur du FRAC. Pour quelqu'un considéré comme parfaitement incompétent et sur le compte duquel Paul Fromonteil se répand en qualificatifs peu amènes, avouons que c'est bien payé !

Tous les protagonistes de cet accord se refusent au moindre commentaire, Jean-Luc Fulachier, le grand chambellan de la maison Royal, le premier. Le malheureux le regrette mais il ne peut absolument rien dire puisqu'une clause sévère de confidentialité est incluse dans le deal. Il le regrette, bien sûr, ce genre de cachotteries n'est pas le genre de la maison…

Le pire, c'est que personne n'a rien su de cette modeste obole : elle n'a jamais été évoquée en commission permanente, le lieu où sont acceptées par l'assemblée toutes les dépenses de la collectivité. Où Ségolène Royal a-t-elle déniché les sous versés à Olivier Chupin ? Mystère. Cette somme a probablement été englobée dans une dotation au FRAC votée sans sourciller par les conseillers régionaux. Ni vu, ni connu, je t'embrouille ! Ce qui est certain, c'est que 115 000 euros, ça ne se trouve pas sous les pieds d'un cheval, encore moins sous les pattes d'une chèvre.

Dans cette affaire, quelques mystères demeurent : Olivier Chupin a-t-il dit poliment merci à la bonne dame de Melle, sa gentille donatrice ? Lui a-t-il assuré que ces euros lui seraient bien utiles ? Encore des questions sans réponse.

12

Non seulement la gazelle court beaucoup plus vite que les éléphants, mais de plus, elle est parfaitement entraînée au saut d'obstacles. Résultat, les « pachydermes » Fabius et Strauss-Kahn, les seuls à avoir refusé d'accepter la loi de sondages catastrophiques, font du surplace. En participant, ils se persuadent qu'il s'agit là de la meilleure stratégie pour préparer le coup d'après, demain, 2012...

Une fois encore, dans cette primaire, le Parti socialiste se distingue, démontrant sa capacité à inventer l'usine à gaz, à faire compliqué là où les choses pourraient être simples. Pas moins de six débats ont été programmés entre les trois prétendants, trois à la télé, trois en public. « Voilà qui va tenir du concours de beauté doctrinale, du défilé de caniches », pronostique une mauvaise langue.

Le mot « débat » est en fait fort mal choisi puisque les règles du jeu précisent que les candidats ont interdiction de se couper la parole, de s'interpeller, d'échanger des arguments. Le point de vue de Ségolène Royal estimant qu'une éventuelle bataille de chiffonniers au vu et au su des militants aurait un effet catastrophique a donc été pris en compte par la direction du PS, laquelle n'a sans doute pas grand-chose à lui refuser, ayant peut-être – le bruit court avec de plus en plus d'insistance – beaucoup à se faire pardonner.

Ces « débats » – continuons à nommer ainsi cet empilage de monologues – tournent souvent autour des propositions de la favorite. Par exemple, les fameux jurys citoyens que la dame du Poitou veut installer partout et même ailleurs. « Jusqu'à se prononcer sur les décisions du Conseil des ministres ? » l'interroge l'animateur de l'un des trois shows télévisés. « Oui monsieur », répond-elle sur un ton de Folcoche devenue maîtresse d'école. « Du populisme faisant le lit de l'extrême-droite », tente Fabius sans que personne ne relève, tandis que Strauss-Kahn, traînant plus que jamais son air de chien battu, glisse que « l'ordre, c'est immobile ». À croire que tout ce qui ne bouge pas l'ennuie. Et surtout, que l'un ou l'autre de ces messieurs n'ait pas la tentation de venir chatouiller Mme Royal sur une idée sortie de son chapeau (mais aussi, bien souvent, de celui de Sophie Bouchet-Petersen) et ne figurant pas dans le projet socialiste. Laurent Fabius ose-t-il évoquer le programme du parti en estimant que « ce n'est pas aller plus loin que d'aller contre » ? La réponse claque. On croit entendre Zazie échappée du métro afin de régner sur le beau monde, lorsque sa voisine, dans un langage châtié, lui balance : « Le projet socialiste, ce n'est pas *Le Petit Livre rouge* ! Il n'interdit pas tout ce qu'il ne contient pas. » Polie. Zazie, pour traduire sa pensée, eût lancé : « Le projet socialiste, mon cul. »

Des débats pour pas grand-chose. Ségolène Royal, entre deux déplacements destinés à nourrir son image internationale (au Sénégal où elle est née, en Suède, en Espagne, en Italie), multiplie les rencontres sur le terrain où, partout, un accueil plus que chaleureux lui est réservé.

Personnalités et barons du PS se rangent chaque jour en masse derrière sa bannière, montrant, si besoin était, que la messe est dite depuis belle lurette. Ce n'est pas une histoire un peu glauque de vidéo volée dans laquelle elle explique, lors d'une réunion dans les Pays de la Loire, que les enseignants devraient être présents trente-cinq heures par semaine dans leurs établissements afin de dispenser du soutien scolaire en plus de leurs cours qui va changer quoi que ce soit...

Rien ne semble en mesure de l'atteindre. Ce n'est pourtant pas faute, de la part de certains socialistes, de tenter d'ouvrir les yeux de leurs camarades sur la nature profonde de la dame, sur ce que dissimule, selon eux, l'épais vernis du sourire permanent, du port altier et des tenues immaculées.

Durant l'été, deux de ses adversaires déclarés s'y essaient sous forme d'un échange de correspondances, autant de pages débouchant à l'automne sur la publication d'un livre, *L'Air du temps... ou le temps de la gauche*[1]. Dans ces missives, Marie-Noëlle Lienemann, ancienne ministre, et son ami Alain Vidalies, député des Landes et... futur ministre, disent et redisent leurs convictions de gauche, soulignant à quel point ils les cherchent dans les propos de Mme Royal. Ils ne ménagent pas la favorite, la moquent même, en soulignant l'extrême complaisance dont font preuve les animateurs télé à son égard. L'un d'entre eux, Yves Calvi, qualifié pour l'occasion d'« inénarrable », en prend pour son grade après avoir consacré deux heures d'antenne à tenter de décrypter le « phénomène » Royal à défaut de ses idées. Au bout du compte, Vidalies dixit,

1. Marie-Noëlle Lienemann, Alain Vidalies, *L'Air du temps... ou le temps de la gauche*, Paris, Pharos-Jacques-Marie Laffont, 2006.

Calvi et ses invités en déduisent que « Ségolène, c'est Cosette ou plus exactement une sorte de "Petit Chose" en jupons [...] Elle a été boursière (incroyable !). Elle a dû travailler pour payer ses études (stupéfiant !). Elle a des comptes à régler avec son géniteur (bouleversant), un officier rigide et macho ». Bref, pour ces deux socialistes de gauche – lesquels ne semblent plus courir les rues –, un an après le référendum, il n'y a pas photo : c'est Fabius qui doit porter le drapeau PS.

Leurs arguments restent... lettre morte – c'est le cas de le dire. Et ils n'empêcheront pas Alain Vidalies de devenir, des années plus tard, le titulaire d'un poste de secrétaire d'État rattaché à une ministre de l'Écologie prénommée Ségolène. Ce qui s'apparente à de vraies tendances suicidaires, voire à une mise en danger de la vie de soi-même pour qui sait que ce Landais chaleureux, avocat spécialiste du droit du travail, est sujet à de sévères poussées de tension !

Si ces deux épistoliers ont toujours mesuré leurs critiques, il en est un qui adopte une attitude toute différente. C'est au canon de 75 que Louis Mexandeau vole dans les plumes de celle qui, parfois, se glisse avec habileté dans la panoplie de l'oie blanche du Poitou[1].

L'ancien ministre des PTT, longtemps élu en Basse-Normandie, connaît bien Ségolène Royal puisque celle-ci a, dans une autre vie, manœuvré pour débuter sa carrière politique dans le Calvados. Alors conseillère à l'Élysée, elle s'était rapprochée de sa mère installée dans ce département, avait pris sa carte à la section socialiste de Trouville où elle était conseillère municipale. Au beau milieu des années 1980, elle avait déjà tenté de pratiquer un sport

1. L'espèce existe réellement. Elle est malheureusement en voie de disparition.

dont elle allait devenir une adepte chevronnée, à savoir le «pousse-toi d'là que j'm'y mette», disant alors son souhait d'être candidate aux législatives (à l'époque, s'appliquait un scrutin de liste). Lors de cette déclaration d'intention, Mexandeau suppose que «même sa timidité devait avoir été étudiée»...

Le principal argument de Ségolène Royal pour figurer en position éligible? Son job «auprès de François Mitterrand». Au cas où certains n'auraient pas compris, elle avait sorti de sa manche un atout à ses yeux décisif, assurant: «Je suis mère d'un enfant. Les deux personnes que j'aime le plus au monde, c'est mon bébé et... François Mitterrand.» On sait que plus tard, le père de ce bébé allait hériter de quantité de surnoms parmi lesquels «Flamby», le «Culbuto», «Fraise des bois». C'est un mystère que nul n'ait songé à «Saint Joseph»!

À quelques semaines du vote des socialistes destiné à départager Ségolène Royal, Laurent Fabius et Dominique Strauss-Kahn, Louis Mexandeau, dans une tribune publiée par *Le Figaro Magazine*[1], est d'une rare violence à l'égard de la présidente de Poitou-Charentes. Une colère à la hauteur de son inquiétude pour l'avenir du PS si Mme Royal est élue. Lisons-le: «Je suis terrifié par Ségolène prétendant militariser le traitement de la délinquance; je suis abasourdi par son projet de jurys populaires [...]; je suis confondu par sa planétaire indigence qui lui fait improviser cette réponse à propos de l'entrée de la Turquie dans l'Europe: "Mon opinion est celle du peuple français." Je veux être leur chef, donc je les suis!»

Et l'élu, mort de peur que le PS «entre dans une phase noire», de poursuivre: «Mais d'où vient cette propension à la dérive populiste, au démagogique, à l'erratique, au

1. *Le Figaro Magazine*, 28 octobre 2006.

saugrenu, et finalement à la mise en danger de la France? Cynisme? Voire. La vérité est plus simple et bien plus inquiétante: Ségolène, c'est une inculture de taille encyclopédique, une sorte de trou noir de la science. Une ignorance crasse, pire que reaganienne: bushiste. Comme si elle n'avait pas lu un seul livre? Des cours seulement. Pour passer des concours... »

Sacrée charge amenant une question: qu'ont donc manigancé Ronald Reagan et George Bush à l'encontre de Louis Mexandeau pour qu'il les tance aussi sèchement? Heureusement pour Ségolène Royal, l'essentiel des abonnements au *Figaro Magazine* n'émane pas de militants socialistes. L'attaque bas-normande, mise en place bien trop tard, passe quasiment inaperçue.

Entre deux réunions, trois polémiques et quatre émissions de télé, la candidate fait étape à Poitiers, confiant: « La région est mon équilibre. » Une attention touchante allant droit au cœur du picto-charentais de base!

Chacune de ses apparitions dans sa région constitue un événement médiatique. Curieusement, l'une de ses décisions ne donne pas lieu à trop de publicité. Elle est pourtant lourde de sens puisqu'à moins d'un mois du vote de novembre, elle tire une fois encore un trait sur le « lointain » passé de la droite aux commandes. Elle vend les 100000 actions que la collectivité régionale détient dans la société d'économie mixte locale gestionnaire du Futuroscope, ce fameux parc de loisirs voulu, à une dizaine de kilomètres de Poitiers, par René Monory.

Un espace à la fois ludique et culturel que ce parc ayant ouvert ses portes en 1987. Un démarrage, question affluence, sur les chapeaux de roues. À la fin des années 1990, la décision est arrêtée d'en confier le pilotage au groupe Amaury, spécialiste des événements sportifs. Lequel va fournir la preuve éclatante qu'un parc d'attractions consacré aux technologies de pointe ne se gère pas aussi aisément que le Tour de France où le Paris-Dakar.

Il y a vite le feu à la maison. Les collectivités territoriales doivent jouer les pompiers de service. Le conseil général UMP de la Vienne charge sa barque au maximum, tendant naturellement la main au conseil régional alors présidé par Élisabeth Morin. Celle-ci, placée sous les « parrainages » de Monory et de Raffarin, n'a pour seul choix que d'apporter une bouffée d'oxygène de 10 millions d'euros, soit 100 000 actions d'une valeur de 100 euros chacune.

Dix mois après son élection, dans une confidence à *L'Express* (les élus de sa majorité comme de son opposition apprennent la nouvelle en ouvrant l'hebdomadaire, mais ce n'est rien puisqu'ils ont le bonheur de vivre dans le royaume de la démocratie participative), Ségolène Royal dit son intention de vendre les parts que la Région possède dans le Futuroscope. Elle suit son idée, en octobre 2006 : par le biais d'une délibération toute discrète (elle est placée, un hasard sans doute, en toute fin de commission permanente, lorsque la presse a généralement levé le camp), la présidente est autorisée à procéder à cette vente.

La transaction est rapidement officialisée, la caisse des dépôts se portant acquéreur – dans le but de revendre ensuite à un investisseur privé – au prix de... 4,25 euros par action. Dans cette affaire, difficile de dire que l'argent des contribuables a été judicieusement placé puisque plus de 9,5 millions sont partis en fumée...

Pour la petite histoire, notons qu'au cours des années suivantes, sous la houlette de Dominique Hummel, un temps directeur des services de la région présidée par Raffarin, le Futuroscope est redevenu une entreprise rentable. Aux dernières nouvelles, le cap des deux millions de visiteurs et des 100 millions de chiffre d'affaires devrait être franchi en 2017. La valeur de l'action n'a cessé de croître. La présidente aurait-elle commis une jolie – et chère – boulette en confondant vitesse et précipitation ? Le simple fait d'oser poser la question ne peut relever que d'une coupable intention de nuire.

Mais revenons à cette campagne des primaires que Ségolène Royal termine en roue libre. Le dernier soir, elle joue quasiment à domicile puisqu'elle est à Nantes, chez ses inconditionnels soutiens, le député-maire Jean-Marc Ayrault, président du groupe socialiste à l'Assemblée et Jacques Auxiette, président de région.

La veille, c'est « en famille », comme elle le dit, dans une salle où elle assure connaître chaque visage, qu'elle tient meeting. Elle est « chez elle », dans les environs de Niort. L'émotion de certains intervenants est palpable. Comme celle de Claude Bonnet, un proche de la première heure, lequel, la larme à l'œil, assure : « Nous sommes fiers de toi, la terre où tu as poussé n'était pas si mauvaise. Ne l'oublie pas dans les fastes de l'Élysée où tu seras bientôt. » Ce n'est pas là figure de style. Chacun, au sein de ce public conquis, sous le charme, comme hypnotisé, est persuadé que désormais, la prochaine élection à la présidence de la République tient de la formalité.

Jean-Pierre Denieul, le conseiller général de Jarnac, a fait le déplacement. Il obtient l'effet escompté en rappelant que Mitterrand croyait « aux forces de l'esprit ». « François est là ce soir », lance-t-il. Pour un peu, certains participants à cette grand-messe se retourneraient vers la porte pour ne pas manquer une miette de l'arrivée solennelle de l'ancien président… entré en transparence depuis plus de dix ans.

La partie politique est assurée par un petit jeune qui monte, le secrétaire fédéral du PS en Charente-Maritime, un certain Olivier Falorni. Ceux qui le découvrent remarquent aussitôt le plaisir qu'il prend, dans son propos, à jouer avec les mots, leur musicalité, leur double sens parfois, à jongler avec les syllabes. Son rapide discours a des allures d'« album de la Comtesse », cette célèbre rubrique du *Canard enchaîné* mettant à l'honneur l'art du contrepet. Il prend son auditoire par la main et le conduit dans l'univers onirique d'un conte de fées dont l'héroïne n'est autre qu'une gentille princesse toute de blanc vêtue !

Enfin le grand jour arrive. Pour un soir, Melle devient – presque – le centre du monde. Cette ville de 4200 habitants n'a probablement jamais connu un tel déferlement médiatique. Les vieilles pierres de ses trois églises romanes invitant au calme et à la méditation sont tourneboulées par cette agitation délirante dont s'est emparée la salle des fêtes dès le milieu de l'après-midi. La diva des sondages doit voter, ainsi que l'ont précisé ses collaborateurs, entre 17 et 18 heures. Dès 16h30, un caméraman de la télévision japonaise prend position en haut de son escabeau installé avec mille précautions dans le meilleur angle qui soit. À 19 heures, alors que sœur Anne n'a toujours rien vu venir, le nippon n'a pas bougé d'un centimètre, l'œil aux aguets, attentif. Son calme fait tache au milieu de l'agitation de ses collègues de la télévision française, lesquels courent dans tous les sens, affolés, demandant que quelqu'un téléphone à la candidate afin qu'elle arrive dare-dare, sinon, catastrophe, « on va louper le journal de 20 heures ». De l'inquiétude et de l'énervement pour rien : il faudrait vraiment que le ciel lui soit tombé sur la tête pour que Mme Royal oublie la grande célébration cathodique !

À 19 h 20, brouhaha, bousculade. C'est elle; elle a trouvé le chemin ! Au loin, une tenue blanche noyée dans la cohue. « C'est bien Ségolène ? » demande une journaliste, modeste uniquement par la taille. « C'est quelqu'un habillé de blanc », s'entend-elle répondre. « Pour une fois, réfléchis une seconde : si c'était le pape, on l'aurait su. Et que veux-tu qu'il vienne faire à Melle aujourd'hui, personne ne lui prêterait attention. »

Le japonais, la caméra sur l'épaule, n'en perd pas une miette. Il s'accorde une pause alors que celle qui demeure la députée du cru, attirée par la lumière, sort de l'isoloir bien plus vite qu'elle y est entrée. Elle tient son bulletin de vote en équilibre au-dessus de l'urne. Le temps suspend son vol avant que l'affaire soit réglée. « A voté. »

La représentante d'une télé venue d'ailleurs, persuadée, comme tout le monde ici, que les deux éléphants vont être écrasés, écrabouillés, piétinés, demande à Ségolène Royal : « Qu'allez-vous changer ? » La réponse fuse : « La politique ! » Rien que cela...

Elle glisse encore deux mots pour dire que « ce soir, peut se déclencher le mouvement populaire attendu pour que la France se sente tirée vers le haut », et la voilà repartie vers sa maison toute proche. Delphine Batho, la jeune femme au patronyme bien choisi qu'elle a « démocratiquement » désignée pour tenter de lui succéder dans la circonscription du marais poitevin, est chargée de surveiller le dépouillement. Nul n'est jamais trop prudent. D'autant qu'au Parti socialiste – ne leur jetons pas la pierre, nombre de formations politiques militent au même club... –, la fraude électorale, lors des scrutins internes, constitue une tradition bien établie. « Une variable d'ajustement conséquente », rectifie en riant un cadre de Solférino.

Les premiers bulletins dépouillés, de Strasbourg à Bayonne, de Lille à Marseille, sans qu'il soit besoin de passer par Melle, annoncent la couleur. Pas de suspense; c'est un raz de marée. Dès le premier tour, Ségolène Royal l'emporte haut la main. Elle représentera le parti socialiste lors du combat présidentiel. Avec plus de 60 % des suffrages, même en se retournant, elle ne peut apercevoir DSK et Fabius tant ils sont loin, petits, minuscules. Pour l'un comme pour l'autre, la défaite a des allures de déroute. DSK est à 20,69 %, l'ancien Premier ministre à 18,66 %...

« Le peuple français est en train d'écrire une nouvelle histoire. Je vais rester moi-même. [...] Je vais incarner le changement », déclare-t-elle, assurant repartir de la base « pour gravir une montagne ».

Voilà une bonne chose de faite. Plus souvent que jamais en vadrouille ou en réunion à Paris, la présidente de région se fait rare à Poitiers. Ce sera d'ailleurs le cas durant les presque six mois à venir. Du jour au lendemain, l'univers du conseil régional change. C'est un peu le calme après la tempête. L'ambiance semble comme soudain anesthésiée, hormis bien sûr lors des sauts de puce de la candidate emmenant dans son sillage une foule de collaborateurs aux airs importants et une armée médiatique semblant s'amenuiser très légèrement depuis la fin du combat interne.

Les soucis d'une campagne présidentielle ne vont pourtant pas l'empêcher, au moment du vote du budget, d'encore s'accrocher avec son premier vice-président. Une décision liée à l'art et à la manière de faire rentrer des sous dans les caisses a été prise, en son absence. Plusieurs réunions regroupant les élus de la majorité ont été nécessaires, les communistes, en désaccord avec les mesures arrêtées par la majorité, ayant dû se plier à l'avis du plus grand nombre. Qu'importe : ils profitent d'une visite éclair de la cheftaine pour aller pleurer dans son giron. Laquelle tranche en leur faveur, ce qui déclenche une grosse colère de Jean-François Fountaine. Il prend sa plus belle plume pour écrire à Ségolène Royal que « son report-annulation très cavalier est blessant vis-à-vis du travail effectué par sa majorité ». Ce n'est pas bien méchant mais cela va distendre encore un peu plus les liens entre les deux têtes de l'exécutif. D'autant plus que Fountaine s'est bien gardé de s'engager du côté de Désirs d'avenir, n'ayant jamais caché avoir tout mis en œuvre, aux côtés de l'ancien ministre Jean Glavany, pour faciliter le retour de son ami Lionel Jospin…

13

Qu'elle débute mal, cette année d'élection présidentielle ! Ségolène Royal a reçu des brassées de vœux, quelques jours plus tôt, mais bien vite, elle se demande s'ils émanaient de gens véritablement sincères !

Tout commence à l'autre bout du monde, en Chine, où la candidate a décidé d'aller se faire voir. Sur la Grande Muraille, emmitouflée sous sa capuche, Mme Royal veut citer un proverbe du cru, probablement glissé dans sa besace par Sophie Bouchet-Petersen, laquelle adore les dictionnaires de citations. Hélas, alors qu'elle est cernée par micros et caméras, la porte-drapeau du poing et de la rose a oublié une partie de la phrase. Sa langue fourche. La voilà qui parle de « bravitude ».

Les reporters dont les rédactions ont jugé bon de les envoyer jusque là-bas ne vont pas se priver de justifier de l'immense intérêt de leur déplacement en faisant tourner le « néologisme » en boucle. En fait, plutôt qu'une nouveauté pour notre vocabulaire, il fait passer son auteure pour une ignare. La preuve ? Près d'une décennie plus tard, après que Ségolène Royal ait débité beaucoup d'autres... approximations, la « bravitude » demeure indissociable du personnage.

Pendant ce temps-là, à Paris, sur les ondes d'une radio périphérique, François Hollande, barre à gauche toute, fait dans la plus parfaite « absconstitude » en évoquant, en cas de victoire, une possible mesure fiscale. Il est question d'une ponction plus ou moins sévère pour les revenus supérieurs à 4 000 euros. Ses explications sont floues, embrouillées. L'effet est dévastateur. Dans l'instant, des quantités de voix d'électeurs aux revenus confortables et penchant plutôt à gauche s'envolent vers d'autres cieux. Ce n'est pas le rétropédalage engagé dans la foulée, en particulier par Ségolène Royal assurant qu'« aucune fiscalité nouvelle ne viendra décourager le travail ou l'effort », qui change quoi que ce soit. Le mal est fait.

Ce sérieux impair a un effet collatéral quelques jours plus tard. Sur le plateau de Canal +, Arnaud Montebourg est venu avec une énorme boîte de cirage, des brosses à lustrer, des chiffons doux, afin d'astiquer les escarpins de Mme Royal. Il fait crouler ce génie des temps modernes sous les compliments (à moins qu'il ne s'agisse de basses flatteries, mais venant de sa part, cela serait étonnant). Une journaliste finit par lui lancer : « Ségolène Royal n'a donc pas le moindre défaut ? » « Si, son compagnon ! » répond du tac au tac celui qui est l'un des trois porte-parole de la candidate.

Immédiatement, il comprend qu'il vient de commettre une erreur. Il l'admet d'autant mieux que Nadine Morano, députée UMP de Meurthe-et-Moselle, alors sarkozyste idolâtre, présente à ses côtés, lui reproche en riant de s'être rendu coupable d'une sacrée « montebourde ». La faute doit vraiment être grave pour permettre à Mme Morano d'accoucher d'un trait d'esprit.

Ségolène Royal ne peut faire autrement que de punir son lieutenant en lui infligeant un carton jaune. Montebourg est mis sur la touche durant quelques semaines. Le temps de renouveler son stock de cirage, sans doute…

Bref, tout va mal. Beaucoup de médias ayant déroulé le tapis rouge des mois durant adoptent une attitude totalement inverse. Au PS, les cracks ruent dans leur box pour critiquer le type de campagne concocté par la dame du Poitou. En fait, elle a décidé de calquer la présidentielle 2007 sur les régionales de 2004, avec « forums participatifs » à tout bout de champ, Leroy en animateur du grand cirque et, surtout, un minimum de têtes socialistes connues à ses côtés. Qu'ils restent là où ils sont, elle n'en veut pas. Elle se débrouille parfaitement bien toute seule en s'appuyant sur son cercle rapproché installé boulevard Saint-Germain plutôt qu'à Solférino comme prévu au départ. Plus loin elle est des querelles de chapelles du PS, mieux elle se porte.

En face, après avoir été placée des mois durant sous l'éteignoir pour cause de primaire socialiste, la concurrence s'agite. Le discours de Bayrou semble chaque jour mieux perçu, Sarkozy est bien en place dans les sondages. Le tangage du camp Royal se répercute dans les intentions de vote. Ce n'est sans doute pas un hasard si le candidat de l'UMP – toujours ministre de l'Intérieur, ce qui fait hurler ses adversaires – entreprend son tour des régions par Poitiers. Raffarin, tantôt cardinal onctueux, tantôt gros chat matois, s'en pourlèche les babines : il va pouvoir, une fois encore, tomber à bras raccourcis sur celle dont il dit : « Elle séduit au loin, elle irrite au près. » Cette fois, il jure la considérer comme « inquiétante » puisqu'elle « a toujours besoin de détruire l'avant pour promettre l'après ».

Raffarin qui, toujours à l'aise lors des meetings – il demeure, sans conteste, avec Mélenchon, l'un des tout meilleurs orateurs de la classe politique – se tourne vers Sarkozy, lui susurrant, sur le ton de la confidence : « Tu sais, Nicolas, ici, nous avons beaucoup de mérite à faire campagne pour toi. Nous sommes trop dévoués. Eh oui, si Ségolène Royal est élue, en Poitou-Charentes, nous en serons enfin débarrassés ! »

À noter que l'ancien Premier ministre, avec cette formule, n'a rien inventé. On entend une réflexion similaire à longueur de couloirs, au conseil régional. Souvent, elle sort de la bouche d'élus socialistes, certains prenant la peine de préciser qu'ils parlent très sérieusement !

Ségolène Royal essaie de briser cette spirale de la scoumoune lors de ses déplacements, lesquels se déroulent devant des foules toujours aussi enthousiastes. Elle tente de répondre aux critiques des caciques socialistes estimant qu'elle est mal entourée en lançant à ses supporters : « Mon équipe, c'est vous. » Dans l'instant, la pirouette fonctionne ; dans la durée, elle ne fait que creuser encore un peu plus le fossé entre la candidate et les poids lourds du PS piaffant d'impatience au bord du chemin.

C'est dans cette ambiance plombée qu'intervient un épisode qui demeure, somme toute, assez discret. Ce dont la candidate peut se réjouir. À croire qu'elle est allée, en catimini, faire brûler des cierges dans les églises de Melle...

Il s'agit de la publication d'un livre de 200 pages écrit par Évelyne Pathouot[1], une ancienne collaboratrice de la députée Royal, l'une de celles à avoir montré courage et pugnacité en poursuivant l'élue en justice durant dix ans afin d'obtenir réparation de salaires non payés.

Pourquoi ce livre aurait-il pu être ravageur pour Ségolène Royal ? Tout simplement parce qu'il est écrit avec l'accent de la franchise, celui d'une femme entrée

---

1. Évelyne Pathouot, *Ségolène Royal, ombre & lumière*, Paris, Michalon, 2007.

au service d'une parlementaire portée aux nues, idéalisée. En parvenant à travailler pour le compte de la députée des Deux-Sèvres, entre 1995 et 1997, Évelyne Pathouot, sincère, naïve (?), est persuadée qu'auprès d'une personnalité aussi compétente, ayant le sens de l'intérêt général chevillé au corps, soucieuse du sort de ses électeurs, elle va tout simplement œuvrer à améliorer la vie quotidienne des habitants de la circonscription.

Dans les premiers temps, l'attachée parlementaire manque de superlatifs pour glorifier la députée: «Je l'admirais tellement que j'étais convaincue (...) que Ségolène était bien un sésame et que sa carte de visite avait des vertus magiques», écrit-elle. Mais au fil des mois, le doute s'installe: «Son activisme se résumait à brasser de l'air et à engranger patiemment les comptes rendus laudatifs de son action dans les médias», poursuit la collaboratrice qui finit par se lâcher en soulignant «la fin des illusions» et en dénonçant les «platitudes» débitées par son ex- patronne qu'elle qualifie d'«intrigante». Fermez le ban...

C'est lorsqu'elle aborde son propre cas que l'ancienne collaboratrice plante les banderilles le plus profondément. Elle dit ses difficultés à être rétribuée pour son travail, les tentatives d'arrangements anormaux afin que ses émoluments soient réglés d'abord par une association, ensuite par EDF. Des méthodes plus que moralement condamnables, ne pouvant pourtant, en politique, être qualifiées d'exceptionnelles. «Oui, mais ceux y recourant ne se parent pas de l'habit du chevalier blanc. Alors qu'elle se taise!» implore Mme Pathouot, profondément déçue.

La charge est sévère, dévastatrice. Celle qui accuse sera pointée du doigt, soupçonnée d'avoir cherché, dans le cadre de la présidentielle, à régler ses comptes avec madame Royal. Les amis de cette dernière expliquent qu'Évelyne Pathouot a été manipulée par ses nouveaux employeurs, à savoir deux députés UMP, formation dans laquelle elle avoue être désormais encartée.

Le contre-feu s'avère efficace, le réquisitoire d'Évelyne Pathouot ne provoque pas la tempête. Tout au plus quelques vaguelettes sur les côtes de Poitou-Charentes et au bord des lacs, étangs et mares des Deux-Sèvres…

Par contre, ce qui fait beaucoup plus de bruit, c'est le clash avec Éric Besson. Ce dernier est las de travailler sur un programme économique sans avoir le sentiment que la candidate y accorde le moindre intérêt. Il claque la porte avec fracas. Ségolène Royal s'empresse de la fermer à double tour afin d'être certaine qu'il ne revienne pas. Plus star que jamais, elle lâche le fameux : « Qui connaît Éric Besson ? ». On sait comment l'intéressé lui répond : en allant se réfugier dans le camp d'en face. Sarkozy et consorts s'empressent d'allumer la cheminée pour éviter que la prise de guerre ne s'enrhume.

L'attitude de Besson, en ces jours-là comme au cours des années qui suivent, n'est pas glorieuse. Elle rappelle celle adoptée par d'autres élus socialistes aux heures les plus noires de notre Histoire. Besson, à bien des égards, est inexcusable. Néanmoins, on peut s'interroger sur la méthode utilisée par la maîtresse d'école pour le tancer. Ramener les capacités d'un individu au seul niveau de sa notoriété ne traduit pas forcément un grand sens de la psychologie.

Au PS, cet épisode est l'une des gouttes d'eau faisant vraiment déborder le vase. Il permet le retour des poids lourds dans ce que Ségolène Royal appelle « l'équipe du pacte présidentiel », ce pacte en cent points présenté à Villepinte courant février. Une équipe dans laquelle on retrouve ses anciens adversaires Laurent Fabius et DSK, sa chère copine Martine Aubry, François Hollande chargé de chapeauter meetings et réunions, Najat Vallaud-Belkacem et Vincent Peillon, porte-parole aux côtés d'Arnaud Montebourg, Claude Bartolone s'occupant du suivi de la presse nationale, Gilles Savary de la presse régionale, Élisabeth Guigou et Manuel Valls des médias internationaux.

Lionel Jospin est également membre de ce club. Au lendemain de l'annonce de sa composition, Ségolène Royal, magnanime, prend soin de préciser que ses membres « pourront se réunir à leur convenance ». Heureux veinards, ils se rencontrent quand ils le veulent, sans être obligés de lever le doigt pour demander la permission !

Venue s'immerger à Poitiers pour une session du conseil régional, elle se dit « heureuse » que Lionel Jospin ait bien voulu participer « avec chaleur et amitié ». Ceux qui, à cet instant, croient déceler un soupçon de sincérité dans sa voix sont derechef conduits chez un audioprothésiste afin d'être appareillés sur-le-champ.

Yann Arthus-Bertrand, le photographe-cinéaste des hommes et de la nature, a, ce jour-là, fait le voyage dans les valises de la présidente de région. Il ne rate pas l'occasion de faire preuve de ses connaissances en zoologie, expliquant que les « troupeaux d'éléphants sont toujours conduits par une femelle ». Au cas où ses interlocuteurs n'auraient pas compris l'allusion, il précise : « Au PS, beaucoup de vieux éléphants étaient perdus. C'est normal qu'ils aient retrouvé Ségolène Royal. » Arnaud Montebourg ne va pas tarder à constater qu'on lui a piqué du cirage !

Avec l'arrivée prochaine du printemps, les sondages font du yoyo. François Bayrou talonne la socialiste, laquelle est donnée battue par Nicolas Sarkozy au second tour.

La course folle à travers le pays s'intensifie. C'est le temps des énormes réunions publiques, ces incontournables grand-messes des élections présidentielles. Elles permettent aux candidats de mesurer la ferveur de leurs partisans... et d'être certains de bénéficier de reprises médiatiques. Une armée de journalistes est attachée aux basques des uns et des autres, les troupes les plus conséquentes emboîtant le pas des deux favoris.

Tout cela a un petit côté couverture du Tour de France, avec, comme dans la grande boucle, distribution (souvent payante) aux spectateurs d'objets dérivés, de calicots, d'affiches, de tee-shirts à la gloire de leur champion(ne). On peut également s'imaginer que l'expédition a des allures de tournée d'un populaire chanteur de variétés. Pour ceux qui, soir après soir, doivent assister au même spectacle à quelques nuances près, l'expérience ne peut être supportable qu'à condition d'apprécier l'artiste et ses chansons.

Par chance, dans le « Ségotour » – appellation non contrôlée de la caravane politique sillonnant la France –, il y a un aspect sympathique né d'une organisation un tantinet... élastique. De plus, avec Ségolène Royal, il se passe toujours quelque chose. Souvent, les à-côtés sont beaucoup plus drôles que les meetings eux-mêmes. En fait, le moment le plus difficile est celui du discours de la candidate servi en permanence sur le même ton, quelques incantations atterrissant en lieu et place d'une vraie fougue. N'est pas tribun qui veut...

Ces immenses rendez-vous répondent à une mise en scène bien ordonnée. Denis Leroy chauffe la salle, il fait chavirer le public de plaisir en lui confiant un secret (« Ségolène vient d'arriver, elle est dans sa loge, ouah ! ») ; il en fait parfois des tonnes, comme à Toulouse où son baratin atteint les sommets. À tel point qu'à sa descente de scène, le camelot Leroy est comparé à ces bonimenteurs déployant, sur les foires d'autrefois, un grand parapluie garni de cravates vendues aux plus crédules.

Leroy ayant quitté les planches, les élus locaux ont trois minutes pour dire leur joie intense d'accueillir dans leur ville, leur département, leur région, une femme véhiculant tant d'espoir. Puis, place aux vedettes américaines, à la personnalité nationale de la soirée. C'est comme à l'Olympia au temps de Coquatrix.

L'atmosphère s'emballe lorsqu'est annoncée celle que tout le monde attend. Une entrée en musique, un air à tue-tête, celui d'une chanson écrite à la gloire de qui ? Trop facile, la devinette !

C'est sans doute une première dans une campagne présidentielle que l'ambiance soit assurée par une ritournelle concoctée pour magnifier une prétendante à l'Élysée. Le couplet le moins nunuche résume le reste : « Ségolène, tu as tout pour plaire. » Des paroles du même tonneau que celles d'une composition intitulée « Ségolène » où il est dit : « Sans égo et sans haine, elle est entrée dans l'arène où tous les taureaux voient rouge, pour que la rose bouge[1]. » L'auteur est connu ; il est belge (véridique). Ce n'est donc pas Sophie Bouchet-Petersen.

Revenons à cette rengaine qui décoiffe lorsqu'apparaît la diva. Une musique terriblement entraînante. La preuve : au fil des soirs, plusieurs journalistes du Ségotour se trémoussent, tapent dans les mains et entonnent les « la-la-la » en suivant instinctivement le rythme donné par une sorte de chef de chœur improvisé en la personne de Françoise

1. « Ségolène, une victoire royale ». Paroles de Walter Ertvelt Blomme, musique de Raphaël Breil. 2' 46''. Pour l'association Le fil bleu. Second titre : « M'sieur Mitterrand », 3'36''.

Degois, grand reporter à France Inter, laquelle ignore alors que deux ans plus tard, elle sera une dévouée collaboratrice de Mme Royal au conseil régional de Poitou-Charentes.

Tout le monde est embarqué dans la ségofête par la grâce de ce ségoconcert. On est loin du refrain vedette du film *Christophe Colomb* retenu pour illustrer la campagne d'Édouard Balladur en 1995. Diffusés à fond les manettes, ses accents faisaient passer des lueurs d'effroi dans les yeux d'un candidat semblant tétanisé par tant de bruit pour rien !

De cette campagne présidentielle 2007 dans les cales du navire amiral de la Royal, que reste-t-il ? Une poignée de souvenirs. Florilège…

À Guéret, un staff complètement affolé, courant dans tous les sens, parce que la candidate vient de commettre une boulette au sujet de la formation, un domaine qu'elle est censée connaître puisque de la compétence des régions. Le couac est repris en boucle. Le lendemain, on parle d'autre chose.

À Bordeaux, élus et petites mains n'ayant pas ménagé leur peine pour la réussite du meeting piquent une grosse colère. « On » leur a interdit, à l'issue de son discours, de rejoindre la candidate sur scène. Elle veut la totalité de l'espace pour elle seule. Le premier qui discute est fusillé. Du regard. Quelques minutes plus tard, à l'extérieur du vaste parc des expositions, toute de blanc vêtue, plus madone que jamais, sous l'œil de Jean-Michel Baylet, président des radicaux de gauche, elle salue des malades, les uns allongés sur des brancards, les autres assis dans des fauteuils roulants. En un instant, nous voilà transportés à Lourdes-sur-Garonne. Ségolène Royal guérit-elle les écrouelles ? La question se pose. La réponse est non.

À Toulouse, Zapatero est venu apporter son soutien. La foule est énorme. Au moins 25 000 personnes entassées dans trois gigantesques salles construites en enfilade. Lentement, les caméras tenues à distance, elle avance, rayonnante, aux côtés du Premier ministre espagnol. L'un et l'autre arborent des sourires ravageurs. Devant leur télé, on imagine les industriels du dentifrice en pâmoison. Pour ceux qui n'ont jamais assisté à un défilé de mode, c'est une première.

À Montpellier, le discours de Daniel Cohn-Bendit est enflammé. L'élu écologiste n'a pas fait le déplacement pour rien. L'ambiance est chaude. Pire : bouillante. Derrière, Ségolène Royal se contente de surfer sur la vague. Elle veut que cette soirée dure, demande qu'on ajoute *la Marseillaise* en fin de meeting. Puis propose un point presse improvisé. Deux « people » n'en perdent pas une bouchée : un monsieur discret respirant la gentillesse, le chanteur Cali, ainsi qu'une jolie jeune femme, l'actrice Julie Gayet. Nul ne sait, à quelques encablures de la place de la Comédie, si la venue de celle-ci est due à l'intervention de Dominique Besnehard, l'agent des stars, lequel ne ménage pas sa peine pour organiser des rencontres entre des vedettes du cinéma et du show-bizz et sa championne politique adorée. Du moins pour l'instant, puisque le malheureux sera jeté après usage.

À Mont-de-Marsan, impossible d'oublier... la qualité du buffet. Le meilleur, et de loin, du Ségotour. Avec, en ouverture de la réunion, le maire de la ville tout émoustillé par la candidate. Le temps de son intervention, une ambiance de fin de banquet. En lui succédant au micro, Henri Emmanuelli siffle la fin de la récréation.

À Tours, le meeting se tient dans une salle de sport. Qui a eu l'idée d'installer la candidate sur une sorte de ring de boxe posé au beau milieu du public ? Ce n'est pas pour autant qu'elle lâche ses coups.

À Limoges, elle échange une petite bise furtive avec François Hollande, le local de l'étape venu mouiller la chemise aux côtés de la mère de ses enfants. Image unique : c'est la seule étape de la campagne du premier tour où ils apparaissent ensemble. Tout en haut de la salle, jouxtant la salle de presse, Françoise Degois et ses deux inséparables consœurs (toutes trois, au sein du Ségotour, ont hérité du surnom de « groupies ») n'en loupent pas une miette tout en mangeant des chips.

Auprès de ces flashs, jaillissent les « mentions spéciales », des souvenirs encore plus forts même si pour certains, ils tiennent de l'anecdote. Jetons-y un œil dans l'ordre où ils arrivent...

Les Hérolles, d'abord. Ségolène Royal a tenu à faire étape sur le site de sa foire chérie du nord de la Vienne. Les mauvaises langues ayant deux sous de mémoire s'interrogent : le but de la visite consiste-t-il à vérifier si tous les poulets grillés ont bien été mangés ?

Elle arrive avec près de deux heures de retard. À peine descendue de voiture, elle est happée par la meute. Elle effectue un pas de côté et crac, dans l'instant, elle rapetisse de 40 centimètres. C'est le danger de mener campagne à la campagne. Il y a des fossés.

Elle remonte à la surface sans dommage, entame son tour de foire dans une cohue grandiose et sans précédent. Elle ne remarque pas le slogan affiché par le patron du « Vrai boudin paysan » (« De droite ou de gauche, l'oreille de cochon est à 6 euros le kilo »). Elle est la seule à ne pas entendre la chanson ô combien romantique de Patrick Sébastien diffusée le plus fort possible par le marchand de disques. Il y est question de « fesses à l'air » et d'une « pleine lune éclairant la clairière ». La rime est là.

En une heure, dans un brouhaha continu, elle parcourt une seule modeste allée de stands de lingerie, de vaisselle et d'outillage. Le président de la région Limousin doit jouer les gros bras. C'est l'émeute.

Vaches, veaux, moutons et cochons sont depuis longtemps remontés dans les bétaillères. Elle n'en verra pas un seul. Germinal Peiro, député de Dordogne, secrétaire national du PS à l'agriculture, se demande pourquoi il est venu perdre son temps si loin de chez lui.

Soucieux d'être sur la photo, Vincent Peillon, alors député européen, peut être crédité d'un exploit. Il parvient à se faufiler jusqu'aux côtés de la dame. À une dizaine de mètres de là, deux gars du cru observent avec attention ces scènes de folie. Soudain, tempête sous une casquette : « Regarde, ça m'étonne, y a de Villiers qu'est collé-serré avec Royal », dit l'un. Bourrasque sous le second couvre-chef ; au terme d'une intense réflexion, la réponse fuse : « Alors là, si j'l'avais pas vu, jamais j'l'aurais cru ! »

Le soir, au meeting, l'historiette est rapportée à Peillon alors qu'il débarque en salle de presse afin de s'assurer que chacun a bien pris note de sa présence. Ce boute-en-train ne trouve absolument pas drôle qu'on puisse le confondre avec un vicomte. Il tourne les talons.

Après les Hérolles, cap sur Paris au soir du premier tour. Il est aux environs de 18 h 30. À l'une des fenêtres du second étage du PS, rue de Solférino, Patrick Mennucci lève le pouce. Le message est clair : les ultimes sondages ont dit juste. Ségolène Royal est qualifiée pour la finale ! Les premières fourchettes sont déjà tombées en fonction du dépouillement commencé dans les bureaux tests. Une méthode fiable. Elle a fait ses preuves depuis longtemps, ne serait-ce que le 10 mai 1981 pour la victoire de Mitterrand.

Mennucci est rayonnant... et soulagé. On sait pourquoi : au fur et à mesure de l'avancée de la campagne, nombre de figures socialistes ont joué à se faire peur, n'écartant pas l'hypothèse d'une nouvelle catastrophe type 21 avril 2002. Rien de tout cela. Sarkozy vire en tête (31 %), la socialiste frise les 26 %, Bayrou a engrangé 18,57 % des suffrages. Gagner dans quinze jours ne sera pas aisé... C'est bien ce que doit se dire Mme Royal dont on attend la réaction une bonne partie de la soirée.

Il n'a pas été prévu de réunion publique pour le lendemain. Sauf qu'il y en a une d'inscrite à l'agenda de Sarkozy, avec les retombées médiatiques que cela suppose. Pas question de lui laisser le champ libre : en toute hâte, le « peuple de gauche »... et ceux à qui Sarkozy donne des boutons sont attendus le soir même à Valence. Dans le TGV, les discussions sont vives entre la candidate et ses principaux lieutenants. À l'arrivée dans le chef-lieu de la Drôme, tout ce petit monde s'éclipse pour poursuivre son conclave en un lieu tenu secret.

Une déclaration importante est annoncée avant les journaux télévisés. Pas besoin d'être devin pour savoir que celle-ci va concerner ce cher François Bayrou. Ses voix sont si importantes...

Le buffet se tient dans la salle de presse. Soudain, au milieu des odeurs de pâté, de saucisson et de vin rouge, Ségolène Royal débarque, une feuille de papier à la main. Elle fait quelques pas et subitement, en un millième de seconde, elle ne peut plus avancer. La route est barrée, aucune déviation ne peut être mise en place. En fait, les trois groupies, micro en main pour deux d'entre elles, stylo et calepin pour la troisième, se sont laissé tomber à ses pieds dans une synchronisation parfaite, sorte de ballet longuement répété, la grâce des petits rats de l'Opéra en moins. La triple chute n'a fait aucun bruit. La candidate est stoppée net, cernée.

Certains, fort occupés avec leur sandwich ou leur verre de reginglard, aperçoivent la scène d'un œil distrait. Un instant, ils craignent que soit survenu un évanouissement collectif dû à des mets à la fraîcheur douteuse. Ce n'est pas le cas : ni la charcuterie, ni le fromage, encore moins le gros rouge, ne sont en cause...

Ségolène Royal lit son texte. Sans surprise, elle tend la main à François Bayrou. Jamais le centriste béarnais ne la saisira. Même pas le soir où, monde à l'envers, la dame viendra gratter de la mandoline sous ses fenêtres.

Deux rendez-vous primordiaux figurent encore au programme de cette campagne débutée à Nevers voilà plus d'un an et demi. Il y a d'abord l'incontournable face-à-face télévisé avec Nicolas Sarkozy. Les deux prétendants ont été bichonnés avec soin. Ségolène Royal a dû passer son après-midi chez la coiffeuse et la maquilleuse. Elle a des allures de poupée Barbie teinte en brune. Nicolas Sarkozy, dont les conséquences d'un tempérament réputé nerveux sont redoutées par son entourage, semble avoir été traité pour ne pas sortir de ses gonds, quoi qu'il arrive. Il fait songer à ces poupons auxquels les parents, excédés par leurs cris les empêchant de dormir, ont administré plusieurs cuillerées d'un sirop garantissant le calme... pour tout le monde. Bonne nuit, le petit.

Débat sans grand intérêt. Les observateurs s'accordent pour dire que Sarkozy s'est mieux sorti de l'épreuve que sa concurrente. C'est loin d'être certain. En regardant, par obligation professionnelle, ces deux bêtes politiques s'affronter, impossible de chasser de l'esprit ce vieil adage affirmant qu'« on a les élus qu'on mérite ». Tous deux se ressemblent, ont vécu une même histoire de conflit avec les parents, affichent une même soif de revanche, un même amour immodéré du pouvoir et de l'autoritarisme, montrent la même propension aux déclarations à l'emporte-pièce.

Ultime meeting à Lille. Énormément de monde, belle ambiance. Nombre de têtes connues tant côté politique qu'artistique ont fait le déplacement. Jacques Delors, ancien patron de la Commission européenne, père de la maire du cru, Martine Aubry, voisine avec le chanteur Renaud et le cinéaste Costa-Gavras.

Lille, c'est la soirée des contrastes. Côté face, il faut faire le job, des risettes, des discours « positifs » ; côté pile, c'est la soupe à la grimace, une candidate disparue dès la fin du « spectacle » sans demander son reste, ni prendre la peine de saluer ceux qui l'ont attendue. Ce sont surtout des torrents de larmes au sein de son staff... Plus personne ne se fait d'illusion. Les sondages sont catastrophiques.

Ce jeudi, à Lille, l'affaire est pliée. Les journalistes hésitent sur l'angle à donner à leurs papiers. Laisser encore planer un doute sur l'issue du scrutin ou, carrément, passer à l'étape suivante en s'interrogeant sur l'union de façade des socialistes ? Elle tient, cahin-caha, depuis la primaire. Ces soutiens et amitiés de simple apparence dureront-ils jusqu'aux élections législatives ? Pas certain. Ce soir-là, personne ne s'étonnerait d'entendre les églises lilloises se mettre à sonner le glas.

Les urnes confirment. Nicolas Sarkozy est élu avec une avance confortable. Six points séparent les deux candidats (53-47), soit deux millions de voix. Défaite sans appel.

La rue de Solférino, peu après l'annonce des résultats, est le théâtre d'une scène que les témoins ne pourront jamais oublier. Ségolène Royal, juchée au-dessus du mur d'enceinte du siège du PS, s'adresse à une foule triste, incapable de cacher sa terrible déception. Comme trois jours plus tôt à Lille, les mouchoirs sont de sortie.

Le ton de celle que tous ces gens voyaient déjà dans le costume de la première présidente de la République est pour le moins étonnant. Elle est à deux doigts de se mettre à hurler, sur l'air des lampions, un « On a perdu, on a perdu... » plein d'enthousiasme. « Elle va nous expliquer que seule la défaite est jolie », grogne un socialiste dépité. Un autre, figure du parti, d'ordinaire sérieux voire austère, demande autour de lui si quelqu'un ne l'aurait pas surprise, peu de temps auparavant, « en train de fumer la moquette ». « Je surveille l'arrivée de messieurs costauds habillés d'une blouse blanche », blague un permanent du PS.

Du haut de son perchoir, elle semble complètement libérée. Elle envisage un avenir radieux dans lequel elle va naturellement jouer un rôle de leader : « Je mesure que quelque chose s'est levé, et qui ne s'arrêtera pas. Je continue avec vous, près de vous. J'ai engagé la rénovation profonde de la vie politique, de ses méthodes. Ce que nous avons commencé ensemble, nous allons le continuer ensemble », prophétise-t-elle. Et d'aller jusqu'à évoquer la revanche de 2012 où, cette fois, elle ne fera qu'une bouchée de son adversaire. Tel est son désir d'avenir.

Un peu plus tard, dans la cour de Solférino, un cadre du parti, encore sous le coup des déclarations de la candidate battue, réfléchit à haute voix : « Maintenant, le plus dur, ça va être de faire descendre cette femme de son cheval. Pas sûr que nous y parvenions facilement. Dans ce cas, s'il le faut, nous la pousserons. Nous l'avons vraiment assez vue. »

14

Après quelques jours de repos en Tunisie, Ségolène Royal effectue son retour à Poitiers. L'un des membres de sa majorité n'arrive pas à s'y faire: «Je me pince, je me demande si je n'ai pas rêvé», avoue-t-il. La première à être concernée par ce brusque changement du quotidien se refuse à tout commentaire: elle fait le gros dos. Johnny Hallyday adopterait sans doute la même «rock'n roll attitude» si, du jour au lendemain, il se voyait tenu de poursuivre sa carrière en allant se produire dans la salle paroissiale de Chantemerle-sur-la-Soie, village bucolique de Poitou-Charentes.

Les élections législatives vont offrir à la présidente (de région) la possibilité de sillonner la France une fois encore puisqu'elle affirme être espérée dans une bonne centaine de circonscriptions afin d'y soutenir les candidats socialistes. «Je suis même obligée d'abréger mes vacances afin de répondre aux sollicitations», fait-elle mine de se plaindre.

Au moins, elle a réglé son problème dans les Deux-Sèvres où, un temps, le bruit a couru qu'elle n'avait pas totalement renoncé à se représenter. Comme prévu,

Delphine Batho est candidate ; seul changement majeur, le nom du suppléant. Yves Debien, supporter extatique de la diva du chabichou doré, a dû s'effacer. Tout le monde s'en moque, sauf lui. D'autant plus qu'il est appelé à revenir sur le devant de la scène.

Au niveau national, le PS a des allures de cocotte-minute. Le couvercle risque de sauter avant même le scrutin législatif. Strauss-Kahn n'a pas attendu cette échéance. Il a ouvert « la boîte à gifles » – expression rugbystique très en vogue sur le stade de Solférino – dès le soir de la défaite, rendant le couple Hollande-Royal coresponsable du fiasco. 50-50, pas de jaloux.

Dans le parti, chacun a le couteau à la main, prêt à le planter dans le dos de celle, de ceux, qu'il accuse d'être coupable du revers « inadmissible » du 6 mai. Jamais sans doute, dans les rangs socialistes, connus pourtant pour leur compétence à distiller les vacheries, le « off » n'a si bien fonctionné. La récolte des confidences dictées par l'aigreur est telle qu'il convient de trier.

Au soir du premier tour des législatives, Mme Royal fait fort en arrivant discrètement au siège du PS après que le premier secrétaire a fait sa déclaration et qu'il est remonté dans son bureau. Nul n'a été informé de son intervention. Elle traverse la cour, se rend dans la pièce où se tiennent les médias, lance un appel à une union avec les centristes et repart comme elle est venue. Un membre du bureau national s'étouffe : « Elle a pris le PS en otage. Ce qui nous sauve, c'est que le Modem, le parti centriste, n'est pas en situation de se maintenir dans l'immense majorité des circonscriptions. Sinon, je ne sais pas où nous allions. Nous partons vers des révisions déchirantes. »

Beaucoup plus efficace est la manœuvre de Laurent Fabius, très combatif entre les deux tours. Lors d'un débat télévisé[1], il piège Jean-Louis Borloo sur le dossier de la TVA sociale. L'affaire fait grand bruit. C'est l'un des éléments permettant à la gauche de limiter les dégâts au soir du second tour. Pour tout dire, rares sont les socialistes ayant tablé sur plus de 150 élus ; à l'arrivée, ils sont 227.

Les urnes sont encore chaudes, en cette soirée électorale, que revoilà l'incontournable Ségolène Royal sur le devant de la scène. Après la chambre des députés, la chambre à coucher. Cette fois, c'est sa vie privée qui est étalée alors que l'heure est à l'analyse du scrutin. Pourquoi un tel mélange des genres ? En raison d'une petite affaire de scoop (vite qualifiée de « minable ») faisant se déchirer deux clans de journalistes.

Dans le premier camp, se situent deux permanents de l'AFP, membres du Ségotour, sur le point de publier un ouvrage précisément consacré à la campagne présidentielle. Ils ont, pour ce faire, rencontré la candidate défaite, laquelle a été on ne peut plus claire en émettant le vœu qu'à l'avenir, « François Hollande ne soit plus présenté comme mon compagnon, puisque ce n'est plus le cas ». Et d'ajouter : « J'ai demandé à François Hollande de quitter le domicile, de vivre son histoire sentimentale de son côté, désormais étalée dans les livres et les journaux, et je lui souhaite d'être heureux. » Notons que si les aventures du premier secrétaire vont désormais être dévoilées « dans les livres et les journaux », la responsabilité en incombe à une seule et même personne. Celle qui a décidé de porter cette histoire sur la place publique, au détriment d'un principe jusque-là bien établi dans la presse française, à savoir le

1. Sur France 3, lors de la soirée électorale du premier tour des législatives de 2007, le 10 juin.

respect de la vie privée des femmes et des hommes faisant carrière en politique.

Dans le camp d'en face, on retrouve l'une des groupies du Ségotour, Françoise Degois, de France Inter, laquelle a provisoirement quitté la rubrique politique pour la rubrique sentimentale. Elle a recueilli en long et en large les confessions de la femme bafouée. La radio a prévu de diffuser l'interview le lundi matin. L'AFP en est informée. Et prend la décision de ne pas attendre le lendemain pour rendre compte d'une information qu'elle possède déjà. Résultat, une dépêche tombe à 22h13.

Sur les plateaux de télé, dans les rédactions des journaux, les débats politiques passent immédiatement au second plan. Laurent Fabius parvient à s'éclipser discrètement du studio d'une chaîne nationale, laissant seul le pauvre Jean-Luc Mélenchon. Pour une fois, il est visiblement embarrassé. Il lui est demandé de se transformer en spécialiste des relations conjugales : « Votre sentiment sur cette rupture ? » Il parvient à bégayer qu'« un divorce, c'est toujours triste ». Mais où va-t-il chercher tout cela ?

Dans les jours qui suivent, Ségolène Royal s'illustre une fois encore en expliquant doctement que durant toute sa campagne présidentielle, elle a défendu avec une belle conviction deux éléments du projet socialiste (sur les trente-cinq heures et le SMIC à 1 500 euros d'ici cinq ans) qu'en son for intérieur elle a toujours considérés comme illusoires. La remarque fait bondir plusieurs de ses camarades, lesquels ne cachent plus être excédés par un personnage dont ils n'ont que trop soupé. « Elle est encore dans l'euphorie de la défaite ! » se lamentent nombre de cadres du parti.

Qu'à cela ne tienne, elle répète à l'envi que son nouveau challenge est la prise de contrôle du PS lors du prochain congrès. Elle veut capitaliser « ses » 17 millions de voix, présenter sa motion et donner un nouveau souffle à la principale formation de gauche du pays. Vaste entreprise... Sans oublier qu'elle prend date avec les électeurs de Poitou-Charentes, annonçant sa candidature pour les régionales de 2010. Après la dégelée du printemps, c'est la surchauffe de l'été !

Au sein du parti, l'atmosphère est délétère. C'est le seul élément sur lequel tous les socialistes s'accordent. Fabius sort la grosse artillerie en déclarant que durant la campagne, « Ségolène Royal a manqué de présidentialité, de crédibilité, de collégialité ». La totale !

L'intéressée réplique en avouant son « regret que la greffe avec le PS ait dû se faire dans l'urgence ». La faute à qui ? À la terre entière, mais pas à elle, bien sûr. Jean-Christophe Cambadélis, porte-flingue en chef de l'équipe DSK, connaît « le principal responsable » de la défaite du 6 mai. « C'est François Hollande », martèle-t-il, théâtral.

Le conseil national du PS est programmé sitôt les législatives afin de tirer les leçons de l'échec et envisager l'avenir. Il s'annonce sanglant. Ce sera sans Ségolène Royal : elle décide purement et simplement de ne pas aller assister au lavage de linge sale. Ainsi n'entend-elle pas François Hollande proposer un calendrier précis de conventions thématiques et d'assises d'ici la fin de l'année. Face à lui, les membres d'une opposition frontale entendent engager l'entreprise de reconstruction quasiment dans l'heure. Parmi les chefs de ce chantier, Manuel Valls, le député-maire d'Évry, que quelques journalistes taquins ont pris l'habitude de pister en suivant, sur le parquet, la trace laissée par ses dents.

Lors de ce conseil national, il se met en travers du chemin de Hollande en déclarant, martial : « Nous ne

laisserons plus s'installer l'immobilisme et la médiocrité. »
À qui pense-t-il ? Au premier secrétaire ou à la candidate qu'il a soutenue bec et ongles dans le cadre de la présidentielle ? Peut-être aux deux.

Dans la foulée, Mme Royal fait savoir, avec force ronds de jambe et minauderies, que le fauteuil de l'Aquitain Alain Rousset, président de l'association des régions de France, l'intéresse. Ce n'est jamais que la troisième fois qu'elle vise la place. Michel Sapin, le vieux camarade du duo Ségolène-François chez qui, étudiants à l'ENA, ils allaient se ressourcer et découvrir divers aspects de la vraie vie de la France profonde, comme la cuisine du cochon, l'ami Sapin donc, alors président de la région Centre, est chargé de passer le message à ses collègues. Les mêmes causes produisant les mêmes effets, la dame est informée qu'elle demeurera porte-parole, un point c'est tout.

Son atterrissage à Poitiers n'est pas plus doux. Durant son absence, ses proches, tant chez les élus qu'au sein de l'administration, ont fait du zèle et appliqué ses méthodes. Une fois encore, l'ambiance est exécrable. Bien qu'un euro dépensé soit un euro utile, on a le sentiment que l'argent investi pour l'intervention de César consulting aurait pu être balancé par la fenêtre sans que le résultat diffère.

Le climat est particulièrement plombé parce que la présidente a décidé de se séparer de sa directrice de cabinet. Danièle Mailhé doit dégager le terrain. Virée. Pourquoi ? Diverses explications sont avancées, pas une ne tient debout. Elle a cessé de plaire.

Hormis la clique des adorateurs dévots de la cheftaine, ceux à qui elle peut ordonner d'aller se jeter au fond d'un puits – certains oseront néanmoins lui demander s'ils doivent aller accomplir ce sacrifice en marchant ou en courant –, l'ensemble du conseil régional regrette ce limogeage, à commencer par le premier vice-président, Jean-François Fountaine. Il l'écrit à la présidente, évoquant « un départ inexpliqué ». Il profite de cette note pour aborder le cas du fonctionnaire en charge de l'économie, l'hyper-protégé Daniel Barillot. En termes choisis, les choses sont définies : « inaptitude à un management moderne ». Quand, entre eux, les élus évoquent ce personnage, leur langage semble codé puisqu'ils parlent de chauffage central dans la crèche du petit Jésus...

C'est un apparatchik connu dans le secteur – puisque ayant pris part à la campagne de 2004 –, Alexandre Godin, qui remplace Danièle Mailhé. Il a en l'image inverse : l'une ronde et consensuelle, l'autre monté sur tige et cassant. Ce grand échalas est toutefois très souple : dès qu'arrive sa patronne, automatiquement, il rampe. C'est exactement ce qu'elle lui demande.

Dans un autre domaine, Ségolène Royal, décidément obnubilée par les centristes, décide de créer une quinzième vice-présidence afin de l'attribuer... à l'une des rares représentantes du Modem ! Ce qui, doux euphémisme, ne plaît pas à tout le monde.

Une élue, membre de la majorité, comme nombre de ses collègues, ne cesse de répéter en avoir marre « d'avaler des couleuvres ». Elle est la première à dénoncer le « fait de la princesse, notre chantre de la démocratie participative », citant pêle-mêle l'atmosphère insupportable, l'évidence que la région ne soit pour sa présidente qu'un tremplin destiné à viser plus haut, ses décisions à l'emporte-pièce, son humeur souvent massacrante, son égocentrisme, sa victimisation permanente, son emploi du temps à géométrie variable avec lequel chacun doit jongler compte tenu de quantité de rajouts et d'annulations à la dernière minute. « Le fait de la princesse » : elle ignore qu'elle vient d'affubler

Ségolène Royal d'un surnom qui la suivra sept ans durant, jusqu'à son départ de Poitiers. Un surnom devenu, au fil du temps, nom commun. À la façon de Mitterrand devenu « Tonton », la voilà baptisée « la Princesse ».

Image d'autant plus juste que, jamais remise du tourbillon de la campagne présidentielle, son comportement ne sera jamais plus le même. La Princesse sera pratiquement toujours, lors de ses déplacements officiels dans son « laboratoire » de Poitou-Charentes, accompagnée d'une escouade de fonctionnaires, sans oublier Blanka Scarbonchi, sa « cαmériste », et Lionel Roturier, son « majordome ». Ce dernier doit, entre autres tâches, trimballer le sac de madame, ce qui lui vaut quantité de plaisanteries plus ou moins douteuses, tout comme celles relatives à son nom. Il a choisi de ne plus les entendre, et il a fort bien fait.

Six mois après la gifle de mai, au cas où le pays aurait oublié qu'elle a perdu, une pleine page de publicité paraît dans les quotidiens français. On y voit Ségolène Royal, seule à son pupitre, intervenant à Villepinte devant, au premier plan, des militants sagement assis. Elle présente, ce 11 février, son projet. Le titre de ce placard : « 17 millions de personnes ». L'investissement est critiquable, un euro dépensé devant être utile. Si tant est que la leçon n'ait pas varié.

De quel droit s'arroger ces 17 millions de voix, un total arrondi à la louche puisque le chiffre exact est de 16 790 440 ? Que signifie cette publicité, sinon qu'elle semble ignorer cette constante voulant que dans le cadre d'une présidentielle, l'électeur choisit au premier tour avant d'éliminer au second ? Elle s'entend dire sans détour que parmi ces 17 millions de voix, il en existe au moins une qui s'est portée sur son nom dans le seul et unique but de faire barrage à son adversaire. Elle ne relève pas…

Les oreilles ne cessent de lui siffler même lorsqu'elle s'envole à l'autre bout du monde. Pas de chance, où que ce soit, il y a toujours l'un de ses gentils camarades présent dans le secteur pour la railler. Le hasard – mais on sait qu'il n'existe pas – veut que Jean-Luc Mélenchon soit en Amérique du Sud alors qu'elle effectue un nouveau déplacement au Chili. Sur son blog, l'un des rares – sinon le seul – socialistes à n'avoir jamais varié de position à l'égard de Ségolène Royal « cartonne ». Il raconte que la visiteuse de Santiago va donner une conférence. Réservée à l'élite puisque « le prix d'entrée oscille entre deux mois de retraite de base et presque un SMIC selon la catégorie de réservation ».

Ségolène Royal n'est pas au bout de ses peines. Elle est la cible d'un nouveau coup de gueule. Cette fois, c'est François Hollande qui se fâche tout rouge. Elle a souhaité qu'il soit heureux, ce n'est visiblement pas le cas. La sortie, début décembre, d'un livre signé de la candidate battue lors du marathon de l'Élysée rend furibard le premier secrétaire du PS.

Il s'agit d'un ouvrage dont le titre, *Ma plus belle histoire, c'est vous*[1], est un clin d'œil à la chanteuse Barbara. La perdante de mai pose en couverture. On ne voit qu'elle, sourire esquissé, regard style « la France au fond des yeux ». Vêtue d'un léger top blanc satiné, une écharpe noire, légère, nouée négligemment autour du cou, elle parvient à marier sérieux et décontraction. La parfaite photo spontanée !

Le sujet ? La présidentielle, bien sûr. Très vite, les habitués constatent que Sophie Bouchet-Petersen n'a rien perdu de son style vif, imagé, rentre-dedans.

1. Éditions Grasset, novembre 2007.

D'entrée, celle qui signe l'ouvrage dit tout assumer. En parvenant à la dernière page, on cherche encore le début du commencement d'un minimum de contrition.

Le passage où, entre les deux tours de scrutin, elle fait le pied de grue devant le domicile de François Bayrou vaut son pesant de cacahouètes. Il n'ouvre pas sa porte... alors qu'elle lui promet Matignon si elle l'emporte ! « Je n'en reviens pas », lit-on. « Au dernier moment, François Bayrou refuse de me recevoir. Comme un amoureux qui craint la panne ou comme un adultère risqué. Mes intentions, pourtant, vous allez le voir, ne sont pas de cette nature. J'insiste. » En pure perte...

L'autre François, Hollande, a décidé, pour une fois, de ne pas tourner autour du pot, de ne pas chercher une impossible synthèse. Premier point, que les choses soient claires, il est le patron du PS jusqu'au prochain congrès, en novembre 2008. Que chacun le comprenne, il ne se laissera pas, d'ici là, marcher sur les pieds par ceux qui rêvent de bousculer le calendrier. Surtout pas par Ségolène Royal. Compris ?

Second point, la lecture du bouquin de madame l'a passablement énervé. La preuve, sans jamais citer personne, mais chacun ne peut que comprendre, il lance « qu'il ne sert à rien de vouloir imputer aux autres une responsabilité » dans la défaite. Et comme si cela ne suffisait pas, il en rajoute une couche aux allures d'uppercut : « J'en appelle à un devoir de cohérence idéologique, programmatique et de cohésion humaine et personnelle. » Boum. Une phrase qui, dix ans plus tard, a des allures de boomerang...

Et pendant ce temps, quoi de neuf à Poitiers, dans le génial petit laboratoire ? Comme d'habitude, c'est le cirque, puisqu'il s'agit de préparer le budget, qu'il manque 114 millions sur un total de 685 et que cet empêcheur du recours systématique à l'emprunt, Jean-François Fountaine, plaide très haut et très fort pour une augmentation des impôts.

Cette fois, la querelle entre les deux têtes de l'exécutif régional produit beaucoup d'éclaboussures. Finie la bagarre feutrée, les petites notes discrètes dans lesquelles le premier vice-président se plaint amèrement de la politique budgétaire de sa présidente. La bataille fait rage sur la place publique. Certes, tous deux sont d'accord sur les causes des difficultés, rendant l'État coupable de la situation en se désengageant et en transférant des compétences sans que les moyens suivent.

Fountaine est vent debout, il plaide pour une augmentation de l'impôt ; Ségolène Royal ne veut pas en entendre parler, défendant l'emprunt. « Cette politique d'endettement de la collectivité, c'est celle que mène la droite américaine », s'énerve un proche de Fountaine. Voilà une fois encore Ségolène Royal comparée à George Bush !

En refusant obstinément de jouer sur la pression fiscale, de percevoir la taxe sur les produits pétroliers, elle veut, explique-t-elle, protéger les plus modestes. « Vue à court terme, parce que demain, les plus pauvres des futures générations devront régler la dette », lui répondent ses adversaires. En réalité, c'est avant tout sa marque de fabrique qu'elle défend : le message, c'est que dans son « laboratoire », elle fait mieux avec moins.

Pour y croire, il convient de s'armer d'une grosse dose de naïveté. Ou d'accepter de retomber en prime jeunesse, d'aller au spectacle dans un théâtre réservé aux tout petits enfants. Une gentille fée, flanquée de l'habile funambule de la finance, parvient, grâce à sa baguette magique, à multiplier les tas d'or sans jamais demander à ses sujets de piocher plus profondément dans leur gousset. À la fin de l'histoire, la fée est proclamée reine du monde et elle est très contente. Rideau.

On ne sort pas de l'univers du rêve lorsqu'intervient le vote du budget selon les critères voulus par Mme Royal : l'ensemble de la majorité l'adopte à l'unanimité. Même Fountaine ? Oui. Il dit avoir fait « le choix de l'essentiel », la cohésion d'une équipe, ajoutant, tout en nuance, ne pas avoir commis « un vote godillot, mais un peu quand même ». Le malheureux ne perd rien pour attendre...

Ségolène Royal est aux anges. Elle apostrophe les journalistes en quittant l'assemblée, leur offrant, mine de rien, des pistes pour leurs articles du lendemain. « Vous allez écrire quoi ? Que j'ai remporté une belle victoire ? Que j'ai montré les vertus de la démocratie participative ? Une chose est certaine, nous sommes sortis de la discussion par le haut. » Le parfait bonheur, d'autant plus que les sondages reviennent, une fois encore, lui faire les yeux doux : ils indiquent qu'en termes de leadership à gauche, il n'y a pas photo, elle arrive nettement en tête.

Pas étonnant que son agenda déborde de rendez-vous afin d'aller soutenir des candidats aux municipales de mars 2008. Elle note que certains de ces « camarades » étaient encore récemment ses pires ennemis en interne. Désormais, ils souhaitent poser à ses côtés pour leurs affiches de campagne. « Je suis généreuse, je le fais », glisse-t-elle, sans chercher à convaincre qui que ce soit que sa générosité déborde.

S'il en est un, par contre, vis-à-vis duquel sa « générosité » est sans limites, c'est bien à l'égard de son premier vice-président. Il l'a prodigieusement énervée avant le vote du budget, elle est parvenue à le faire rentrer dans le rang, mais s'il n'a pas perçu sa volonté de lui régler son sort une bonne fois pour toutes, c'est qu'il n'a rien compris au caractère de la dame. Sa tête doit rouler dans la sciure.

La mise à mort est programmée pour la fin février. Ce jour-là, en matinée, Ségolène Royal est allée respirer les fumets de bouse et de crottin au salon de l'agriculture. Elle saute dans le train et débarque à Poitiers aux alentours de 13 heures, le temps d'assister à la fin de la réunion de majorité où elle détaille une fois encore sa décision de démettre officiellement Fountaine de ses fonctions de président de la commission de synthèse et des finances ainsi que de son rôle de rapporteur du budget. Il conserve la première vice-présidence, désormais coquille vide. Évidemment, et la présidente insiste là-dessus, hors de question d'humilier en public l'infâme ayant osé se rendre coupable du crime de lèse-majesté.

Chacun prend place dans l'hémicycle. Elle ouvre une session spéciale, juste avant la commission permanente, afin de permettre à Bernard Grasset, le maire de Rochefort, d'obtenir une vice-présidence et de récupérer, dans la foulée, les attributions du banni. Pour l'heure, celui-ci est toujours assis à la tribune aux côtés de la présidente.

Exposé de la situation, nécessité de « recadrer », elle s'explique. L'opposition demande la parole pour dire qu'à ses yeux, cette délibération va finir au panier pour une histoire de délai, le rapport étant parvenu bien trop tard. Argument balayé d'un revers de main par la présidente. C'est alors que son voisin Fountaine lève la main pour demander la parole. Au fond des travées, Marie Legrand, au nom des Verts, fait de même.

Allez savoir pourquoi, à cet instant, Ségolène Royal est frappée par une maladie étrange. Elle devient sourde et aveugle, tout en n'ayant pas, fort heureusement, perdu l'usage de la parole. Elle parle, elle parle, elle s'adresse à son opposition, mais elle n'entend pas Fountaine, le doigt en l'air, réclamant de plus en plus fort le droit d'intervenir. De même ne voit-elle pas Marie Legrand s'agitant en fond de salle. « Madame la présidente, je demande la parole », répète Fountaine à maintes reprises.

Miracle, subitement, ses oreilles viennent de se déboucher puisqu'elle répond que c'est elle, et elle seule, qui délivre les autorisations de s'exprimer.

La scène semble durer une éternité. Jean-François Fountaine touche du doigt, c'est le cas de le dire, les limites de la démocratie participative. Pas têtu, il ramasse ses dossiers, se lève et quitte la salle suivi de l'ensemble de l'opposition, du groupe des Verts et, exception pour confirmer la règle, d'une socialiste charentaise. Tous expriment, le temps d'une conférence de presse, ce que la camarade démocrate Royal leur interdit d'exprimer en séance publique.

Ségolène Royal et ses sbires sont débarrassés d'un fieffé gêneur. « J'ai fait preuve d'autorité juste. J'aurais préféré que tout cela se fasse à l'amiable », déclare sans rire la présidente avant de poursuivre l'ordre du jour prévoyant la mise en place de jurys citoyens sur la politique environnementale de la région. « Que la base donne son avis, c'est bien, remarque, narquois, Henri de Richemont, élu UMP, que le premier vice-président n'en ait pas le droit, c'est étonnant. »

Qualifiée de « tueuse » par bon nombre de conseillers régionaux de droite comme de gauche, la Princesse est déjà partie courir un autre lièvre. Elle a fait le ménage à Poitiers, elle peut changer de casquette et repartir à l'assaut du PS, première marche devant lui permettre, en 2012, de prendre sa revanche contre ce Sarkozy qui l'obsède. « Elle donne le sentiment de vouloir le marquer à la culotte. Si elle parvient au poste de premier secrétaire du parti, elle aura tout loisir de lui rentrer dans le lard à longueur de jour ! » sourit un fabiusien. Avant d'ajouter : « Évidemment, nous allons l'aider à atteindre son objectif ! »

Ségolène Royal, peu après son échec présidentiel, a demandé la tenue d'un congrès exceptionnel du PS, juste après les municipales de mars 2008. Le premier secrétaire, François Hollande, a fait savoir qu'un congrès étant programmé tous les trois ans, après celui du Mans en novembre 2005, ce serait Reims en novembre 2008. Pas avant.

Ce poste, elle le veut. Dès le 17 mai, plus de six mois avant le rendez-vous champenois, elle annonce sa candidature lors du journal de 20 heures. Et met en place ses relais, ses réseaux, mobilise toutes les forces nées lors de l'engouement de la primaire socialiste de 2006. Elle s'y attèle, son entourage également. Lorsqu'elle a une idée dans la tête...

Tous les moyens sont bons pour attirer l'attention des socialistes. Quitte à obtenir parfaitement l'inverse de l'effet recherché. Comme lors de cette « fête de la fraternité » au Zénith, à Paris, où elle montre que sa fréquentation forcenée du milieu du show-biz, durant la présidentielle, a laissé des traces. Coupe de cheveux vaporeuse et « naturelle », tenue digne de celle des hippies des années 1970, incantations rappelant celles des partisans du *peace and love* de Katmandou. Le public invité à répéter le mot magique, « fraternité, fraternité... ». « Toute la soirée, je me suis demandé si elle ne s'était pas promenée sous un soleil de braise sans mettre son chapeau », rigole un militant de Poitou-Charentes parti « pour voir ». Pas déçu du voyage...

Elle ne tarde pas à faire part de sa dernière idée, la création d'un poste de « premier secrétaire délégué », un costume qu'elle estime coupé à la perfection pour Vincent Peillon. L'hilarant sosie du vicomte n'en demande pas moins !

Elle reprend un rythme infernal de déplacements, elle mène campagne intensément.

Le seul « petit » problème, c'est qu'au sein du PS, la mobilisation est également totale pour éviter qu'elle parvienne à ses fins, ce que d'aucuns considéreraient comme une seconde catastrophe après sa défaite face à Sarkozy.

Ségolène Royal a fait l'unanimité. Chez ses partisans comme chez ses adversaires. Inutile d'épiloguer : c'est le « TSR » – « tout sauf Royal » – qui va finir par l'emporter. Au terme d'une véritable bataille de rue. Casques lourds indispensables, tous les coups étant permis.

Passons sur le congrès de Reims qui se déroule dans une ambiance à couper au couteau. « Une violence inouïe », se remémore un participant n'en étant pas, pourtant, à ses premières échauffourées internes... Les discours sont hués, c'est un bazar sans nom. Largement au-delà de ce que peut être un congrès chez les Verts, c'est dire !

Une semaine plus tard, le 20 novembre, pour le vote devant couronner le futur grand chef socialiste, ils sont trois en lice. Martine Aubry, Ségolène Royal, Benoît Hamon. Ce dernier s'efface à l'issue du premier tour et, fidèle au TSR, appelle ses amis à porter, dès le lendemain, leur suffrage sur Martine Aubry.

Ce 21 novembre 2008, beaucoup de militants socialistes vont oublier d'aller se coucher. On vote dans les sections, mais l'essentiel du travail ne fait que commencer. Dans les deux camps, on va procéder à des « ajustements de résultats ». En clair, les spécialistes de la filouterie de haut vol ont du boulot. Un parlementaire socialiste estime qu'à l'occasion, « la triche a atteint des sommets ». Avant d'être plus précis : « Tricher est un sport qui a toujours été pratiqué. En catégorie modeste, en amateur. Ce jour-là, on a joué en catégorie professionnelle. Niveau international ! » En écho, un strauss-kahnien d'alors parle de « triche de façon industrielle ».

À 22 heures, le 21 novembre, Ségolène Royal semble en passe de l'emporter. Le lendemain, à 6 heures, c'est Martine Aubry qui tient la corde. D'une infime poignée de voix.

Menaces, vociférations. Les deux camps s'étripent. Au nom de Ségolène Royal, Manuel Valls promet un dépôt de plainte pour faux en écritures contre une section socialiste de Lille. Réponse du berger à la bergère : « Si tu oses, on porte le pet pour diffamation. » C'est la guerre totale, absolue.

Il faudra quatre jours avant que le conseil national annonce le résultat. Quatre jours pour compter et recompter les bulletins de vote, quatre jours pour centraliser, un laps de temps aussi conséquent que dans les pays où les informations transitent grâce aux signaux de fumée.

Ce 25 novembre, en soirée, Martine Aubry est déclarée gagnante. Pour 102 voix d'avance. Sur 135 000 votants… Dans le camp vainqueur, on évite de rire trop fort de la bonne blague. Dans la tranchée d'en face, on mettra des mois et des mois à s'en remettre.

Chaque congrès du PS se traduit par le renouvellement des directions départementales. Dans « sa » région, Ségolène Royal a décidé d'essayer de dégager le terrain. En clair, que les quatre fédérations soient aux mains de ses amis de Désirs d'avenir.

En Charente-Maritime, Olivier Falorni, le secrétaire fédéral, a soutenu sans détour la candidate à la présidentielle. Par contre, lorsque par la suite elle lui a exposé sa volonté de « prendre le parti », lui demandant d'intégrer son courant, il s'en est bien gardé.

Part-elle du principe que ceux qui ne sont pas avec elle sont contre elle ? Toujours est-il que le soir du vote devant désigner le premier secrétaire, les militants doivent également choisir leur secrétaire fédéral et leur secrétaire de section. Pour ce scrutin, un représentant de Désirs d'avenir se présente contre Falorni. Son tract – où se remarque le soutien, signé de sa blanche main, de Ségolène Royal – est, à chaque ligne, une critique de ce qui se pratique au sein du PS départemental. Il promet que, demain, tout sera plus rose.

Il n'y aura pas de lendemain. Falorni (qui s'est refusé à soutenir l'une ou l'autre des motions en lice pour le congrès) est nettement réélu. Affichage du score, s'il vous plaît ?

Royal : 0, Falorni : 1. En place pour la revanche.

15

« C'est bien joli de courir le monde, de se prendre une veste à la présidentielle, de tendre l'autre joue pour la direction du parti, mais il va peut-être falloir songer à assurer l'avenir... » Telle est la réflexion, à l'orée de cette année 2009, ayant éventuellement pu traverser l'esprit de Ségolène Royal. Même si les chiffres ne sont pas son fort – *a priori*, c'est le domaine de Jean-Luc Fulachier –, elle n'aura pas été sans remarquer que 2009 précède 2010, terme du bail signé avec les électeurs pour la présidence du conseil régional. Or, pour quelqu'un désireux, en permanence, de viser ailleurs et plus haut, diriger un exécutif est fort utile en tant que rampe de lancement. Cela permet surtout de disposer d'une équipe de collaborateurs efficaces, dévoués, reconnaissants et d'un rapport qualité-prix exceptionnel... puisque payés par le contribuable.

Ces simples remarques expliquent qu'en 2009 la Princesse enfile sa blouse blanche, ses bottes et son masque prophylactique afin d'être plus que jamais présente au cœur de son « laboratoire ». Un pré carré où, elle en est persuadée, le vilain Sarkozy ose encore venir lui chercher des noises.

Pour ce faire, il a nommé un préfet de région à la traçabilité indiscutable. Le corse Bernard Tomasini est le fils de son papa René, parlementaire durant un quart de siècle, ancien secrétaire d'État, et surtout, un temps, secrétaire général de l'UDR, l'ancêtre du RPR. Son parrain – le mot lui va si bien – en politique est lui aussi issu de l'île de Beauté. Il a pour nom Charles Pasqua. Bernard Tomasini a été son proche collaborateur au ministère de l'Intérieur entre 1986 et 1988 d'abord, entre 1993 et 1994 ensuite, date à laquelle il a été nommé préfet sur proposition du même Pasqua… avec l'assentiment de Mitterrand. Le président charentais fut toujours très attentif à la nomination de ces hauts fonctionnaires, mais loin d'être automatiquement hostile aux personnages marqués à droite, parce que, disait-il, « il en faut bien ».

Lors de son premier séjour place Beauvau, Bernard Tomasini a beaucoup fréquenté un chargé de mission rencontré longtemps auparavant dans les mouvements de jeunes gaullistes, un certain Nicolas Sarkozy. Pour compléter la panoplie du préfet, il convient de signaler que durant plus de dix ans, de 1983 à 1994, il a été vice-président (RPR) du conseil général de l'Eure, département dans lequel il a aussi dirigé une concession automobile.

Ségolène Royal, connue pour son caractère entier, comprend vite qu'avec le « filleul » de Pasqua, elle n'est pas tombée sur un ingrat. Hors de question qu'on tente de monter sur les pieds du monsieur sans qu'il réagisse… Et visiblement, à l'inverse de beaucoup de monde dans la région, il ne la craint pas.

Les choses vont vite s'envenimer suite à divers accrochages, courants dès lors que chien et chat aspirent à régner sur le même territoire. La présidente de région finit, dans une interview à *L'Express*, par dégainer le gros calibre en traitant le représentant de l'État de « préfet politicien doublé d'un grossier personnage ».

Lequel ne se démonte pas le jour où, au tout dernier moment – vieille habitude... –, la Princesse annule, une fois de plus, sa venue devant l'assemblée régionale où il est prévu de longue date qu'il intervienne, comme cela se passe dans toutes les régions de France. Le préfet fait ni une, ni deux, il écrit à chacun des 55 élus, regrettant que leur information « ait été ainsi empêchée en s'affranchissant des règles républicaines ». Il joint le texte de son intervention à son courrier. Ségolène Royal n'apprécie que moyennement.

Quand elle a épuisé toutes les techniques pour prendre le dessus, elle adopte bien vite une autre tactique, celle du service minimum, de l'ignorance. Elle est coutumière du fait.

Restent les passages obligés du préfet devant le conseil régional réuni en session. Ils ont laissé le souvenir de scènes dignes des films de Coppola. L'arrivée, sa haute stature sortant de sa C6 noire, rutilante, garée dans la cour de l'hôtel de région ; son accueil par le directeur général des services ; son entrée majestueuse dans l'hémicycle avec, dans son sillage, le corps préfectoral au grand complet accompagné d'une kyrielle de collaborateurs absolument indispensables, enfin, la longue cohorte des directeurs régionaux des administrations diverses et variées, en majorité des messieurs habillés de sombre. En face, trônant à la tribune, nullement impressionnée par la clique qui déboule, la présidente arbore un sourire obligé... et carnassier. Elle a également sorti tous ses porte-flingues disponibles. Ses directeurs, sous-directeurs, les membres du cabinet font corps derrière elle. Aucune absence n'a été tolérée. Question de rapport de force.

Deux gangs face à face. Tension. Lequel des deux va prendre la responsabilité de défourailler le premier ? Les paris, évidemment occultes, sont ouverts. Manque, oubli cruel, la musique. On ne peut qu'imaginer, en sourdine, une mélodie des bas fonds accompagnant des paroles du style « Parle plus bas car on pourrait bien nous entendre ».

Bonheur intense, néanmoins, face à ces images, que de pouvoir constater de visu la noble finalité de l'impôt...

L'argent public. Il est, une fois encore, au centre d'une initiative prise quelques mois plus tôt par Ségolène Royal. Fidèle à sa politique « d'excellence environnementale », elle lance un appel à projet – un de plus – pour la conception et la réalisation, en région, de voitures électriques. Ce jour-là, pour le porte-monnaie de Poitou-Charentes, le mieux eût été qu'elle reste couchée !

Avec cette idée liée à la voiture dite propre, déjà amorcée par d'autres depuis longtemps (Michel Crépeau organisait dans sa ville de La Rochelle des journées consacrées au sujet dès le début des années 1990), Ségolène Royal poursuit deux objectifs. Lesquels en cachent un troisième.

Un, favoriser l'emploi dans sa région. Deux : engager la lutte contre le réchauffement climatique. Trois : faire admettre à la terre entière, en particulier aux Français, que seul un individu d'envergure exceptionnelle est capable d'imaginer et de mener à bien pareil chantier. En conséquence, comment se priver d'un personnage aussi compétent dans l'optique des présidentielles de 2012 ? C.Q.F.D...

En réalité, elle vient de prendre un pari particulièrement osé, en décalage avec la réalité de l'économie. Elle met le doigt dans un terrible engrenage puisque tout cela se soldera, huit ans plus tard, par un fiasco, un terrible gâchis humain et industriel doublé, pour la collectivité, de pertes financières colossales, la somme de 22 millions étant avancée par les meilleurs connaisseurs du dossier. Un échec retentissant dont l'histoire continue aujourd'hui encore à s'écrire, la justice se penchant encore sur certains de ses aspects[1].

En route pour le triste voyage-découverte hors de prix... La promenade, avec Ségolène Royal tenant le rôle de navigatrice, est ardue. Le trajet emprunte des routes chaotiques comportant des virages dangereux.

À l'issue de l'appel à projet, trois dossiers sont sélectionnés. On n'entendra plus jamais reparler de celui d'un groupe franco-suisse. Par contre, nul ne risque d'oublier celui d'Éco & Mobilité, à Chauvigny, dans la Vienne, encore moins celui du groupe Heuliez, à Cerizay, dans les Deux-Sèvres. Grâce à eux, Ségolène Royal se dit persuadée de faire la nique aux mastodontes de l'automobile (sans omettre le richissime touche-à-tout Vincent Bolloré), lesquels engloutissent alors des sommes énormes pour tenter de mettre au point cette voiture propre. À noter qu'au départ, en Poitou-Charentes, les deux projets sont en concurrence. Ils s'uniront par la suite.

Pour Éco & Mobilité, il n'est pas nécessaire de s'étendre, l'entreprise ayant été purement et simplement liquidée le 16 mai 2012, après un changement de dirigeants en cours de chemin. Le responsable de la société au moment de l'acceptation de son dossier par la Région, Éric Llinarès, est remarqué pour sa capacité à renvoyer l'ascenseur : il appelle à voter pour Ségolène Royal lors des primaires de 2011, vantant sa capacité à créer des emplois.

1. La franco-coréenne Michelle Boss, présidente de la société Focus Asia GmbH, dernier repreneur de Mia-Electric, est mise en examen pour abus de biens sociaux, banqueroute et escroquerie.

Le jour du lancement de la production du véhicule électrique utilitaire d'Éco & Mobilité, la présidente de région se déplace jusqu'à Chauvigny. Les photographes se régalent lorsqu'elle parade au volant de la Simply City. Le public reste coi face à son sens de la formule lorsqu'elle affirme : « Le progrès est l'accomplissement des utopies. » Dommage que le chœur des contribuables n'ait pas été convié à la cérémonie. On l'eût entendu se plaindre, geindre, chuchoter, au bord de l'asphyxie : « L'utopie, c'est hors de prix. »

Pareil coup de pub s'avère insuffisant pour permettre aux ventes de décoller. Ce n'est pourtant pas faute d'encouragements puisque la région aide les collectivités du secteur à acheter ces très chères petites merveilles.

Exit donc, Éco & Mobilité et ses 25 salariés le 16 mai 2012. Ce qui est farce, c'est que cinq jours plus tard, le 21 mai, lors de la commission permanente du conseil régional, une délibération concerne cette entreprise. Il est prévu de lui affecter 250 000 euros afin de soutenir son dernier plan de restructuration… sous réserve de la décision du tribunal de commerce. Lequel a déjà arrêté les frais.

Au total, entre juin 2008 et janvier 2011, ce sont, *a minima* (des chiffres beaucoup plus élevés ont été avancés), 3,025 millions d'euros d'aides qui ont été alloués à Éco & Mobilité par la collectivité régionale, sans compter une prise de participation de 1,6 million, l'État y allant également de son obole à hauteur de 2 millions par le biais d'un prêt réservé aux industriels luttant comme les émissions d'oxyde de carbone. Pour ce qui est de la Région, il est bien précisé qu'elle a procédé à des « avances remboursables ». Remboursées à quel moment lorsque le bénéficiaire a fait faillite ? À la Saint-Glinglin. Vraiment ballot !

Ce qui est encore plus bête, c'est qu'il s'avère impossible d'avoir une idée précise du coût de l'aventure Éco & Mobilité. Les juges de la chambre régionale des comptes l'avouent dans un rapport remis en mars 2014. On y lit cette phrase remarquable : « Le bilan des aides octroyées à Éco & Mobilité reste imprécis. »

L'histoire Heuliez comprend beaucoup plus de « tiroirs », d'épisodes. Tout simplement en raison de l'ancienneté, de la réputation et de la taille de ce qui fut un poids lourd, un très grand nom de l'industrie automobile en France. L'équipementier Heuliez, entreprise née il y aura bientôt un siècle, a compté, un temps, plus de 3000 salariés. La maison – l'envie est forte de la comparer à ce que peut être, dans la confection, un fournisseur de prêt-à-porter de très haut de gamme – a « habillé » et assemblé des millions de voitures, carrossé des centaines de milliers d'autobus, d'utilitaires, de breaks et de cabriolets. Dans le registre électrique, Heuliez a permis, au cours des années 1990, à nombre de véhicules classiques de grandes marques nationales de rouler grâce à des batteries. Nous y voilà...

Passons sur les épisodes de vente par appartements de cet empire. En 2008, demeurent une branche équipementier et Heuliez Véhicule Électrique. Au sein de cette dernière unité, les spécialistes maison ont mis au point la Friendly, qui devient la Mia, petite voiture électrique au profil urbain pesant 750 kilos.

C'est le début d'un véritable roman d'aventures à faire tourner bourrique un scribe chargé de rendre compte de la vie de la boutique. La seule certitude, le seul personnage central qui ne quitte jamais la scène, c'est... Ségolène Royal. La présidente de région, brandissant son mandat, est toujours prête à aider, à signer des chèques, à voler vers Cerizay pour tancer Pierre, manifester aux côtés de Paul, peser de tout son poids et de toute son aura putative, s'en aller tirer la sonnette du ministre de l'Industrie, démarcher les grosses tirelires de la région et bien au-delà afin qu'elles investissent dans cette auto miniature devenue à ses yeux un adorable bijou. Elle en a décidé ainsi : cette grosse voiture à pédales qui avance sans bruit et sans besoin… de pédaler, c'est l'outil miracle pour demain. Chacun voudra une Mia, ce sera le… désir d'avenir de tout urbain tenu de se déplacer.

Elle en devient bien vite la première des ambassadrices. À Poitiers, elle ne circule plus qu'à bord d'une Mia, avec – quand même – un chauffeur au volant. Par un coup de baguette magique de la fée Ségolène – et l'abondance des sous qu'elle distribue dans l'entreprise –, cette « citrouille » est devenue le « carrosse de la Princesse ».

Elle montre aussi une sorte de naïveté lorsqu'elle se réjouit trop vite d'avoir sauvé l'entreprise, en proie à des difficultés récurrentes, en faisant confiance à des gens forts de leurs seules promesses qu'évidemment ils ne tiennent jamais. Fin 2009, elle n'y tient plus d'avoir « sauvé 600 emplois », d'avoir « inventé d'autres formes de coopération économique », elle vit « l'un des plus beaux moments de sa vie politique », « la politique, la morale de l'action ». Et, ajoute-t-elle, « quand tout ce travail débouche sur l'emploi et l'écologie, alors là, c'est vraiment extraordinaire ». Certes. Sauf que, pour qui connaît la fin…

Le dossier Heuliez-Mia donne lieu, en cinq ans, à une bonne trentaine de délibérations du conseil régional de Poitou-Charentes avec, pratiquement à chaque fois, de la monnaie balancée au pot. Il s'est mué en une sorte de pièce de théâtre où nombre de personnages figurent l'Arlésienne fiancée à Godot. On parle beaucoup d'eux, leur venue est annoncée à renfort des trompettes de la renommée, ils arrivent, on les voit tout là-bas, dans le lointain, ils sont grands, forts et solides, ils vont jouer un rôle... capital. Puis plouf, les voilà disparus corps et âme, envolés, redevenus transparents. Parmi quelques-unes des vedettes de ce vaste casting de l'absence, citons la mutuelle niortaise Macif, Louis Petiet, patron de Bernard Krief Consulting, Alphan Manas, un investisseur turc. Pour certains d'entre eux, leur nom a été avancé de façon beaucoup trop hardie par la présidente de région afin de nourrir la goulue sacro-sainte communication. C'est le cas de la Macif à qui il a suffi de regarder le dossier de près pour éviter d'y risquer le moindre fifrelin. D'autres ont prouvé que cet univers des investisseurs industriels possède lui aussi ses rêveurs, ses psychopathes et ses névrosés...

Heuliez-Mia, c'est aussi un roman offrant une vaste découverte du monde. Dépaysement assuré. Au départ, on côtoie un groupe indien. Puis un allemand (sans doute le seul intervenant totalement sincère de l'histoire), lequel, ayant fait fortune dans les produits pharmaceutiques, espère réaliser pareil bon placement dans la voiture électrique. Avant de comprendre, le bas de laine bigrement allégé, que la fuite est son dernier salut. S'en suit, après une danse du ventre turque, l'apparition furtive d'Espagnols. Ils veulent bien venir, à condition que les Allemands de Volkswagen confirment une grosse commande. Elle n'arrivera jamais. Ces derniers sont sans doute trop occupés à installer des logiciels révolutionnaires sur leurs moteurs...

Tout cela pour finir, en juin 2013, dans les pattes de Focus Asia, nébuleuse représentée par Michelle Boss, une femme d'origine sud-coréenne martelant « avoir pour ambition d'accroître les ventes grâce à une stratégie adaptée aux industries nouvelles », etc., etc. Baratin. En mars 2014, le tribunal de commerce de Niort prononce la liquidation judiciaire de Mia Electric. Rideau.

Ségolène Royal n'a plus alors que ses yeux pour pleurer, ce que bien sûr elle évite de faire. D'autant plus qu'à cette époque son réservoir de larmes est vide, les vannes ayant été ouvertes un soir de primaire socialiste, à l'automne 2011.

Le moment est venu de préciser que ce n'est pas avec le dos de la cuiller qu'elle s'est engagée, au nom de la collectivité, en faveur d'Heuliez. Beaucoup estiment qu'elle est allée au-delà du raisonnable. Certes, elle n'a pas conduit seule le véhicule électrique régional dans le mur puisque la quasi-totalité des délibérations de l'assemblée ont été votées à l'unanimité – hormis les trois voix des élus Front national –, son opposition ne pouvant s'offrir le luxe de dire non à des décisions prises au nom de l'emploi. N'empêche qu'au fil du temps il lui a fallu arracher avec les dents le vote d'élus conscients que la Mia les dirigeait tout droit vers un gouffre d'où on ne revient pas.

Des chiffres ? La Région entre à hauteur de 5 millions au capital d'Heuliez fin 2009. C'est une première en France. La manœuvre a été autorisée par un décret du Conseil d'État. Ségolène Royal tape sur son tambour afin que le bon peuple de Poitou-Charentes sache qu'il appartient à un territoire précurseur. À ce prix-là, il a en effet de quoi être fier.

Presque à la fin de la foire, en février 2013, c'est une créance d'Heuliez vis-à-vis de la Région d'un peu plus de 2,4 millions qui est transformée en prise de capital. « On entre au capital. Que prévoyons-nous pour en sortir ? » interroge, narquois, Philippe Rabit, un conseiller d'opposition. « Ne tombez pas dans le dénigrement », le tacle la présidente, sèchement, n'admettant pas qu'on puisse se moquer. Surtout de son dossier fétiche.

Par contre, elle n'est pas dans le studio d'une radio nationale pour répondre au chroniqueur estimant que « si un banquier s'amusait à faire ce qu'elle fait avec Heuliez, il pourrait être condamné pour soutien abusif, la situation étant manifestement compromise ».

Puisqu'il y a le feu, des signaux de fumée âcre s'élèvent de partout. Bolloré glisse que le FSI (le Fonds stratégique d'investissement créé par l'État en 2008 avant d'être absorbé au sein de la Banque publique d'investissement en 2013) l'a sollicité pour Heuliez, mais qu'il « a toujours refusé de se mêler de cette histoire, principalement à cause de Ségolène Royal ». Arnaud Montebourg, ministre du Redressement productif, estime dans maints organes de presse comme *Le Point, Le Figaro, France Info, La Nouvelle République* (avant, à l'évidence, d'être recadré et d'effectuer une séance de rétropédalage) que « l'État n'est pas là pour mettre des ressources rares dans des entreprises qui n'ont pas d'avenir ».

Le véhicule électrique, combien, exactement, pour le contribuable de Poitou-Charentes ? Une fortune. Le prix d'un entêtement. La chambre régionale des comptes sera sans doute en mesure un jour de confirmer ou d'infirmer les 22 millions depuis longtemps évoqués. Pour peu qu'elle y parvienne : déjà, avec Éco & Mobilité, elle avouait avancer dans le flou.

Politiquement, Ségolène Royal eût été coupable de ne pas tenter le sauvetage d'Heuliez comme celui de Mia. L'avoir poursuivi aveuglément relève de l'acharnement borné. De la volonté de remplir un puits sans fond, de mettre en fureur quantité de salariés d'autres entreprises en difficulté, lesquelles auraient eu besoin de beaucoup moins d'argent pour espérer s'en sortir.

En forme d'épilogue, demeure ancrée une remarque de la Princesse sur le sujet, lors d'un repas de presse, entre la poire et le fromage : elle glisse que dans cette affaire – c'en est une ! – les déboires ont perduré du fait de l'absence, aux côtés des unités de production, d'une véritable structure capable de vendre ces voitures. Il faudrait expliquer aux élèves de l'ENA qu'une entreprise ne parvenant pas à commercialiser ce qu'elle produit est promise à la faillite. Mais il est vrai que pour assimiler ce concept, mieux vaut une tête bien faite qu'une tête trop pleine.

Des millions d'euros dépensés sont-ils toujours des millions utiles ? La question mérite d'être posée. Reste un logo, décliné à toutes les sauces sur les visuels de l'institution régionale. Le logo le plus cher du monde ?

Il est temps de quitter les voitures électriques pour l'univers des gentils bisounours de la rue de Solférino ballotés par les courants. En cette année 2009, c'est exceptionnel, mais la France va voter. Début juin, ce sont les élections européennes. Pour le PS, l'enfant se présente fort mal. Les sondages sont catastrophiques. La pire des angoisses tient à ce que la liste des écologistes menée par Daniel Cohn-Bendit puisse faire mieux que celle des socialistes conduits par la première secrétaire « largement » élue six mois plus tôt, Martine Aubry…

L'heure est donc venue de raccrocher les wagons. C'est une urgence absolue. La manœuvre est programmée en grande pompe en « gare » de Rezé, cité de la banlieue nantaise tenue par la gauche depuis plus d'un demi-siècle. Ce soir, ce sont les retrouvailles entre les sœurs ennemies, Martine et Ségolène, redevenues, pour l'occasion, de sacrées copines, des inséparables, des complices dans l'âme. Qui a dit le contraire ? Rien que de mauvaises langues et de fieffés menteurs. Les mêmes ont sans doute mal compris la maire de Lille, quelques mois plus tôt, lorsqu'elle a qualifié la présidente de Poitou-Charentes de « Madame de La Com ». Après tout, quoi de plus normal que de souligner la particule lorsqu'on évoque une princesse dénommée Royal ?

Parvenir à la halle de la Trocardière, théâtre des réjouissances, tient du jeu de piste le plus simple du monde. GPS inutile : il suffit de suivre le fléchage mis en place par… le NPA (Nouveau Parti anticapitaliste) puisque la veille Olivier Besancenot a chanté dans la même salle.

L'émotion, terrible, est palpable, au cœur de ce public nombreux, attentif, chacun ayant bien compris qu'il s'apprête à chatouiller l'Histoire avec un grand H. C'est Jean-Christophe Cambadélis qui, parvenu à chasser Denis Leroy de son rôle-titre, joue le Monsieur Loyal. Aux premiers rangs, il ne manque pas un bouton-de-guêtre socialiste de cette vaste circonscription de l'Ouest. Ils sont tous là, Jean-Marc Ayrault, Marylise Lebranchu. Même Edith Cresson est venue depuis son fief de Châtellerault.

Soudain, les décibels s'emballent, les projecteurs fixent une sorte de rideau, au fond de la salle. Il s'ouvre, laissant passer les deux femmes. Elles marchent sur la même ligne. Ouaouh, c'est pas possib' !

Dans l'immédiat, aucun malaise n'est signalé, par contre, beaucoup d'yeux s'embuent de larmes. Absolument véridique. Il y a sept mois tout juste, les deux harpies s'entretuaient ; aujourd'hui, elles avancent côte à côte, sourire aux lèvres pour l'une (devinez laquelle), visage plutôt fermé pour l'autre. Cette dernière, par instants, passe sa main dans le dos de sa commère, comme pour la guider vers la scène. Si ce n'est pas de l'amour, ça y ressemble, non ?

Ségolène Royal parle la première, elle attend que Martine Aubry la rejoigne sur l'estrade afin que celle-ci clôture la soirée. Et alors ? Et alors ? Zorro est arrivé ?

Vraiment idiot de se moquer alors que dans un élan de sincérité, dans une totale communion d'esprit, dans une paix retrouvée, les deux femmes s'embrassent. Oui, elles s'embrassent. Dans la seconde qui suit, un certain Judas, visiblement au bord de la crise de nerfs, adresse un tweet : « Demain, je dépose plainte pour plagiat. » Personne ne comprend.

Ce n'est pas fini. Toutes les têtes couronnées rejoignent la première secrétaire, à laquelle on apporte un petit paquet. Elle se tourne vers Ségolène Royal et lui dit : « Voilà, Ségolène, j'étais il y a peu en vacances au Mali, dans le pays Dogon. Là-bas, j'ai pensé à toi. Je t'ai acheté une statuette. Elle représente une femme debout. Je te l'offre. »

Trop beau, trop émouvant. Renversant. Le clou de la soirée. On ne sait déjà plus ce qu'elles ont raconté dans leurs discours. Sauf que, suivant en cela la mission qu'elle s'est assignée, la Princesse est tombée à bras raccourcis sur Sarkozy. Les heureux bénéficiaires de cet exercice répété à l'envi n'y font plus attention. Par contre, la femme debout...

Justement. Deux-trois semaines plus tard, à Poitiers, à l'heure du café, un grand amateur d'art africain (quel mensonge, à croire que la maladie est contagieuse !) demande à Ségolène Royal ce qu'elle a fait de la sculpture de bois offerte à Nantes. La réponse fuse ; le ton, l'expression de son visage sont encore plus explicites que ses paroles : « Je n'en sais strictement rien. » Une fille de militaire sévère n'utilise pas le même vocabulaire qu'Edith Cresson, laquelle, en réponse à question aussi saugrenue, aurait balancé : « Rien à cirer de sa statuette. »

Martine Aubry toujours et encore. Elle a préservé l'essentiel aux européennes en finissant devant les écologistes (16,48 % contre 16,28 %, écart conséquent !) ; elle débute – est-ce le hasard ? – son « tour de France du projet » par la région Poitou-Charentes, précisément en Charente. Pour cette première étape à Angoulême, elle est suivie par de nombreux journalistes.

La journée imprime deux images fortes. D'abord l'attitude de Pouria Amirshahi, lequel ignore encore que trois ans plus tard, grâce à la dame qu'il reçoit, il sera député des Français de l'étranger avant de devenir dépité et, à ce titre, l'une des voix les plus fortes des frondeurs opposés à la politique du duo Hollande-Valls. Pour l'heure, il est secrétaire fédéral de la fédération socialiste charentaise. Tout au long de la journée, il ne lâche pas Martine Aubry d'une semelle. La proximité est telle qu'on les imagine, seuls, aux Antilles, sous les cocotiers, foulant le sable chaud et s'initiant au « collé-serré » aux accents de la musique parvenant du bar voisin. Il se vexe quand la remarque lui en est faite. Peut-être n'aime-t-il pas la danse ?

Ensuite, la conférence de presse de la première secrétaire. Pour les journalistes, une conférence de presse, quelle qu'elle soit, représente un moment obligé, le plus souvent convenu, la plupart du temps vite oublié. Au terme de milliers et de milliers de ces points presse, celui de Martine Aubry dans la capitale de la BD reste un souvenir fort et précis. Disposition de la salle, ce duel acharné, irréel : c'était hier...

Ce jour-là, en fait, Martine Aubry a l'immense mérite de s'exprimer calmement, de faire preuve d'une infinie patience alors que face à elle se tient une femme aveuglée par la colère. Françoise Degois, grand reporter à France Inter, est-elle victime d'une overdose de chabichou doré, sorte de psychotrope naturel d'ordinaire léger, fabriqué dans les Deux-Sèvres ? Ce qui est certain, c'est que, de toute évidence, elle n'a toujours pas digéré la défaite de Ségolène Royal face à la maire de Lille. Entre les deux protagonistes, difficile de parler de dialogue. Les journalistes présents comptent les points sans avoir la possibilité d'en placer une ! La crainte de déranger, de se mêler de ce qui ne les regarde pas.

À Nantes, Ségolène Royal a tenté de faire croire avoir oublié le congrès de Reims et ses prolongements ; à Angoulême, l'une de ses supportrices les plus acharnées vient de prouver que la poussière a juste été remisée, à la hâte, sous le tapis.

À la sortie de ce sketch, plusieurs membres de la confrérie du vaste observatoire du PS et du Ségotour réunis se disent persuadés que leur collègue va devoir prendre de la distance avec l'actualité politique sinon la direction de la rédaction de l'antenne sera tenue d'intervenir.

Moins de deux mois plus tard, la question est réglée : Françoise Degois intègre le cabinet de la présidente de région avec le titre de conseillère spéciale ! Une arrivée ne pouvant que réjouir Sophie Bouchet-Petersen, laquelle va désormais se sentir moins seule. Par contre, nul n'a songé à demander l'avis du contribuable de Poitou-Charentes.

Au fait, dans quel but ce recrutement ? Françoise Degois « sera notamment chargée de mettre en place les politiques de civilisations sur lesquelles l'institut de recherche Edgar Morin, implanté à Poitiers, a fait de nombreuses propositions », précise le communiqué signé Ségolène Royal. Le premier qui rit aura une tapette.

Il convient de préciser qu'effectivement le sociologue a accepté qu'un institut porte son nom. Cet organisme met sur pied un colloque chaque année à Poitiers. Edgar Morin a même poussé la porte de la rue de l'Ancienne-Comédie, le 31 mai 2010, en début d'après-midi ; il a dit trois mots tout en se glissant dans le costume d'un prince consort en posant pour une photo aux côtés de Mme Royal. Les persifleurs peuvent rire sous cape, d'autres peuvent bien refuser qu'on tente de leur faire prendre des vessies pour des lanternes, quelques semaines plus tard, Françoise Degois prouve qu'elle commence à remplir parfaitement sa mission. Elle se penche sur les membres d'une civilisation implantée localement et bien décidée à faire de la politique. Elle réalise en effet des vidéos avec les candidats inscrits sur les listes Royal pour les prochaines régionales. « Ma pensée citoyenne prend le pas », a-t-elle dit le jour de son recrutement. Effectivement.

Ces régionales des 14 et 21 mars 2010, parlons-en ! Jean-François Fountaine ne tarde pas à annoncer qu'il ne souhaite pas se représenter. Ce qui tombe parfaitement bien puisque la présidente sortante et son entourage n'ont jamais envisagé une seconde de le lui demander.

Fin septembre, les militants socialistes de la région choisissent Ségolène Royal pour mener à nouveau l'attelage de gauche lors de la bataille. Lors de cette consultation interne, elle est opposée à une « obscure » – c'est l'intéressée qui l'affirme – militante de la section de Niort, Marie-Christine Nicolas, ergothérapeute de 60 ans. Cette inconnue ne s'affiche pas farouche opposante à la présidente sortante ; plus simplement, elle n'admet pas qu'elle puisse être seule en lice pour ce scrutin. Elle en profite pour glisser que Ségolène Royal est « quelqu'un qui blesse les gens. La plupart du temps, ils ne s'en relèvent pas ».

Marie-Christine Nicolas, « l'obscure inconnue », obtient 20 % des suffrages.

« Au fait, madame Royal, à qui songez-vous pour mener vos listes dans les départements ? » Deux jours après la fête de tous les saints, dans la cantine présidentielle, l'heure est aux confidences.

Dans les Deux-Sèvres, son département, elle se charge du job. L'archifidèle Jean-François Macaire est en tête dans la Vienne, promotion confirmée et attendue. De même que Michel Gourinchas, le nouveau maire de Cognac, en Charente. En fait, un seul département semble « épineux » : la Charente-Maritime.

Olivier Falorni, proche de François Hollande, resté en dehors des fameux courants lors du congrès de Reims, s'est refusé à soutenir l'une ou l'autre motion. Il « tient » la fédération dont le bureau est majoritairement composé de membres de Désirs d'avenir.

« Alors madame Royal, qui pour mener la liste en Charente-Maritime ?

– Je verrais bien un duo Denis Leroy-Françoise Mesnard.

– Dites donc, vous avez de l'humour aujourd'hui ! Sérieusement, vous pensez à qui ? »

Regard noir. Comme disent les grands-mères, « ses yeux seraient des revolvers, et bien tu serais mort ».

« Je ne vois pas ce qu'il y a de drôle dans cette proposition.

– Donc vous considérez qu'il est possible de présenter un spectacle dans le plus pur style *Piste aux étoiles* et, dans le même temps, d'interpréter un numéro ? »

La colère monte. Oser comparer une élection avec une soirée au cirque, ça ne passe pas. Ne pas avoir saisi depuis tout ce temps les immenses qualités de celui qu'elle vient de reconduire en tant que directeur de campagne, ne pas s'être aperçu du talent prodigieux de l'adjoint à l'urbanisme du maire de La Rochelle, par ailleurs vice-président de l'agglomération rochelaise, néanmoins conseiller général de Charente-Maritime – il a quitté depuis peu son poste très accaparant de directeur du comité régional de tourisme –, semble impardonnable.

Et que dire de Françoise Mesnard, conseillère municipale d'opposition à Saint-Jean-d'Angély, si ce n'est qu'elle a su jeter avec grande conviction et détermination le Nouveau Parti socialiste aux orties avant de venir batifoler dans le nirvana de Désirs d'avenir ? C'est ainsi qu'elle s'est hissée, en région, au niveau des piliers du système Royal.

Lorsqu'Olivier Falorni est sollicité pour donner son avis sur la candidature de ce duo, il a heureusement terminé son déjeuner. Donc, pas de risque d'avaler de travers. Dans le temple de la démocratie participative, le secrétaire fédéral socialiste est heureux d'apprendre ce qui se trame dans la boutique qu'il est censé diriger. Il décide de ne pas en rester là…

Ségolène Royal est déjà bien loin de ce qu'elle regarde comme de menues considérations d'arrière-cuisine. L'urgence, c'est d'aller briser les ailes de ce Vincent Peillon devenu oiseau de mauvais augure. En fait, elle estime qu'il joue le coucou en déposant ses propres œufs dans le nid de Désirs d'avenir. Il va voir de quel bois la Princesse se chauffe ! Alors que Peillon a réuni ses troupes à Dijon, là voilà qui débarque au beau milieu des festivités, style éléphant dans le magasin de porcelaine. Peillon n'a plus qu'à ramasser les morceaux. Jamais il ne parviendra à les recoller !

Elle repart comme elle est venue, heureuse de son coup. Changement de décor dès le lendemain ; c'est un dimanche. À l'heure des vêpres, le rendez-vous est fixé à

La Crèche, aux portes de Niort: elle lance sa campagne des régionales. Sans se soucier de ce que sera la composition exacte des listes dans les deux départements charentais. Le bon Jean-François Macaire distribue un tout petit livre (par sa taille) qu'il vient d'écrire pour expliquer l'émotion ressentie d'avoir vécu une véritable révolution économique en travaillant aux côtés de Ségolène Royal. Un ouvrage de référence[1].

Selon une habitude désormais solidement ancrée, la présidente sortante tombe à bras raccourcis sur la politique mise en place par Sarkozy, en particulier vis-à-vis des collectivités territoriales. « Affaiblir les collectivités locales, c'est affaiblir l'unité nationale. Appauvrir les collectivités locales, c'est appauvrir les familles et les citoyens, c'est également appauvrir les services publics de proximité. Nous ne le voulons pas et contre cela nous résisterons », clame-t-elle, vibrante, promettant de demeurer stable « sur les deux jambes de la résistance et de l'action ». Gaullienne !

Elle ignore qu'à une centaine de kilomètres de là, Falorni et ses amis préparent une sacrée séance de résistance en vue du prochain conseil fédéral. C'est au cours de sa réunion qu'un vote à bulletins secrets doit départager les deux listes socialistes s'affrontant en vue des régionales. L'une est menée par le duo Leroy-Mesnard, l'autre par Falorni en personne. *A priori*, toute surprise est à écarter puisque sur les 44 membres de ce conseil, 24 sont clairement affichés comme des soutiens du courant Royal. Falorni part au casse-pipe mais, au moins, il montre qu'il existe et qu'on le trouve lorsqu'on le cherche.

1. *J'ai vécu une révolution silencieuse* par Jean-François Macaire, 100 pages, septembre 2009, publication en autoédition. À l'époque, pour commander cet ouvrage, il convenait d'écrire à l'auteur, à Poitiers… rue du Mouton.

C'est à Saintes que ce conseil fédéral est programmé. L'atmosphère est à couper au couteau. Les pro-Leroy refusent que Falorni préside la réunion. « Ce qui risque d'être définitif », raille l'un d'eux. Le secrétaire fédéral présente sa candidature. Denis Leroy préfère que ce soit l'un de ses soutiens qui parle en son nom.

On vote, dans une ambiance de franche camaraderie. Débute un dépouillement angoissant pour les deux camps. Falorni semble distancé. Sauf à dire que tous les derniers bulletins portent son nom. Résultat : Falorni, 23 ; Leroy, 21.

Maxime Bono, député-maire de La Rochelle, est très en colère. Plus placide, content, Olivier Falorni estime que certains membres du courant de Ségolène Royal dans le département ont fini par ne plus supporter les méthodes appliquées localement par sa « clique ». Le voilà donc investi tête de liste.

On affiche le score sur un an : Royal, 0 ; Falorni, 2.

Y aura-t-il une consolante ?

16

« Dans l'attente de votre chèque, je vous adresse mes meilleures salutations. » C'est poli.

Quand, sous cette formule, sont ajoutés, à la main, deux mots vous souhaitant de « Bonnes fêtes », c'est touchant.

Il n'est pas certain pour autant que les parlementaires socialistes de Poitou-Charentes aient sauté de joie en recevant, peu avant de basculer en l'an 2010, la missive du célébrissime Daniel Barillot, directeur général adjoint des services du conseil régional de Poitou-Charentes, coiffé, dans l'optique des élections qui s'annoncent, de la casquette de mandataire financier de Ségolène Royal. Monsieur fait la quête.

« Un tour de piste nous conduit à vous demander une contribution minimale de 2 000 euros déductibles, soit 666 euros nets. Vous pouvez bien sûr donner plus », écrit Barillot dans sa lettre de retape aux députés et sénateurs. Auxquels il rappelle discrètement que « l'action de Ségolène à la tête de la région a eu un impact fort lors des législatives et des sénatoriales ». En clair, si vous avez été élus, c'est à elle que vous le devez, ayez la reconnaissance du ventre. Nombre de ces barons socialistes ne partageant absolument pas la même analyse sur l'influence électorale de la Princesse, ils classent la lettre de Barillot directement... dans la poubelle. Ingrats !

Encore une vexation de plus pour Ségolène Royal. Décidément, tout va mal en cette fin d'année ; le pire, c'est que selon un sondage, elle est considérée comme un « handicap » pour le PS par 74 % des Français ! François Bayrou se mêle à cette espèce de bronca en déclarant que « ce qu'elle propose est souvent rigolo ». Elle a beau mentir effrontément en affirmant ne jamais regarder les études d'opinion, ces mauvaises nouvelles ont une influence sur l'humeur de la patronne. Elle pique une crise lors du vote de l'ultime budget de la mandature, semblable aux autres : pas d'augmentation d'impôts, on fera encore mieux avec toujours moins et promis, un euro utile...

Une fois encore très maîtresse d'école, elle tance deux fonctionnaires papotant discrètement dans l'hémicycle, sans gêner qui que ce soit, sauf elle. Cinglante, elle martèle que la salle des débats n'est pas un « salon de thé » avant de mettre les deux bavards à la porte, leur intimant l'ordre d'aller poursuivre leur conversation dehors. Circulez, ici, c'est l'adjudant-chef qui commande, sacrebleu !

Sa colère est due aussi à ces satanés écologistes. Elle n'a toujours pas digéré qu'ils aient décidé de faire bande à part pour les régionales de mars. Elle estime avoir été sans cesse à leur écoute, avoir appliqué une politique tournée vers « l'excellence environnementale » et « la croissance verte », et ils osent lui tourner le dos. Ingrats idem ! Ils vont voir, comme ce pauvre Falorni, d'ailleurs, que celui qui se met en travers de sa route le fait à ses risques et périls...

La constitution de ses listes pour ces élections va en effet relever de l'œuvre d'une artiste solitaire de grand talent, capable de semer une zizanie remarquable dans la totalité des partis politiques avec lesquels elle entre en relation. Et pourtant, la semeuse de désordre ne cesse de vanter ses remarquables qualités de rassembleuse !

Au PS, nous l'avons vu, c'est le souk total en Charente-Maritime. Denis Leroy, battu, s'est retiré, mais la discussion, ardue – ce n'est rien de le dire... – se poursuit pour bâtir une équipe. Olivier Falorni a la ferme intention d'y voir figurer quelques-uns de ses proches. En face, on estime que seuls des militants de Désirs d'avenir sont dignes d'être alignés. La bagarre est telle que Ségolène Royal envoie des démineurs sur le champ de bataille. Elle missionne deux personnalités totalement impartiales, à savoir son adoratrice réjouie, la députée Catherine Quéré (celle-là même qui, en 2004, candidate aux régionales, ignorait, à la veille du scrutin, le montant du budget de Poitou-Charentes), ainsi que le brave Jean-François Macaire pour qui les désirs de Mme Royal ont toujours eu des allures d'ordres. Inutile de dire que pour régler le conflit, pareil duo est idéal...

Au PS toujours, l'annonce d'ouvrir les listes à des centristes encartés au Modem provoque un véritable séisme. En fait, c'est un samedi, en soirée, après une journée à Angoulême où la question n'a pas été abordée une seconde, que Ségolène Royal estime le moment venu de frapper un grand coup. L'actualité étant tranquille, son initiative ne risque pas de passer inaperçue. Elle s'entretient avec un journaliste de l'AFP et déclare réserver cinq places en position éligible à des encartés de la maison Bayrou, une idée que celui-ci ne va pas juger rigolote... Elle atteint son but puisque l'information fait l'ouverture des journaux télévisés du soir. Joli pataquès. Une centaine de socialistes de la région, furibards, lui adressent un courrier courroucé. Ils lui rappellent qu'elle conduit la liste « en leur nom ». Nombre d'entre eux menacent de déchirer leur carte.

Visiblement, ils ne la connaissent pas. Sinon, ils auraient économisé un timbre. Elle se tait, sachant que le temps arrange bien des choses...

Au Modem, qui a décidé depuis longtemps de présenter sa propre liste, c'est le cirque. François Bayrou se déplace à Angoulême pour une « réunion de famille » où la vaisselle voltige puisque plusieurs des siens – dont l'un des responsables de Charente-Maritime du nom d'Alexis Blanc – ont déjà mordu à l'hameçon.

Habilement, Ségolène Royal a « tendu la main » à des militants en proie à de sévères dissensions internes : elle n'a fait qu'accentuer les cassures. Certains ont senti parvenir à leurs narines le fumet d'une bonne soupe tenant au corps une mandature durant. Ils sont séduits, sachant que sous leurs couleurs, ils ne feront que participer au scrutin avec l'assurance de ne pas être élus. Alors que là, on leur offre le gîte et le couvert !

Ce jour-là, Bayrou évite soigneusement de s'en prendre à celle à qui il n'a pas voulu ouvrir sa porte entre les deux tours de la présidentielle. De retour dans le secteur quelques semaines plus tard, il se décide à cogner avec la douceur du Béarnais catholique pardonnant d'emblée à ceux qui l'ont offensé. « Le débauchage, c'est un bras de fer qui n'entre pas dans nos valeurs. Débaucher, ça ne construit rien. C'est du ponctuel. Pour ne servir que les apparences », dit-il. Pas de quoi faire vraiment trembler la dame du Poitou...

Le leader centriste manque le meilleur, le pic de la crise, son paroxysme. Les Modem pro-Modem et les Modem pro-Royal se sont donné rendez-vous à Rochefort, non pas sur le pré, mais dans un ancien commerce transformé en permanence. Le local, minuscule, est bondé. Le pugilat verbal est d'une telle violence qu'à la moindre étincelle, tout s'embrase. On frise la bagarre générale. Où est donc passée la traditionnelle notion de charité chrétienne chez les frères orangés ? Les insultes se déplacent en escadrilles, les noms d'oiseaux volent en rase-mottes, c'est la guerre.

Ségolène Royal a gagné. Après qu'ils ont accepté de tremper leurs lèvres dans l'écuelle, avec un art de Jivaro, elle ramène ses cinq « centristes humanistes » à des proportions plus modestes. « Centristes humanistes », elle vient d'inventer la formule. Toute seule, comme une grande. À croire que tous les affreux centristes privés de l'estampille Royal ne sont que des soudards peu soucieux du genre humain. Bon, son ouverture se limitera à trois places éligibles, pas une de plus. Compris ? Les intéressés font grise mine mais ne peuvent plus rien dire : ils ont mangé dans sa main, elle l'a refermée, elle les tient.

Chez les Verts, mêmes causes, mêmes effets. Rien ne va plus. Là encore, elle divise. Vexée de leur départ en solo, elle est déterminée à ce que coûte que coûte, des écologistes reconnus comme tels figurent sur ses listes. Deux conseillers régionaux sortants, emballés, affirment-ils, par l'expérience vécue six ans durant à ses côtés, se font un plaisir de faire un bras d'honneur à leur couleur. Ils sont exclus de leur formation politique « temporairement pour six mois ». La « débaucheuse » est montrée du doigt, vilipendée, on lui promet les pires misères tout au long de la campagne. Effectivement, Françoise Coutant, la tête de liste, va s'affirmer pugnace, sévère. Une vraie tigresse... qui redevient gros chat ronronnant dans les jupes de sa maîtresse lorsqu'il s'agit, entre les deux tours, de faire liste commune.

Le pompon du bazar, c'est le Parti communiste qui le décroche. Trois de ses quatre fédérations départementales sont favorables à la constitution d'une liste Front de gauche. La dernière, la Charente-Maritime – elle se revendique comme regroupant le plus grand nombre d'adhérents –, est partisane d'une alliance dès le premier tour avec Ségolène Royal. Cette dernière interprète devant les camarades une danse du ventre qui ne les laisse pas insensibles, indiquant que sa porte demeure ouverte. Les Charentais-Maritimes, qui n'oublient pas que les convictions doivent parfois laisser place aux aspects sonnants et trébuchants, expliquent qu'une union avec la présidente sortante dès le premier tour, c'est l'assurance d'avoir des élus. Donc de pouvoir faire bouillir la marmite. Par contre, le Front de gauche, c'est le risque de disparaître purement et simplement de l'échiquier politique régional.

À côté de la conférence régionale du PC qui se déroule à Niort sous l'œil averti d'un observateur du nom de Pierre Laurent, la bataille d'Hernani n'est que chamailleries dans un jardin d'enfants. Les cocos du trait de côte se déchaînent. En face, ils ne tombent pas sur des manchots, en particulier avec Jean-Pierre Gelot, secrétaire fédéral des Deux-Sèvres, ennemi intime de la Princesse (encore elle !) depuis les élections municipales de Niort en 1995. Quinze ans déjà, mais des souvenirs et une haine partagés intacts. Comme au Modem, par miracle, on évite les coups. Chez les communistes, ils viendront plus tard…

En définitive, les militants de base tranchent en faveur d'une liste Front de gauche. Ils n'admettent pas l'ouverture aux dissidents du parti centriste. Même le « doyen » Paul Fromonteil – certains abonnés au persiflage, afin d'illustrer sa très grande ancienneté au sein du parti, écrivent que c'est lui qui conduisait le petit Lénine à l'école maternelle ! –, secrétaire régional du PCF, spécialiste de l'art contemporain humecté au lait de chèvre et admirateur revendiqué de Ségolène Royal, dit son opposition aux bonnes manières consenties à Alexis Blanc et à ses complices. « La gauche, pour être à gauche, ne peut s'égarer dans les marais d'un accord politique avec le Modem », tranche-t-il. Une critique qui n'empêche pas ce même Fromonteil de bigrement « s'égarer » à son tour puisque sa photo et quelques lignes de soutien apparaissent sur un document de campagne de Mme Royal. Pris la main dans le pot de confiture, il dit avoir été piégé. À l'entendre, il a donné ce coup de main à l'insu de son plein gré. Son nez s'allonge.

Puisqu'elle a juré que malgré les mauvaises manières de ses anciens alliés, un communiste figurerait sur ses listes, Ségolène Royal en déniche un du côté de Saintes. Elle fait part de sa victoire à la cantonade en présentant sa prise de guerre, un cheminot retraité, ancien responsable local de la CGT, Jacky Emon. En fait, cet homme jovial, apprécié de tous, appartient à la catégorie des communistes honoraires... Il y a longtemps qu'il a rendu sa carte. Il ignore dans quelles conditions il a perdu son marteau et se refuse à prêter sa faucille tant elle est rouillée...

Au PC, les querelles internes sont loin d'être enterrées. Les dirigeants de la très divisée fédération de Charente-Maritime et quelques-uns de leurs suppôts vont jusqu'à perturber une réunion électorale de leurs « amis » du Front de gauche dont la liste est menée par l'un des leurs, un imprimeur de Marennes, Yves Letranchant. Quelques mois plus tard, à la veille de la fête départementale de l'Humanité, celui-ci paie son engagement. Une vive altercation l'oppose à quatre de ses « camarades », dont le secrétaire fédéral, Brahim Jlalji, alors qu'il est venu installer le stand de sa section. Le malheureux est roué de coups. C'est un épais mystère que la plainte qu'il dépose alors n'ait jamais débouché sur un procès.

Portée par cette ambiance chaleureuse et conviviale, Ségolène Royal, nominée pour le titre de « reine de l'union consensuelle » lors du prochain festival de la foire des Hérolles, part en campagne. Le cœur léger… et elle a bien raison. Parce qu'il faut bien finir par le dire, elle ne risque pas grand-chose à semer la zizanie dans son propre camp dans la mesure où cette élection, elle l'a quasiment gagnée avant même qu'elle ait eu lieu.

Certes, dans toute consultation électorale existe une part d'incertitude. Mais pour ces régionales de 2010, pas un observateur attentif ne risquerait la plus petite pièce sur les chances de victoire de la droite.

Pourquoi ? Essentiellement parce que Sarkozy est à l'Élysée depuis trois ans. Il applique les méthodes qui sont les siennes : bling-bling, roulements d'épaules, footing et mesures en faveur de ses riches copains. Il est au fond du trou dans les sondages et comme il ignore que d'autres feront pire que lui, rien ne peut le consoler.

Une élection régionale est une élection politique. En conséquence, avantage très net à la présidente sortante. D'autant plus que celle-ci martèle en boucle, sur tous les tons, sur toutes les ondes, qu'elle est, sans fausse modestie, la meilleure patronne d'exécutif au monde, qu'elle réussit des miracles dans son laboratoire poitevin, que chez elle, à l'inverse de ce qui se passe ailleurs, « un euro dépensé est un euro utile ». Conséquence de ce rabâchage calculé, certains la croient et véhiculent le message…

Archi-favorite, la Princesse, d'autant plus qu'en face, une décision idiote prise par un certain Sarkozy va lui permettre de creuser l'écart encore un peu plus.

L'histoire est simple. Pour ces régionales, les deux poids lourds du secteur, Jean-Pierre Raffarin et Dominique Bussereau, ont trouvé toutes les excuses possibles et imaginables pour ne pas se coltiner une campagne électorale à leurs yeux vouée à l'échec.

Raffarin va même jusqu'à lancer l'idée que Chantal Jouanno, la secrétaire d'État à l'Écologie, mène la liste UMP. « Elle est femme, plus jeune, plus verte que Ségolène Royal. Je crois qu'elle pourrait contribuer à la ringardiser », lance-t-il sur le plateau de France 2. Mme Jouanno décline l'offre...

La nature ayant horreur du vide, Henri de Richemont, pilier du conseil régional, avocat international spécialisé dans le droit de la mer, se met sur les rangs. Le principal atout de cet ancien parlementaire charentais consiste en l'amour viscéral et sincère qu'il porte à sa région. En politique, ça se remarque !

Sauf à dire que le monsieur « Je sais tout » de l'Élysée a un autre avis. Il craint par-dessus tout que son ex-adversaire de la présidentielle bénéficie d'une réélection triomphale. Persuadé qu'il connaît mieux la région que quiconque pour avoir régulièrement passé ses vacances d'adolescent à Royan, il intime l'ordre à Dominique Bussereau de se porter candidat. L'intéressé argumente, explique que c'est une bêtise, qu'il n'en veut pas, que cela va faire tache qu'un ministre soit battu par la dame, qu'il est déjà fort occupé avec la présidence du conseil général de Charente-Maritime, rien n'y fait.

Le caporal a dit, le seconde classe s'exécute. « Je suis un bon petit soldat », avoue Bussereau. Le pauvre donne le sentiment de partir à la bataille grimpé sur un tricycle, armé d'un cure-dents. Tout en pleurant à chaudes larmes, en pédalant à l'envers, parce qu'il ne veut pas quitter son fief de Saint-Georges-de-Didonne !

Cette campagne va se résumer à un affrontement sans grand intérêt, souvent convenu, entre deux professionnels de la politique. Dominique Bussereau fait le job, tentant chaque jour de faire croire qu'il envisage une possible victoire. Ségolène Royal fait également le travail, sans doute avec une envie plus forte, ne serait-ce parce qu'elle remet en jeu son unique mandat. Sans omettre, néanmoins, de poser çà et là à la presse ses lapins habituels.

Morne campagne. Querelles, piques, petites phrases, mouvements de menton ordinaires. Ségolène Royal n'abandonne pas son objectif premier lorsqu'elle affirme, lors d'une commission permanente, « qu'Heuliez sera sauvé envers et contre tout ».

Dominique Bussereau perd lui aussi une belle occasion de se taire lorsque sur l'antenne d'Europe 1 il qualifie les centristes de la liste Royal de « harkis ». À peine a-t-il fini sa phrase qu'il comprend avoir commis une erreur – « une vraie connerie », confesse-t-il. Il s'excuse mais constate que le mal est fait. D'autant plus qu'en face, on ne perd pas le nord : les trois candidats incriminés vont même jusqu'à demander à... François Bayrou de dénoncer les propos de Bussereau et de leur affirmer son soutien pour avoir accepté la main tendue de Ségolène Royal ! Rêver n'est pas interdit par le code électoral.

Le débat régional devient simple anecdote dans la nuit du 27 au 28 février. C'est le drame. La tempête Xynthia sème le désastre, la mort. Dans la seule Charente-Maritime, 12 personnes perdent la vie. La bataille politique n'a plus lieu d'être. D'un commun accord entre l'ensemble des huit listes (Lutte ouvrière, NPA, Europe-Écologie, UMP, Modem, PS, Front de gauche, Front national), la campagne est suspendue. Les deux principaux candidats demeurent néanmoins sur le pont en permanence, les exécutifs qu'ils président devant naturellement venir en aide aux sinistrés.

La Région installe immédiatement une antenne conséquente à La Rochelle. Ségolène Royal arpente le terrain ; elle ne lâche pas ceux qui ont tout perdu. Cette présence est à l'origine de l'ultime polémique de cette joute électorale puisque des rangs de l'UMP parviennent des « témoignages » (recueillis avec les pincettes d'usage) assurant que la présidente-candidate distribue directement de l'argent à ceux qui sont dans une détresse totale. Le montant de chaque remise est même précisé : 500 euros.

Une accusation qui met l'intéressée en colère. Elle explique que la quasi-totalité des régions de France ont fait preuve de leur solidarité en adressant des dons. C'est ainsi que 740 000 euros ont été récoltés. Elle indique avoir décidé de les reverser sans attendre à ceux qui en ont le plus besoin, mille chèques de 500 euros devant permettre des relogements en mobile homes ou le remplacement de voitures submergées. Elle s'emporte en apprenant qu'on puisse imaginer qu'elle ait remis de l'argent liquide de la main à la main. « Un chèque est établi. Ensuite, c'est au Trésor public de délivrer la somme correspondante », souligne-t-elle.

C'est dans cette atmosphère bizarre, triste, pesante, la catastrophe occupant les esprits, que survient le premier tour. La participation dépasse d'un rien les 50 %...

L'analyse des résultats est rapide. Elle amène à une conclusion évidente : la fin de l'histoire est connue. Ségolène Royal qui frôle les 40 % distance Dominique Bussereau de dix points. Les écologistes avec qui elle s'allie dès le lendemain sont à plus de 11 %. Le Front de gauche est éliminé, tout comme le Modem et le Front national. Le duel du second tour a, pour la sortante, des allures de formalité.

Entre les deux dimanches électoraux, la composition des listes Royal, avec l'absorption des écologistes, agite le Landerneau.

Falorni peut retenir la leçon : en glissant quelques candidats Verts, en interprétant un « chabada[1] » d'anthologie, sans la moindre fausse note, en ajoutant les personnalités dites « d'ouverture », Ségolène Royal montre de quel bois elle peut se chauffer. Certes, Falorni reste tête de liste. Loin derrière, un seul de ses proches est en position éligible. Tous les autres candidats sont des choix de la Princesse, laquelle, pour parvenir à ses fins, se permet d'exfiltrer une « centriste humaniste », médecin urgentiste à La Rochelle, sur la liste des voisins de Charente. Chapeau, l'artiste !

Autre sujet de conversation, le « banquet républicain » organisé par ses partisans, toujours en Charente-Maritime. Un rendez-vous au cours duquel est prévue une dégustation d'huîtres « au profit des sinistrés de la tempête », ainsi que l'annonce l'invitation. Le maire de l'île d'Aix et beaucoup d'autres voix s'étranglent de mépris face à pareille initiative...

Le 21 mars, les listes Royal passent la barre des 60 %. Sarkozy peut fulminer : il s'agit bel et bien d'une réélection triomphale.

Désormais débarrassée des vieilles barbes style Fountaine, Santrot, Grasset, elle va régner sur une majorité où personne ne sera en mesure de lui tenir tête. Mieux, elle renforce le noyau dur de ses fanatiques, de ceux qui l'idolâtrent. Son premier cercle accueille en effet deux nouveaux membres influents.

1. Expression consacrée pour définir l'obligation, lors de la composition de la liste, d'intercaler hommes et femmes. Cette disposition découle de la loi sur la parité.

D'une part, honneur aux dames, la conseillère municipale rochelaise Maryline Simoné, ancienne secrétaire administrative de la fédération, entièrement dévouée à la cause, d'autre part, Yves Debien, le maire de Melle.

Debien, c'est l'adorateur titulaire de la médaille d'or obtenue naturellement, sans entraînement, avant de se voir décerner la médaille de vermeil, des décennies plus tard, à l'ancienneté. Il est tombé tout petit dans la marmite. Celui qu'il convient de mettre immédiatement hors concours s'il s'agit d'élire le premier, le plus entier des louangeurs de Ségolène Royal. Des œillères en béton armé ; un accoutrement, certes, difficile à supporter. Il s'y est habitué, il ne pourrait plus vivre sans. Cet enseignant à la carrière fulgurante (il l'a terminée en tant que proviseur d'un lycée important) constitue, avec Daniel Barillot, un duo déroutant de passion et de flagornerie.

Aussitôt son élection, les plus hautes fonctions lui échoient. Il faut dire qu'il connaît bien l'institution, ayant siégé au conseil régional avant 2004. Le voilà donc bombardé président du groupe socialiste, rapporteur du budget, et considéré par tous les élus comme le principal bras droit de la patronne.

L'ensemble de Poitou-Charentes (avec, pour nom de scène, « Les joyeux compagnons du chabichou doré ») est donc au complet pour entamer sa série de concerts programmés sur six ans. Sa composition ? À la direction, au chant, à la composition musicale et aux roulements de tambour, Ségolène Royal ; co-chefs d'orchestre, Jean-Luc Fulachier (il tient la grosse caisse) et Yves Debien (il joue du piano, instrument permettant aussi de mijoter toutes sortes de cuisines). Sophie Bouchet-Petersen est en charge des textes, Jean-François Macaire, virtuose de la corde raide, est à la guitare, avant de finir le spectacle au violon. L'un des ex-Verts tombé en dévotion, Georges Stupar, est aux côtés des deux Françoise, Mesnard et Degois, ainsi que de Maryline Simoné, afin d'assurer les chœurs et d'interpréter des airs de pipeau pour que les enfants patientent durant les intermèdes. Qui d'autre que Daniel Barillot au triangle ? Évidemment, il risque de le faire retentir à contretemps, mais il s'agit d'un instrument présentant l'avantage de ne jamais produire de fausse note. C'est une assurance.

Dès les premières représentations, deux chansons parlent aux oreilles du public. Elles ont des accents de ritournelles déjà entendues. L'une semble avoir été inspirée par Aznavour. Elle a pour titre « Ségo, mama Mia ». La seconde est une berceuse aux origines plus floues. Elle est intitulée : « Un euro dépensé est un euro utile ». Un morceau dans lequel la chanteuse est particulièrement à l'aise. Elle donne l'impression de l'avoir interprété toute sa vie.

17

Durant la campagne, Ségolène Royal, dans la plupart de ses discours, a promis, en cas de réélection, de consacrer « tout son temps et toute son énergie » au Poitou-Charentes.

Elle retrouve son fauteuil de présidente le 26 mars.

Six jours plus tard, le 1er avril, sans qu'aucune histoire de poisson n'intervienne dans son propos, elle commence à parler de la primaire socialiste de 2011 appelée à désigner le candidat pour la présidentielle de l'année suivante. La perspective s'inscrit dans son esprit. Elle n'en sortira pas. Elle finit même, très vite, par constituer l'essentiel de ses préoccupations.

Dans l'immédiat, la voilà repartie à Cerizay suivre le dossier Heuliez et procéder à des annonces définitives comme elle le fera à maintes reprises, tantôt, lorsque l'horizon se dégage, pour se féliciter d'avoir définitivement sauvé l'entreprise, plus souvent, pour pointer du doigt le rôle néfaste de l'État, quand le ciel s'assombrit.

Son passage a été signalé à l'Institut national de la propriété industrielle (INPI), où elle a déposé les marques « Fête de la fraternité », « Ordre juste » et « Université populaire ». En ce qui concerne l'université, sa démarche est loin d'être... populaire. Pire, de véritables cris de colère s'élèvent çà et là. Ceux du philosophe Michel Onfray font le plus de bruit. Aussitôt, elle fait machine arrière.

Au rayon des projets immédiats, figure un déplacement au Brésil où elle est attendue à l'université (populaire ?) de Rio pour y prononcer une conférence sur le thème des « alternatives à la mondialisation », avant de rallier Brasília où elle doit rencontrer le président Lula et celle qui aspire à lui succéder, Dilma Rousseff. De l'une et de l'autre, deux ans plus tard, elle trace des portraits dithyrambiques dans un ouvrage dont le thème est le courage. A-t-elle pris le temps de cerner les personnages, a-t-elle fait preuve d'un réel talent de visionnaire politique lorsqu'elle écrit, sur le compte de Mme Rousseff, qu'« elle ne tolère aucun manquement à l'éthique » et que « les Brésiliens approuvent son intransigeance » ? La question se pose.

Elle est sur tous les fronts, ce qui explique que les nouveaux conseillers régionaux doivent commencer dès le départ à se familiariser avec le fonctionnement original de la maison dont l'agenda est plus que jamais calqué sur celui de la Princesse. Deux jours après leur élection, ils reçoivent un e-mail à 18 h 52 pour les convier à une réunion le lendemain, à Poitiers, à 18 heures.

C'est ainsi : le petit peuple doit être en permanence disponible pour répondre aux volontés du personnage aussi important que débordé présidant la maison. Vient le jour où une élue de l'opposition se plaint vertement, en séance publique, de ces convocations à la dernière seconde, fournissant l'exemple d'une réunion importante à laquelle on la convoque la veille au soir pour le lendemain matin. « Il m'a été impossible d'y assister, en raison d'un engagement antérieur », regrette-t-elle.

Incroyable mais vrai, au terme d'un échange « tonique » avec Ségolène Royal, cette élue finit par se faire copieusement engueuler « parce que lorsqu'on se présente à une élection, on doit ensuite, en permanence, se rendre disponible quelles que soient les circonstances ». Démonstration par l'absurde.

Plus tard, ce sont les journalistes qui déplorent le brusque changement des horaires des séances publiques. La présidente prend l'air désolé de celle qui compatit et partage la même gêne : « Je n'y suis pour rien, jure-t-elle, je n'ai fait que répondre à une demande de l'opposition. »

Retour, donc, vers les fautifs présumés pour une recommandation carabinée. Les malheureux accusés tombent de l'armoire. « Cette femme a un culot extraordinaire. Jamais aucune demande de la sorte ne lui a été présentée. Jamais », s'étouffe Olivier Chartier, nouveau venu dans l'hémicycle et proche collaborateur de Jean-Pierre Raffarin. Il découvre...

Un autre élu fait connaissance avec les charmes de l'institution. Il bénéficie d'un crédit-temps illimité afin de laisser libre cours à sa curiosité puisque tout est mis en œuvre pour le persuader qu'il n'existe pas. Olivier Falorni est soumis au mépris le plus absolu. Bien que sa liste ait nettement distancé celle de Dominique Bussereau en Charente-Maritime, à Poitiers, il n'est rien. Il n'a même pas reçu mandat pour représenter la Région dans un conseil d'administration de lycée rochelais. Rien. La vengeance, ce plat qui se mange froid.

Un jour, la Princesse s'en inquiète. Elle demande conseil, s'interroge pour savoir s'il existe encore un moyen de recoller les morceaux. « Passez-lui un coup de fil, conviez-le à déjeuner. » Elle n'écoute pas, part fouetter d'autres chats. Le dédain continue. Bien plus tard, on l'entendra dire : « Olivier, il faut qu'on se parle. » Trop tard. Beaucoup trop tard...

Le 10 mai, journée de commémoration de l'abolition de l'esclavage, fournit à la présidente l'occasion de donner, comme pour tout et le reste, son avis sur la question. En fait, quotidiennement, parviennent communiqués et prises de position sur l'actualité, sur les soubresauts de la société, montrant, à qui en douterait encore, qu'elle avance déjà à grands pas sur le chemin conduisant à la primaire.

Le 10 mai, date culte pour les socialistes, c'est sur son blog qu'elle évoque l'honteux commerce des esclaves en rendant un hommage remarqué à Léon Robert de l'Astran, un Rochelais, dont, au travers des siècles, elle n'est pas peu fière. « Ce capitalisme négrier dont la région porte l'empreinte eut ses dissidents », écrit-elle. « Au XVIIIe siècle, Léon Robert de l'Astran, humaniste et savant naturaliste mais également fils d'un armateur rochelais qui s'adonnait à la traite, refusa que les bateaux dont il héritait de son père continuent de servir un trafic qu'il réprouvait. »

Ses propos ne passent pas inaperçus. Pour en savoir plus, certains saisissent les historiens avant que l'un des leurs, reconnu comme « le » spécialiste des armateurs coupables, révèle que ce brave Léon Robert... n'a jamais existé ! Sauf dans l'imagination de l'auteur du canular l'ayant fait naître avant de détailler sa biographie et de lui offrir une place de choix sur Wikipédia, l'encyclopédie d'Internet.

Le pot aux roses découvert, Sophie Bouchet-Petersen, conseillère spéciale, fait amende honorable, avouant avoir écrit les lignes flatteuses sur le Rochelais. Elle s'en tire par une pirouette en confiant qu'elle « aurait aimé qu'il existât, tant l'histoire était belle ».

Au conseil régional, la bévue fait sourire. Un élu de la majorité, de plus en plus énervé par les méthodes Royal, en tire trois conclusions: «Cela prouve d'abord que notre présidente alimente son blog avec ce que d'autres lui écrivent. Nous le savions. Cela prouve ensuite que sa conseillère «spéciale», fort bien payée par la Région, n'œuvre pas que pour des questions liées à notre collectivité, mais pour la gloire de notre présidente. Nous nous en doutions! Cela prouve enfin qu'il convient toujours de vérifier ses informations. Ma mémé disait qu'il ne faut jamais croire tout ce qu'on lit puisque souvent, le nom de marques d'apéritifs figure sur les pissotières!»

Alors que cette nouvelle assemblée s'installe, Ségolène Royal trouve le moyen d'apporter un peu d'animation en sortant de son chapeau une idée somme toute classique, mitonnée à la sauce Princesse: elle a décidé de créer sur son territoire des «représentants de Mme la présidente». Des élus référents comme lors de la mandature précédente? En quelque sorte. Sauf que désormais, la démarche offre une vraie particularité: sur les 62 personnes que comporte la liste des heureux représentants, 18 ne sont pas des conseillers régionaux, mais des gens connus pour leur proximité avec la cheftaine. Beaucoup sont des membres de Désirs d'avenir. Un autre est le dinosaure communiste Fromonteil qui, n'étant plus élu, est heureux de se sentir utile en faisant plaisir à sa «petite mère des peuples».

Dans un secteur de Charente-Maritime, le projet ne manque pas de sel: le titulaire de la délégation présidentielle, estampillé Désirs d'avenir, n'appartient pas à l'assemblée régionale. Par contre, son suppléant y siège; un hasard sans doute, le conseiller régional socialiste concerné est le seul proche d'Olivier Falorni.

Cette initiative offre un boulevard à l'opposition pour dénoncer ces manières de faire. Henri de Richemont en fait son miel : « Elle écarte les propres membres de sa majorité pour gouverner avec les gens qu'elle choisit. Cela pose un problème de gouvernance gravissime. Tout cela est fou. Elle installe un système monarchique. Sa fameuse démocratie participative, ce n'est jamais que de l'autoritarisme monarchique. » « Monsieur le comte, je trouve étonnant que vous vous étonniez que notre Princesse se prenne pour un monarque ! » s'entend répondre de Richemont par le persifleur de service.

« Monsieur le comte ». Tel est en effet le titre de noblesse d'Henri de Richemont, dont l'une des caractéristiques est de sembler toujours pressé. Ce qui avait amené, en des temps ancestraux, Dominique de La Martinière, ancien directeur général des impôts, membre de la majorité Raffarin, à le surnommer « le comte courant »...

Au début de l'été, l'histoire des représentants ne prend pas un tour rigolo, selon la formule de Bayrou. Le sujet vient à nouveau sur le tapis lors d'une commission permanente orageuse. De Richemont part à l'abordage : « C'est un camouflet ! À la place des élus de la majorité, je serais choqué par la création de ce réseau parallèle ! » lance-t-il.

L'ex-Vert désormais teint en rose, Georges Stupar, lui répond : « Désolé, Henri, mais on n'a plus besoin de vous, on est au complet ! » Cette saillie fait rire Ségolène Royal, ce qui provoque la colère de l'opposition. Laquelle, dans une belle unanimité, quitte la séance.

La présidente accompagne ce départ de son commentaire : « Au revoir mesdames et messieurs les hypocrites. Allez donner des conseils de vertu à Nicolas Sarkozy et à son équipe, pour ne pas dire à sa bande. »

Fin août, en recevant le relevé de leurs indemnités, les élus de droite constatent que celles-ci ont été amputées d'un quart (environ 450 euros), une sanction financière décidée pour les punir de leur « absence » lors de la commission qu'ils ont osé déserter. Aussitôt, le tribunal administratif est saisi. Il n'aura pas à se prononcer : en fin d'année, la Princesse reverse ce qu'elle avait retiré.

Par contre, elle ordonne que, désormais, les feuilles de présence ne circulent qu'en toute fin de session ou de commission permanente, dans le seul but d'empêcher les élus de déserter trop tôt, ce qui est extrêmement rare.

De Richemont remonte une fois encore au créneau : « Nous sommes des adultes responsables, elle nous traite comme si nous étions à l'école primaire .» L'élu UMP au franc-parler n'hésite pas à établir un parallèle : « Je trouve que Ségolène Royal et Nicolas Sarkozy, c'est du pareil au même. D'un côté, au niveau national, un hyper-président, de l'autre, en région, une hyper-présidente. Tous deux ne peuvent supporter la moindre contestation, la moindre structure en dehors d'eux. Ici, à Poitiers, hormis Ségolène Royal, pas de salut. C'est fou ! Elle me rappelle vraiment quelqu'un... »

Loin de ces considérations, d'un revers de main, elle abandonne la fabuleuse idée des « représentants de Mme la présidente », l'enterrant d'une saillie pétillante : « Elle a fait pschitt. »

Il y en a un autre qui a fait pschitt, et celui-là, elle ne le lâche pas. Gare à ceux qu'elle considère comme faibles, même si leur faiblesse tient à la dévotion (passée, présente ou à venir) portée à sa personne. Dominique Besnehard, puisque c'est de lui dont il s'agit, va être payé pour s'en rendre compte.

Ce comédien, agent de nombreuses étoiles du cinéma, producteur, est entré dans la galaxie Royal avant la présidentielle, mettant à la disposition de la candidate son volumineux carnet d'adresses, ses relations. Indispensable, quand on postule à l'Élysée, de compter quantité de stars dans son comité de soutien…

Besnehard, qui possède de fortes attaches en Charente, a mis sur pied, à Angoulême, en 2008, avec des personnalités locales et son amie Marie-France Brière, grand nom de la télévision, le Festival du film francophone, une manifestation de fin d'été fort prisée, les vedettes étant, pour les spectateurs, très accessibles.

Le conseil régional, où il a alors quelques « relations », accorde une subvention de 85 000 euros. Il est le premier à le savoir puisque la présidente l'en informe aussitôt la décision arrêtée. Elle lui adresse un message sur son portable. Preuve que lorsqu'on aime, un euro dépensé est toujours un euro utile.

À la veille de l'édition 2009, dans un entretien accordé au quotidien *Charente libre*, il parle d'un personnage qui aurait pu envisager une carrière d'acteur : Arnaud Montebourg. Besnehard, homme direct, habitué à dire ce qu'il pense, n'y va pas par quatre chemins. Il lâche : « Je le déteste, c'est une caricature. »

Que n'a-t-il pas dit là ! Aussitôt, son mentor, l'institutrice poitevine revêche, s'empare de sa badine et lui assène violemment des coups sur les doigts. Dans un communiqué, elle indique : « Ségolène Royal ne cautionne en aucun cas ces propos. » Avant « d'inviter Dominique Besnehard à cesser de s'attribuer un rôle politique qui n'existe pas. Pas plus que n'existe un rôle de conseil ou de coaching que Ségolène Royal n'a jamais envisagé ».

Jeté, Besnehard. Poubelle. Fini. Elle n'en veut plus. Il ne sert plus. Il est devenu envahissant. Il aspire à penser par lui-même, il se permet de donner son avis. Insupportable.

Le malheureux est atterré par cette brusque rupture. Il en est malade. Il mettra, ainsi qu'il le racontera dans son autobiographie, des mois et des mois à s'en remettre. Même s'il peut se consoler en se disant que la présidente de région a toujours une pensée pour lui. En effet, elle a décidé de récupérer les fameux 85 000 euros au motif qu'une autre structure aidée par la Région (Magelis, le pôle Image d'Angoulême) finance déjà le festival du film. Le tribunal administratif est appelé à trancher le contentieux. Il donne raison à Ségolène Royal en ordonnant à l'association organisatrice de rembourser cette subvention. Un euro récupéré est un euro utile, surtout si cela cause du souci à Besnehard ! Sauf qu'à cette date, l'association est déjà liquidée...

Le comédien va bénéficier de sa petite vengeance. Dans *La Conquête,* film racontant la marche de Sarkozy vers l'Élysée, il joue le rôle du conseiller Pierre Charon. Le voilà donc chargé d'aider le candidat à préparer son débat de l'entre-deux-tours. L'espace d'une minute d'anthologie, avec humour et talent, Besnehard-Charon se glisse dans le costume d'une certaine... Ségolène Royal ! Admirable de justesse, il montre bien la connaître et l'avoir beaucoup observée.

Difficile de clore cette projection de « La Princesse fait son cinéma » sans raconter une anecdote ayant eu pour cadre le palais des congrès de Cognac. En septembre 2010, Dominique Besnehard vient y présenter l'excellent *Illegal Love,* une production couronnée au festival d'Angoulême. Apprenant qu'il y a dans les parages un observateur patenté du conseil régional, il pose, à propos d'un collaborateur de la présidente, une question lui brûlant les lèvres.

« Vous connaissez Untel. Vous savez qu'il est homosexuel. Il est brillant, intelligent. Comment se fait-il que Ségolène en fasse ce qu'elle veut, qu'il se prosterne à ses pieds ? »

Que répondre à cela ? Des banalités. Du style : « Vous savez, la vie privée des gens, c'est leur affaire. Cela ne me regarde pas. Quant à l'attitude de cette personne, sans doute s'explique-t-elle très simplement : elle est amoureuse de Mme Royal. Elle l'aime d'un amour aussi fort que celui qu'elle portait à sa maman. »

La réponse à cent balles, passe-partout. Pourtant, Besnehard n'en revient pas. Il reste interloqué, réfléchit à haute voix. « Je n'avais jamais songé à cela. Vous m'éclairez. Vous savez, moi aussi, je suis homosexuel. Et je viens de comprendre que j'aimais cette femme autant que j'aimais ma mère. De façon plus générale, vous ne pouvez pas imaginer l'influence qu'elle peut avoir sur les homosexuels. C'est dingue ! D'ailleurs, c'est bien simple : Désirs d'avenir, c'est la Gay Pride ! »

« Je te salue, ma chère Martine, ainsi que toute ton équipe. » À l'université d'été de La Rochelle, nouveau triomphe pour Ségolène Royal, laquelle n'oublie jamais de faire suivre la claque du conseil régional. Elle accueille sur ses terres la première secrétaire sous l'œil d'un militant discret du nom de François Hollande. Comme elle en a pris l'habitude, la présidente de région va adresser des séries de directs au foie et au menton du très vilain Sarkozy, avant de vanter, longuement, son action à la tête de Poitou-Charentes. En rappelant qu'elle a pris sur ses listes « trois ouvriers non membres du PS ». Si ce n'est pas un exemple à suivre...

Comme souvent, La Rochelle est, une fois encore, un remake du bal des faux culs. Sourires par-devant, croche-pattes par-derrière. En politique, les coups se préparent des mois, des années à l'avance. Tous se projettent vers la primaire, porte d'entrée de la présidentielle de 2012.

Ségolène Royal ne fait pas mystère qu'elle sera candidate. La seule et unique inconnue, c'est la date à laquelle elle se déclarera. C'est d'ailleurs le sujet abordé lors de l'un de ces repas de presse qu'elle affectionne dans son excellente « cantine » poitevine de la rue Carnot.

« Je ne regarde pas souvent la télé. Vous nous direz à l'avance sur quelle chaîne vous dévoilerez ce secret de polichinelle... » lance l'un des convives à la présidente. Un autre reprend la balle au bond : « Et si, pour une fois, vous réserviez cette info aux médias de la région ? » « Pourquoi pas, répond-elle, il suffit que vous vous arrangiez pour que personne ne soit lésé, que France Bleu, France 3 et les journaux se mettent d'accord. » Un terrain d'entente est vite trouvé. Marché conclu, comme à la foire des Hérolles. À plusieurs reprises, lors des rencontres suivantes, elle réitère sa promesse. Jusqu'à ce qu'elle ne la tienne pas...

Ce soir-là, en apprenant que l'un des quotidiens régionaux a obtenu « l'exclusivité », les nerfs d'Ivan Drapeau lâchent. Le « plus ancien dans le grade le plus ingrat » des journalistes de Poitou-Charentes – il « suit » Ségolène Royal depuis son arrivée dans les Deux-Sèvres en 1988... – s'emporte. D'ordinaire fort bien éduqué, le rédacteur en chef adjoint de *Charente libre* offre subitement le sentiment d'avoir suivi les cours de la même école que Montebourg... et bien d'autres. Pluie drue de gros mots et de noms d'oiseaux... Non pas que l'info soit capitale puisque connue de tous ; en fait, cette attitude n'est pas celle de quelqu'un en colère. Elle ne fait que traduire une immense déception, le vif regret que Ségolène Royal n'ait pas le plus petit respect vis-à-vis de la parole qu'elle donne, à défaut de respecter *a minima* ceux à qui elle s'adresse.

L'individu ayant accepté de briser le « pacte » a les honneurs du *Canard enchaîné*. Quelques lignes lui sont consacrées en dernière page du volatile sous le titre : « Ségo, génie des Carpettes »[1]. Tout est dit. Avec cette précision : « Elkabach a trouvé un fils spirituel. »

Cette officialisation de sa candidature coïncide avec une campagne d'affichage dans le métro parisien, source d'interrogation chez beaucoup d'élus, de droite comme de gauche. Plus de 1 500 emplacements ont été réservés par l'institution régionale afin que d'imposantes affiches s'y succèdent trois par trois. Le but de la manœuvre ? Annoncer le Salon de la croissance verte et des éco-industries au Futuroscope en précisant bien que l'entrée est libre. L'opposition s'offusque, parle de « gâchis, d'argent jeté par les fenêtres ». Plusieurs membres de la majorité confient, mezza voce, partager cette colère.

« Si encore cette publicité faisait rêver. Qu'on invite les gens à venir se faire bronzer en Charente-Maritime, d'accord. Mais là, essayer de nous faire croire que les voyageurs pressés partant au boulot à 6 heures du matin songent à la croissance verte en Poitou-Charentes, c'est nous prendre pour des imbéciles », grondent nombre de voix, estimant que dans l'affaire, « Mme Royal se fait sa pub, soigne son image de présidente de région écolo. Elle est en campagne pour la primaire socialiste, un point c'est tout ». Coût de l'opération, selon les indications fournies par le conseil

1. *Le Canard enchaîné*, décembre 2010.

régional, environ 80 000 euros, une somme sensiblement identique à celle ayant été déboursée pour une opération similaire en mai 2009 afin de vanter le plan énergie solaire. Des euros utiles ? Le doute est permis. Et même conseillé.

Désormais, elle installe une grosse machine à remonter le temps. Et ça marche ! Ceux dont le métier consiste, de gré ou de force, à la suivre et à l'écouter parler rajeunissent de cinq ans. 2011-2006, même combat ! Elle présente ses vœux aux Français à qui elle explique que « diriger une région, c'est comme diriger un pays », elle est aux premières loges à Jarnac, aux côtés de Martine Aubry, pour les cérémonies marquant le 25e anniversaire de la disparition de François Mitterrand. Une cohue indescriptible dans le cimetière, des photographes et des cameramen piétinant les tombes, juchés sur les caveaux, une honte, tout cela pour simplement capter l'image de Marlène et de Ségotine, ces « chères » amies, bras dessus, bras dessous.

Elle a préparé son coup puisque le même jour, dans une interview accordée au journal *Le Monde*[1], elle dit son « envie de succéder à François Mitterrand », la seule phrase retenue par les participants au « souvenir » alors que dans la suite de son propos, elle précise être néanmoins prête à soutenir quelqu'un de mieux placé pour faire gagner la gauche.

À Jarnac comme ailleurs, elle est accompagnée par ses fidèles supporters du conseil régional, élus et fonctionnaires, venus crier leur enthousiasme dès qu'elle ouvre la bouche. Quelques « centristes humanistes » sont de la partie, ce qui fait dire à une nièce de Mitterrand, Danièle, pour ne pas la citer, une femme au franc-parler : « Si mon

1. *Le Monde*, 8 janvier 2011.

oncle n'était pas mort, je suis sûre qu'il se retournerait dans sa tombe. »

Lors du banquet servi dans la foulée, l'ambiance à la table d'honneur n'a rien de folichonne. Ségolène Royal ne semble pas très à l'aise au milieu des têtes d'affiche de la journée. Est-ce pour cela qu'elle file à l'anglaise ? « Évidemment non, c'est tout simplement qu'elle est attendue pour une inauguration », explique son entourage. Renseignement pris, elle est partie dans un village voisin visiter le chantier d'une salle polyvalente en voie d'achèvement, dont l'inauguration est programmée dans plusieurs semaines. Encore un gros mensonge. Il suffit d'avoir l'habitude pour ne plus s'étonner.

À Poitiers, l'intendance suit. Les « joyeux compagnons du chabichou doré » veillent au grain, même s'ils doivent souvent se passer de leur chanteuse, de la parolière Bouchet-Petersen et de l'une des choristes, Françoise Degois, retenues bien loin la plupart du temps. Ces trois dames ont pris place dans la fusée « Primaires ». Le pas de tir est situé à Paris, à portée de fusil de Montparnasse, dans les locaux officiellement loués pour le pôle des éco-industries, au 1-3 rue du Départ. Dans le quartier, l'habitude est prise d'apercevoir des silhouettes connues comme celles de Ségolène Royal et de son porte-parole Guillaume Garot, député-maire de Laval, de voir passer la haute stature d'Alexandre Godin, le directeur de cabinet au conseil régional, de repérer Françoise Degois, la conseillère spéciale chargée de la mise en place de la politique des civilisations lorsqu'elle gare son scooter jaune. Edgar Morin n'est jamais assis à l'arrière !

Il faut dire les choses comme elles sont : les contribuables de Poitou-Charentes paient le quartier général de campagne de la candidate aux primaires. Parfois, un euro sorti de la poche des autres peut s'avérer excessivement utile.

À Poitiers, la patronne est là dès qu'elle le peut, elle préside les réunions publiques, s'écharpe en un ultime combat avec le préfet Tomasini annoncé sur le départ. Souvent, elle est accompagnée de représentants de médias nationaux invités à venir respirer l'air pur et vivifiant du gai laboratoire. Elle a un réel besoin d'articles et de reportages mettant en exergue ses géniales et peu coûteuses actions régionales, essentiellement parce que cette primaire se présente mal. Les sondages sont mauvais. Autant la mayonnaise a miraculeusement pris en 2006, autant cette année, elle ne monte pas.

Les seuls à jurer du contraire sont les membres d'une sorte de secte, aisément reconnaissables à leurs œillères bétonnées. Tout au long de l'année, ils vont entonner le même refrain, psalmodiant en boucle: « Le seul intérêt, c'est de savoir qui sera face à Ségolène au second tour. » Puisqu'ils le disent...

À La Rochelle, pour l'université d'été, on prend les mêmes et on recommence. Dans son discours, Ségolène Royal fustige les banques et la financiarisation en général. De quoi donner des idées à d'autres qui, un beau jour, pourraient oser dire que « leur ennemi, c'est la finance ».

Se prêtant au jeu des questions-réponses avec *Sud Ouest*, François Hollande se présente quant à lui comme « un candidat normal », n'excluant pas d'être « demain, un président normal ». Dans les pas de l'un de ses plus anciens et plus indéfectibles soutiens, à savoir Olivier Falorni, il réalise un sans-faute lors d'un meeting chaud bouillant réunissant ses partisans à la salle de l'Oratoire. « Il vient de lancer de façon éclatante la dernière ligne droite de sa campagne de la primaire et à coup sûr il va gagner », pronostique Falorni.

De son côté, Ségolène Royal convie, pour un buffet, la presse et ses proches dans un restaurant voisin. La manœuvre est simple : tenter, une fois encore, de convaincre que la meilleure candidate, c'est elle. Les petits plats ont été mis dans les grands. L'assortiment proposé est somptueux. En particulier les langoustines. Elles sont énormes. Beaucoup plus proches des homards que des gambas ! Normal, ce sont des langoustines... royales. Mme Royal sait recevoir.

Alexandre Godin, le directeur de cabinet, est aux premières loges. Il va pouvoir se rendre utile en répondant à une question simple : « Qui paie ces réjouissances ? » Silence. Nouvel essai : « Qui paie toutes ces bonnes choses ? » Un certain énervement devient perceptible : « Vous passez votre temps à poser des questions qui n'ont pas lieu d'être », godille Godin. Le ton monte. Un « lézard » est-il glissé au milieu des langoustines géantes ?

Au terme d'une bonne minute de renvoi de balles en fond de court, le directeur de cabinet, frappé de lassitude, reconnaît que ce buffet est offert par la Région. Avec cet argument : quoi de plus normal puisque la soirée est consacrée à parler des grands dossiers et des réalisations de Poitou-Charentes, à disserter sur cette fameuse croissance verte dont on parle dans le métro. Ridicule. Toute la conversation tourne autour d'un même et seul sujet, la primaire, l'analyse des chances des uns et des autres.

Celles de Ségolène Royal semblent aller chaque jour en s'amenuisant. Le fait que son cabinet dise espérer un score « époustouflant » en Poitou-Charentes prouve-t-il que ses ambitions se restreignent ? Ce qui est certain, c'est que la Princesse s'énerve. Elle se froisse qu'un parterre de manants composé de journalistes régionaux ose lui poser des questions qu'elle juge désagréables : « Vous avez de la chance de m'avoir en face de vous ! » rugit-elle. Madame est trop bonne : pour cette fois, elle passe. Mais le prochain coup, punition collective : ordre de recopier à cent reprises la phrase « Vous avez de la chance d'avoir la Princesse en face de vous ».

Énervement, puis coup de sang. Elle sort la grosse artillerie et s'en prend, dans les colonnes de la dangereuse publication d'extrême gauche qu'est *Le Figaro*, à ses deux concurrents faisant figure de favoris. En ce qui concerne Martine Aubry, le ton serait plutôt à l'apitoiement : « Sa seule expérience électorale, c'est une législative perdue en 2002. Passer de rien à une campagne présidentielle, ce n'est pas facile. »

François Hollande s'est-il coiffé de son casque lourd ? C'est à souhaiter tant la charge qu'elle lui réserve est sévère : « Est-ce que les Français peuvent citer une seule chose qu'il aurait réalisée en trente ans de vie politique ? Une seule ? » En écho, certains se marrent en notant qu'en trente ans, il a au moins contribué à donner la vie à quatre enfants.

C'est d'ailleurs le parrain de deux d'entre eux qui se voit dans l'obligation de calmer Ségolène Royal. Jean-Pierre Mignard, porte-parole du triumvirat en charge du bon déroulement de la primaire, fait mine de se fâcher en estimant que « les Français ne comprendraient pas un tohu-bohu, une sorte de baston ».

La suite ? Sans grand intérêt. Les débats entre tous les candidats (Aubry, Royal, Hollande, Valls, Montebourg, Baylet) ne changent pas la donne.

Jusqu'au bout, les soutiens aveugles de Ségolène Royal y croient. Huit jours avant le premier tour, alors que se tient au conseil régional le débat des orientations budgétaires, un point presse mystérieux est organisé quelques minutes auparavant, dans un restaurant proche. Certains imaginent que Ségolène Royal va annoncer son retrait de la compétition. Que nenni.

En fait, sur une espèce d'estrade, face à une poignée de journalistes, une douzaine d'élus engagés aux côtés de la présidente prennent un à un la parole, après l'ouverture, en quelques mots, de la « cérémonie » par la candidate. Tous, en lui jetant un œil de velours, disent qu'ils s'apprêtent à voter pour elle, que son travail à la tête de la région est exceptionnel, qu'ils sont fiers d'œuvrer dans son équipe, et patati et patata. Un meeting miniature surréaliste !

En gagnant la rue de l'Ancienne-Comédie, l'une des intervenantes venant de clamer son engouement pour la Princesse avoue, sous le sceau du secret absolu, qu'elle n'a pas pu faire autrement que de participer à cette mascarade. « Dimanche, je vote Hollande des deux mains », confie-t-elle.

« C'est comme si c'était fait. Sur le terrain, nous recevons un accueil extraordinaire. Ségolène va être qualifiée, c'est certain. Contre qui, je l'ignore », assure Françoise Mesnard sur un ton enthousiaste.

La présidente ouvre la séance et s'éclipse, étant attendue quelques heures plus tard sur le plateau de Canal +. « Je me demande si elle va elle-même se sucrer une part de ses indemnités ? » demande, narquoise, une élue de l'opposition.

Jamais elle ne pourra oublier le score pitoyable qu'elle obtient, ce 9 octobre 2011. Pour Ségolène Royal, c'est un camouflet, la bérézina, une gifle terrible, un désaveu. Le doigt tendu, l'électorat lui montre la porte. Traitée comme le dernier des fonctionnaires bavardant dans un hémicycle.

6,95 % des voix, une dégelée royale ! Plus de 10 points derrière Montebourg, plus de 20 derrière Aubry, plus de 30 derrière Hollande. Elle en pleure devant les caméras, disant avoir une peine immense pour tous ceux qui ont travaillé, qui se sont investis dans cette campagne. En réalité, c'est son propre sort qui l'attriste. Après y avoir tant rêvé, après avoir tant espéré étancher son immense soif de pouvoir en atteignant la plus haute marche de notre système démocratique, elle comprend que jamais elle ne sera présidente de la République.

Huit jours plus tard, la députée Catherine Quéré, grand expert en finances publiques, fournit des nouvelles rassurantes. Elle a dîné la veille avec la plus que jamais présidente de région et celle-ci a retrouvé le moral. Mieux, elle a… des désirs d'avenir.

Le temps que François Hollande l'emporte nettement sur Martine Aubry, devenant ainsi le futur adversaire de Nicolas Sarkozy, et tout se bouscule.

La primaire a désigné son vainqueur depuis une semaine. Maxime Bono, le député-maire de La Rochelle, se dirige vers les locaux de l'agence du journal *Sud Ouest* pour un « tchat », une discussion avec les lecteurs via Internet. Il décide que le moment est venu de révéler sa volonté de ne pas solliciter le renouvellement de son mandat à l'Assemblée nationale. Qui pour le remplacer ? Il souhaite que ce soit une personnalité de la région disponible, compétente. Il ajoute être partisan que ce soit une dame afin de « féminiser » le parlement. N'est-il pas en train de dresser le portrait de Ségolène Royal ? N'est-ce pas à elle qu'il songe ? « Qui s'en plaindrait ? » se contente-t-il de lâcher.

Les violons ont été bien accordés puisque moins d'une heure plus tard, sur le site du *Point*, le journaliste Michel Revol annonce que Ségolène Royal est candidate. Une information recueillie le matin même auprès de l'intéressée lors d'une rencontre dans « ses » locaux, près de Montparnasse. Ségolène Royal pousse même le bouchon plus loin ; elle révèle qu'après une discussion avec François Hollande et Martine Aubry, si elle est élue et la gauche majoritaire à l'Assemblée, elle en visera le perchoir, c'est-à-dire la présidence.

Le soir même, au téléphone, bavarde comme jamais, elle revient sur le passé, évoque 2007 (« s'il y avait eu l'union des socialistes, je gagnais haut la main »), avoue « être encore sous le choc » de la primaire, souligne qu'« en politique, on fait tout pour cacher ses faiblesses ». Elle parle de son plan pour La Rochelle, une candidature « en phase avec la direction du PS et en cohérence avec son rôle à la région ».

À l'évidence, elle n'a absolument pas conscience de l'éventuel danger pouvant la guetter. Pourtant, briguer ainsi un siège sans en avoir informé les instances départementales du parti (à commencer par Olivier Falorni, le secrétaire fédéral) risque d'entraîner une réaction à la hauteur du dédain affiché. Dans l'immédiat, Falorni se tait.

Par contre, deux de ses amis réagissent. Philippe Marchand, l'ancien ministre de l'Intérieur, remarque que « nous ne sommes plus sous Aliénor d'Aquitaine pour que M. Bono sacre Mme Royal ». « Tiens, ils l'ont sorti de la naphtaline, celui-là », se moque la délicate Françoise Mesnard.

Jean-François Fountaine, coucou le revoilà, glisse que lorsqu'on se veut « leader en politique, on part à l'assaut d'une circonscription où il faut se battre pour donner une majorité à la gauche, pas d'une circonscription déjà acquise à la gauche ».

C'est clair : dans son propre camp, sa candidature va susciter de vrais rejets. « Elle n'est pas arrivée au bout de ses peines », pronostique un Rochelais très au fait des joutes locales.

De plus, si elle n'a pas anticipé que, dans l'histoire, Jean-Pierre Raffarin et Dominique Bussereau vont tout faire pour qu'elle se prenne les pieds dans le tapis, c'est qu'elle n'a rien compris au film politique de la région et au « radicalisme » rochelais.

Sûre de son charisme électoral, elle écarte avec mépris tous ces risques éventuels, se voyant déjà, avançant la tête haute, le buste droit, entre une haie de gardes républicains, dans les couloirs du palais Bourbon.

Au même instant, plus modestement, Patrica Friou regagne son domicile rochelais à vélo. La conseillère générale socialiste et adjointe au maire pédale avec rage sur la route humide : elle est « indignée et révoltée » par ce qui se trame pour les législatives. L'esprit envahi par la colère, elle chute lourdement et se fracture le coude gauche.

18

La nuit porte conseil. Dès le lendemain, Olivier Falorni fait savoir qu'il est candidat à la candidature. Pour la troisième fois, le professeur d'histoire de 39 ans se met en travers de la route de Ségolène Royal. Il réclame à la direction du parti de respecter les statuts en permettant « une primaire à la loyale ».

Le conseil fédéral, pourtant majoritairement pro-Royal, le suit en demandant que cette circonscription englobant La Rochelle et l'île de Ré demeure « ouverte » puisque, sur les quatre autres circonscriptions du département, deux sont d'ores et déjà réservées à des candidatures féminines et une troisième aux alliés radicaux de gauche.

Au lendemain des fêtes de la Toussaint, la commission électorale du PS, présidée par Christophe Borgel (il vient, le malheureux, de tout juste perdre son juteux « boulot » d'inspecteur de l'académie de Paris), va à l'encontre des souhaits locaux : La Rochelle-Ré est, comme on dit au PS, « réservée femme ». Borgel... Si le championnat du monde de langue de bois existait, il serait à coup sûr dispensé des épreuves qualificatives. C'est bien simple : après l'avoir eu une heure au téléphone, on ressent la sensation étrange d'avoir de la sciure dans les oreilles !

Sur place, aussitôt, les esprits s'échauffent. Nombreux sont ceux, dans le camp Falorni, à redouter un coup de Jarnac, rappelant l'épisode des municipales de Niort en 1995 lorsque le parti avait imposé la candidature de Ségolène Royal... en allant à l'encontre du vote des militants.

Dans l'équipe Royal, on exulte. En particulier le duo Denis Leroy-Maryline Simoné, évidemment à la pointe du combat !

Est-ce le sentiment d'avoir d'ores et déjà gagné cette bataille interne qui pousse la choriste émérite des « joyeux compagnons du chabichou doré » à se mettre à chanter – faux – une partition interdite au répertoire ? Elle commet en effet un dérapage verbal lourd de conséquences puisque scindant définitivement les deux camps, les rendant irréconciliables.

Théâtre de l'incident, la réunion de la section socialiste de La Rochelle-ville quelques jours après l'annonce de Borgel. La salle est bondée, l'ambiance tendue, plombée. À couper au couteau.

Falorni prend la parole pour dénoncer, une fois encore, le « parachutage » de Ségolène Royal. En réponse, Simoné lui reproche d'avoir mis en avant, dans la presse, ses origines rochelaises. Et de comparer ces propos « aux thèses du Front national ». Aussitôt, c'est le tollé, le clash. Plus de deux-tiers des participants se lèvent en criant leur colère, claquent la porte.

Ils se regroupent dans la rue, exigeant immédiatement des excuses publiques de la vice-présidente du conseil régional. Le maire, Maxime Bono, perçoit la gravité de la situation. Perturbé, il tente, en vain, de calmer les esprits.

Maryline Simoné quitte les lieux en rasant les murs. Le lendemain, par e-mail, elle dit regretter, assure que les mots prononcés « ne lui ressemblent pas ». Ils constituent pourtant l'élément déclenchant de l'embrasement rochelais. De chaque côté de la barrière, entre pro et anti « royalistes », la lutte était, jusqu'alors, sévère. Désormais, on se déteste. « Nul ne peut imaginer à quel point, entre "camarades" d'un même parti, vous vous haïssez », glissera, des mois plus tard, un observateur naïf. Réponse cinglante : « On ne se hait pas, on se vomit. »

Les propos de Simoné ont aussi un effet boomerang : ils permettent à Falorni de constater de visu que l'immense majorité des socialistes locaux sont derrière lui.

Quant à celle qui rêve du perchoir, pas de commentaire sur les derniers événements. Et pour cause : elle est perchée beaucoup plus haut, dans l'avion l'emmenant au Viêtnam. À ses côtés, un excellent connaisseur de ce pays, le communiste ségoléno-royaliste Paul Fromonteil. De tout temps, il a bénéficié des largesses des exécutifs régionaux, de droite comme de gauche, pour effectuer quantité de « missions » vers cette destination.

Le 16 novembre, le bureau national du PS entérine le choix de la commission électorale. Lors de la conférence de presse qui suit, Martine Aubry est prête à évoquer les 577 circonscriptions du pays. Une seule intéresse les médias : La Rochelle. « Elle est réservée à une candidature féminine, ce qui ne signifie pas qu'elle soit réservée à Ségolène Royal », précise, de son ton ordinaire ne souffrant pas la contestation, la première secrétaire du PS.

Parfait. Dans les minutes qui suivent, Patricia Friou, pas trop handicapée par son coude cassé (elle doit écrire de la main droite), fait parvenir la lettre carabinée d'une « indignée pas résignée » dans laquelle elle annonce sa candidature à l'investiture contre Ségolène Royal, refusant à celle-ci « un parachutage de confort ». L'élue socialiste précise dans ce courrier visiblement préparé à l'avance que sa candidature prendra, afin de respecter les statuts du PS, la forme d'un « ticket ». Son suppléant ? Olivier Falorni...

Pour corser le tout, la secrétaire de la section PS de La Rochelle-centre, Anne-Laure Jaumouillé, annonce qu'elle se met également sur les rangs. Autant dire que le vote des militants, le 1er décembre, s'annonce extrêmement serré, avec avantage éventuel aux candidates locales. En politique, la proximité est souvent plus importante que la notoriété.

Un pronostic impossible à vérifier : le 22 novembre, alors que, terrible coïncidence, on apprend la disparition de la rebelle Danièle Mitterrand, le Parti socialiste ose l'inconcevable coup de force au sein d'une formation vantant à chaque instant les vertus de la démocratie. La circonscription est gelée... pour Ségolène Royal.

Ce jour-là demeure à jamais gravé dans la mémoire de Patricia Friou. « C'est mon souvenir le plus énorme de toute cette période », avoue-t-elle. « Olivier Falorni est venu à la maison. Il marchait, il marchait. Je ne l'avais jamais vu dans un état pareil. Il marchait, il marchait. Nous étions bien sûr très en colère, mais lui continuait à marcher. Avec mon mari, nous nous sommes dit qu'il allait falloir changer la moquette ! »

Falorni, réputé animal à sang froid, placide, voire flegmatique, explose. Il parle du « parachutage de la honte », accuse la présidente de région de « fuir le vote des militants par crainte de perdre », estime que « l'icône de la démocratie participative montre son vrai visage ».

Les relais de cette dernière font parvenir un communiqué signé Ségolène Royal. Elle explique que la « décision la concernant a été prise à l'unanimité», que Maxime Bono, le député-maire, sera le président de son comité de soutien, ajoutant, angélique, que «l'heure est désormais à l'union». Elle indique qu'elle «fera tout pour que les socialistes se rassemblent».

Elle en profite pour dévoiler le nom de son suppléant: Jean-Pierre Mandroux. Un choix étonnant parce que cet homme, certes connu comme le loup blanc dans toute la cité, incarne un système rochelais maintes fois dénoncé comme un inadmissible mélange des genres. Mandroux, adjoint au maire, conseiller général, a démissionné de son poste de directeur d'un centre social pour s'asseoir dans un fauteuil de cadre... à la communauté d'agglomération. Il n'est pas le seul, élu ou responsable politique, qui bénéficierait de ces largesses qui font jaser. À La Rochelle, il n'est même pas indispensable de tendre l'oreille pour entendre dire que Mandroux et quelques autres réussissent l'exploit «d'être à la fois au bordel et à l'église».

«Mandroux, c'est déjà le beurre et l'argent du beurre. Avec Royal, il aspire au sourire de la crémière», raillent les opposants au «parachutage».

Parmi ceux-ci, l'ancien journaliste sportif Pierre Salviac: Rochelais tendance Rochelais chauvin, il annonce sa candidature et dévoile lui aussi le nom de son suppléant. Il va faire équipe avec un autre enfant de la ville, Jean-Louis Foulquier, le créateur des Francofolies. Sacré tandem!

La «résistance» s'organise, les initiatives pour dénoncer le «coup de force» sont quotidiennes. À chaque fois, les journalistes de l'agence locale de *Sud Ouest* tentent de joindre Ségolène Royal, lui laissent des messages dans l'espoir qu'elle se manifeste, afin de répondre à ceux qui la mettent en cause. En pure perte. À cela, une raison toute simple: madame voyage. Elle a déjà repoussé une commission permanente d'une semaine afin de l'adapter à son emploi du temps, mais elle brille par son absence à la date prévue parce qu'elle a décidé, sur le chemin la ramenant d'Asie, d'effectuer un détour par l'Inde, dans l'État du Tamil Nadu. Là où la région Poitou-Charentes soutient diverses actions. Un déplacement urgentissime, en tout cas un point du globe où on ne risque pas d'être incommodé par la fumée des incendies allumés du côté de La Rochelle.

Sitôt son retour en France, à peine descendue de l'avion, elle est déjà repartie en Afrique. Au programme : le Burkina Faso et le Mali. Pendant ce temps, à La Rochelle, la vie continue avec la publication d'un sondage guère encourageant pour la candidate imposée : elle ne distance Olivier Falorni (il laisse toujours planer le doute sur sa participation à l'élection) que de 5 points. Par ailleurs, 62 % des sondés désapprouvent la décision du PS de l'investir en empêchant le vote des militants.

Quand, enfin, elle foule pour de bon le sol régional, elle se précipite dans les studios de France 3 pour pleurer sur le sort que lui réservent les médias rochelais, *Sud Ouest* en tête. Face aux caméras, au sein d'une rédaction où son nom de code est désormais « Miranda » (patronyme d'un personnage méchant comme une teigne interprété par Meryl Streep dans le film *Le diable s'habille en Prada*, preuve qu'à la télé, seule compte la culture de l'image), elle se dit « maltraitée », déroulant une classique séquence « victimitude » à laquelle ceux qui la connaissent sont tentés de ne même plus prêter attention.

En fait, elle ne supporte pas qu'en son absence ses adversaires rochelais aient eu la possibilité de s'exprimer, de dénoncer ses méthodes, celles du PS. Un parti que Philippe Marchand, ancien président de la commission des conflits, ne reconnaît plus : « Nous avons sanctionné des manquements aux statuts qui n'étaient que broutilles à côté de ce qui se passe ici », dit-il.

Un « expert » va dans le même sens. Henri Emmanuelli, qui fut premier secrétaire de la maison socialiste, assure que « la réservation nominative n'existe pas dans les règles du PS ». De fait, depuis la naissance du Parti socialiste, voilà quarante ans, jamais une circonscription a été réservée nominativement à qui que ce soit.

Le jour où, en France, les militants socialistes élisent leurs candidats aux législatives, La Rochelle fait figure d'exception. La fédération du PS est barrée d'une banderole noire portant ces mots : « Démocratie bafouée, socialistes en deuil. » À l'heure du vote, des étudiants organisent un rassemblement au pied de la statue de Jean Guiton, l'emblématique maire de la ville lors du siège mené par Richelieu et les troupes de Louis XIII. C'est un rendez-vous festif, chacun amène ce que bon lui semble, à boire ou à manger, pour partager avec son voisin. Seul le chabichou est proscrit. Véridique.

La publication du sondage a également chauffé les oreilles de la candidate imposée. Elle juge cela inadmissible puisqu'elle ne s'est pas encore exprimée. La faute à qui si on ne l'a pas entendue ? Elle a été sollicitée pratiquement tous les jours ! Mais là comme ailleurs, l'agenda de madame doit primer. C'est une constante, les sondages qui lui sont défavorables, elle ne les supporte pas. Elle les qualifie de « lavage de cerveaux ».

Poussée par les événements, elle décide que le moment de sortir du bois (et de descendre de l'avion) est venu. Elle accepte de s'exprimer dans les colonnes de *Sud Ouest*[1], unique quotidien rochelais, qu'elle accuse « d'alimenter

1. *Sud Ouest*, 10 décembre 2011.

la polémique»... Mais c'est à un autre titre de la région, *Charente libre*, ayant son siège à Angoulême, loin de la circonscription dont elle rêve, qu'elle réserve la primeur de ses déclarations. Évoquant l'attitude de ses opposants rochelais, elle parle d'une «crispation totalement disproportionnée». «Sa violence et la vulgarité des attaques dont j'ai fait l'objet m'ont surprise», ajoute-t-elle.

Le lendemain elle est attendue dans les locaux de *Sud Ouest*... au cœur de la ville où elle est candidate. Avant l'interview, le journaliste pratiquant le personnage depuis des années dévoile à ses collègues quelques-unes des techniques utilisées par la dame lors de cet exercice. «À la première question, même s'il n'y a strictement rien d'agressif dans son contenu, elle va monter sur ses grands chevaux, s'emporter, du moins faire mine, menacer de prendre ses cliques et ses claques et de s'en aller. Surtout, rester calme, boire frais, il s'agit juste d'un truc pour impressionner les petits gratte-papier lui faisant face...»

Elle arrive, raide, le visage fermé. Le fameux sourire doit être planqué au fond de son sac. Elle est accompagnée de son suppléant et de... l'attachée de presse de la région.

Première question: «Pourquoi avez-vous refusé de vous exprimer jusqu'à présent, alors que nous avons cherché à vous joindre à maintes reprises?»

Réaction immédiate. Grosse, très grosse colère: «Mais vous m'agressez. Je parle quand je le décide! Si cette interview doit se dérouler comme cela, je préfère m'en aller tout de suite...» Les trois journalistes évitent alors de se regarder. L'ultime façon de garder leur sérieux, de ne pas éclater de rire. La suite est plus calme...

Elle justifie la méthode mise en place par le PS par la seule volonté d'éviter «le pugilat local», jure qu'elle «n'a rien demandé» à la direction nationale mais que celle-ci, compte tenu des « injures » ayant suivi son annonce de candidature, a estimé qu'il n'était « pas possible qu'on fasse ça à l'ancienne candidate à la présidentielle, candidate aux primaires, qui a pris une région à la droite, qui est élue sans discontinuer, qui a fait un travail formidable à la tête d'une région ». « C'est à moi que cela porte préjudice qu'il n'y ait pas eu de vote », tente-t-elle d'argumenter avant de refuser d'endosser la responsabilité de la colère de nombre de militants. « C'est le contexte local violent, vulgaire, qui en est responsable. »

Dans le courant de la conversation, Jean-Pierre Mandroux, son suppléant, souhaite intervenir. Un regard suffit pour qu'il comprenne que son seul droit est de se taire.

L'ultime question est un piège dont elle se sort bien puisque, autour de la table, il y en a au moins un qui ignore la réponse. « Si on vous dit "Ici, c'est La Rochelle", à quoi pensez-vous ?

– Oui, je sais, même si je ne suis pas trop rugby », lance-t-elle, montrant ainsi qu'elle connaît le slogan des supporters de l'excellente équipe locale.

Le lendemain de la publication de l'interview[1], elle adresse un rectificatif, affirmant n'avoir jamais prononcé cette phrase mais avoir dit : « Oui, je sais, même si je ne joue pas au rugby. » La suite de sa mise au point ? « Ségolène Royal n'a donc eu aucune réaction désobligeante à l'égard du rugby. D'ailleurs, elle soutient avec la région la magnifique équipe de La Rochelle en lui apportant une aide de 300 000 euros par an et en ayant participé à la construction des tribunes. Ségolène Royal compte dans le rugby des amis et des soutiens fidèles. »

1. Idem, 10 décembre 2011.

Tout est dit, en particulier l'implication financière de la région dont les électeurs rochelais n'ont pas fini d'entendre parler.

Ce rectificatif n'a jamais été publié : les propos de la candidate ayant été enregistrés, ce sont ses paroles exactes, au mot près, qui figurent dans le compte rendu de l'interview.

Retour à Poitiers où la présidente de région est attendue pour la huitième représentation d'une sorte de pièce de théâtre où chacun des acteurs possède son rôle et son texte sur le bout des doigts. À l'affiche : « Le budget génial de la Princesse ». Sous-titre : « Un euro dépensé est un euro utile ».

Jean-Luc Fulachier enfile sa tenue de grand argentier lors du repas de presse précédant la séance publique. Il assure le spectacle à lui seul, jonglant avec les 680 millions inscrits, sautillant sur la corde raide, les impôts n'augmentant évidemment pas, réussissant des tours de magie en dégageant des marges après avoir passé les dépenses « à la paille de fer ». Costaud.

Dans l'hémicycle, Ségolène Royal fait de la politique. Elle brasse quantité de sujets, n'oublie pas ses fondamentaux, s'extasie devant la fabuleuse gestion qui est la sienne, tout en essayant de calmer l'aile écologiste de sa majorité. Celle-ci ne décolère pas à l'idée que la collectivité puisse injecter 12 millions pour l'extension du port de plaisance de… La Rochelle. « Dans le budget, ne figurent pas de crédits de paiement liés à ce dossier », sourit la présidente à l'adresse de la cheftaine Verte, visiblement peu convaincue.

L'opposition critique, mais de Richemont, histoire d'enfoncer le coin au cœur de la majorité, assure que les 12 millions pour le port de plaisance, c'est vraiment une bonne idée… Olivier Chartier, pour sa part, dénonce le

« saupoudrage » et demande que l'institution se concentre sur ses compétences premières. Il pointe également du doigt la technique consistant à faire un immense battage sur quantité de projets, à voter des autorisations de programme... et d'en rester là. Comme si des lois étaient votées sans jamais être suivies de la signature des décrets d'application. « Poitou-Charentes, c'est la promesse de s'engager pour la bagatelle d'un milliard... sans aller au-delà de l'autorisation de programme ! » accuse-t-il. On sent que sa démonstration déstabilise du monde...

Pendant ce temps-là, à La Rochelle, la riposte s'organise : un collectif est créé afin qu'une autre candidature de gauche émerge face à Ségolène Royal. Jean-François Fountaine en est le porte-parole, associé à Patricia Friou. « Nous voulons inscrire le mouvement dans la durée, ne plus entrer dans des débats de personnes mais apporter une autre vision de la politique », disent-ils en chœur, précisant que thèmes et groupes de travail sont en place. Pour quel candidat ?

La réponse semble évidente. Mais Olivier Falorni continue à ne rien dire, se refusant à mélanger les genres. En tant que premier secrétaire fédéral du PS, il est, dans le département, le mandataire du candidat PS de la présidentielle, son vieil ami François Hollande. Un job essentiellement administratif qu'il entend mener à son terme, c'est-à-dire jusqu'au 6 mai, date du second tour.

C'est Ségolène Royal qui clôt ce millésime 2011, si riche en événements divers et variés. En effet, à la veille du réveillon, elle fait parvenir un communiqué disant sa colère à la lecture de l'hebdomadaire *VSD*. Elle dénonce, « en cette période de fêtes familiales », « le caractère moralement très violent de son dernier numéro la traitant de "tête à claques" de l'année et autres agressions verbales ».

Elle se réserve le droit de porter plainte pour harcèlement moral puisque, affirme-t-elle, le même article a été publié dans le même journal à la même date l'année précédente. Elle y ajoute l'atteinte à sa dignité de mère de famille et, afin que le panier soit bien plein, l'injure publique, « ces propos étant de nature à porter atteinte à sa réputation locale et internationale ». Diantre. Menacer de porter plainte, le faire, un sport dans lequel la Princesse excelle.

Bref, elle ne joue pas au rugby, mais elle entend plaquer sèchement l'hebdomadaire l'ayant imaginée comme une « tête à claques ». Oser traiter pareillement la princesse de Poitou-Charentes, reine putative de La Rochelle, relève – quel manant peut dire le contraire ? – du crime de lèse-majesté.

Dans l'immédiat, direction l'île Maurice : elle doit y rencontrer le Premier ministre, terrible corvée au beau milieu des fêtes. Le rendez-vous figure à son agenda. Pourvu que ce brave monsieur ne lise pas *VSD* !

19

Les tout premiers jours de 2012 marquent le véritable départ de la campagne présidentielle de François Hollande. Elle débute à Mérignac, dans la banlieue bordelaise, pour se poursuivre, de façon très symbolique, à Jarnac.

Le 8 janvier, le candidat prend part aux cérémonies marquant l'anniversaire de la mort de François Mitterrand. Sur cette terre de Charente, la présidente de région brille par son absence. Et pour cause : elle est au Sénégal. Une urgence absolue : un salon de l'agriculture dans la région de Fatick avec laquelle Poitou-Charentes a établi une coopération.

Olivier Falorni et Jean-François Fountaine ont fait le déplacement. François Hollande salue le secrétaire fédéral du département voisin, sans effusion. Pour qui a pu constater la complicité unissant les deux hommes, des années durant, au cours des universités d'été, le contact de Jarnac est plutôt glacial. Interrogé sur la bataille de tranchées rochelaise, Hollande déclare que « Falorni ne doit pas être une variable d'ajustement ». Comprenne qui pourra.

Le retour de la Princesse en son royaume est du genre mouvementé : le même jour, elle doit, à Châtellerault, supporter d'être assise aux côtés de Jean-Pierre Raffarin et du ministre de l'Industrie, un certain... Éric Besson, afin d'évoquer l'épineux dossier des Fonderies du Poitou, puis de présenter ses vœux, occasion de louer son action depuis huit ans à la tête de la région et d'expliquer le rôle primordial qu'elle entend tenir dans le débat présidentiel. On est, dit-on, jamais mieux servi que par soi-même. Un adage dont Ségolène Royal use et abuse.

Pour clore le tout, elle préside une commission permanente au cours de laquelle l'assemblée (majorité et opposition confondues) est prise d'un véritable fou rire lorsqu'elle annonce créer un fonds régional d'initiative locale pour la démocratie participative en faveur des communes de moins de 4000 habitants. « À La Rochelle, vous êtes au-dessus ou en dessous de 4000 habitants ? » demande assez fort pour être entendue une élue de l'opposition à un Olivier Falorni impassible. Lequel n'est pas sans savoir que dans le camp de la candidate imposée, les grandes manœuvres sont engagées afin qu'il ne soit plus le mandataire de François Hollande. Certaines personnalités très proches du candidat sont bombardées de coups de fil à ce sujet.

C'est par un e-mail de Pierre Moscovici, le directeur de campagne, qu'il apprend, à la mi-janvier, que la décision a été prise de lui retirer cette responsabilité et de la confier à Maxime Bono. Le « déchu » jubile : « Quelle erreur ! Non seulement ils montrent leur mesquinerie, mais en plus, ils me libèrent. Je me voyais dans l'impossibilité de me lancer avant la fin de la présidentielle, là, je vais pouvoir démarrer ma campagne beaucoup plus tôt ! »

Un mois plus tard, à la mi-février, le professeur d'histoire franchit le pas devant quelque 300 personnes en prononçant un discours ciselé. Ségolène Royal n'est jamais citée mais présente quasiment à chaque phrase. Le candidat pioche dans ce qu'il connaît le mieux, à savoir la matière qu'il enseigne. Refus de « la restauration de la monarchie absolue », refus de la transmission d'une circonscription « comme un fief féodal de vassal à suzeraine, en apanage comme on disait à l'époque ». Il dit non à ce que ce territoire puisse avoir « vocation à devenir un point de chute, un terrain d'atterrissage sur lequel on installerait un trampoline pour rebondir aussitôt sur un perchoir ».

Deux jours plus tard, il reçoit, ainsi que Patricia Friou, sa suppléante, une lettre recommandée. Elle est signée de Christophe Borgel (preuve que celui-ci dispose désormais de tout son temps après avoir dû lâcher son gros fromage de la République) et de François Lamy, bras droit de Martine Aubry. Considérés comme dissidents, les deux Rochelais sont tous deux exclus du Parti socialiste.

Entre-temps, Falorni est allé soutenir son ami Hollande au fameux meeting du Bourget. Il l'a entendu tonner : « Mon ennemi, c'est la finance. » Il a également regardé avec attention le petit clip projeté en ouverture dans lequel, furtivement, il apparaît aux côtés du candidat. À moins que ce ne soit l'inverse.

Ségolène Royal a-t-elle capté l'image ? Toujours est-il qu'assise au premier rang, elle est partie sans demander son reste dès le dernier mot de Hollande, furieuse, dit-on, de ne pas avoir été citée dans le long discours du père de ses enfants. Et dire qu'il y a cinq ans, c'est elle qui était à sa place et qu'il semble l'avoir déjà oublié !

En Poitou-Charentes, jusqu'à l'issue de la présidentielle, le duel Royal-Falorni ne s'arrête pas un instant. Toujours aussi brutal, il est devenu plus feutré, souterrain. De chaque côté, les troupes affûtent les armes, préparent la bagarre qui se dessine, arpentent la circonscription. Dès qu'il le peut, Falorni ne se prive pas de faire parler de lui, d'attirer les médias. Il sait qu'à ce niveau, son handicap est énorme. Néanmoins, dans ce domaine, il montre qu'il apprend vite. Il va même y prendre goût; peut-être une sorte de phénomène d'osmose?

Royal-Falorni, Falorni-Royal, il n'y en a que pour eux. Les autres candidats, à commencer par la jeune conseillère régionale Sally Chadjaa, 35 ans, mandatée par l'UMP, pâtissent du combat interne à la gauche. Il n'est jamais agréable de se sentir figurant derrière les premiers rôles...

À Poitiers, il n'est question que de cet affrontement. Toutes les discussions de couloir s'y rapportent. Les deux protagonistes continuent à s'ignorer superbement. Rien n'a changé depuis les élections régionales de 2010.

Comme à l'école primaire, Falorni a été mis au coin dès le premier jour; il n'en sortira qu'en quittant le conseil régional, qu'elle que soit la cause de ce départ... Aux uns et aux autres, il glisse l'essentiel de son programme: «Je souhaite tout mettre en œuvre pour aider Ségolène Royal à tenir sa promesse de présider cette institution jusqu'au terme de son mandat, en 2016.»

Chacune des délibérations ayant trait aux grands dossiers de Charente-Maritime – et particulièrement à sa ville chef-lieu – donne lieu à des commentaires passionnés.

Ainsi les 12 millions accordés au port de plaisance, après que Ségolène Royal a juré à qui voulait l'entendre que son extension n'entrait pas dans le champ de compétence de la Région. Un euro dépensé est un euro utile aux amateurs de voile.

Ainsi l'aide, finalement acceptée, pour l'acquisition de « bateaux-portes », un équipement devant permettre à l'*Hermione*, le projet phare du département[1], de quitter la forme de radoub du port de Rochefort dans laquelle elle a été construite, afin d'aller tremper sa quille dans le fleuve Charente. Un financement refusé dans un premier temps. « Merci, madame, d'être revenue en arrière », lance l'UMP rochefortais Hervé Blanchet, suscitant maints sourires dans les travées.

Le pompon, ce sont les digues. Un sujet régulièrement abordé lors des réunions publiques du conseil régional depuis la tempête Xynthia. Seuls les sourds n'ont pas entendu, de façon récurrente, Ségolène Royal affirmer mordicus que la Région ne mettrait pas un sou dans ces remparts contre la mer, ceux-ci relevant de la charge de l'État. Un raisonnement, somme toute, logique.

Après les sourds, les imbéciles. Seuls ces derniers ne changent jamais d'avis. Trois mois avant le scrutin législatif, la Région annonce qu'elle va participer à hauteur de 20 % aux travaux sur les digues, un effort particulier devant être consacré à la zone de Charron, à quelques kilomètres au nord de La Rochelle, où Xynthia a tué plusieurs personnes. Un investissement de 4 millions, pris sur les fonds régionaux d'intervention locale « tempête », doit permettre de réaliser la barrière nord de la commune. Par ailleurs, la Région accepte de participer à hauteur de 50 % à l'élaboration des PAPI, un sigle – un de plus – définissant les programmes d'action et de prévention des inondations.

1. En 1997, a été lancée à Rochefort, sous l'égide d'un maire exceptionnel, Jean-Louis Frot, l'idée folle de construire à l'identique la frégate l'*Hermione* ayant conduit La Fayette jusqu'aux États-Unis d'Amérique en 1780. Le navire a été mis à l'eau en juillet 2012.

Pour la Région, ce « plan digues » a un coût : 26 millions d'euros.

Sitôt cette décision annoncée, la garde rapprochée de Ségolène Royal balaie d'un revers de main l'idée que ce revirement ait un quelconque rapport avec sa candidature charentaise-maritime. L'argumentaire ? La présidente a ouvert sa bourse parce qu'elle a été invitée en bonne et due forme à une réunion avec la mission littoral, la Région étant assurée d'avoir son mot à dire sur les lieux des interventions prioritaires et la nature des travaux. Pourquoi ne pas croire des adeptes de la transparence et de la vérité ?

À La Rochelle, on n'a jamais vu aussi souvent la Princesse venir humer l'air marin. C'est avec la casquette liée à son mandat qu'elle intervient pour contrer la venue de Nicolas Sarkozy, visitant l'usine Alstom à l'invitation du P-DG, son ami Patrick Kron.

C'est toujours en tant que présidente de région qu'elle offre une Mia à l'office de tourisme de la ville. Les amis de Falorni relèvent à peine, s'efforçant de voir dans ce geste désintéressé un simple encouragement à l'emploi dans le secteur de Cerizay…

C'est encore sous le prétexte de sa présidence régionale qu'elle rencontre les maires du secteur. Plusieurs d'entre eux, pro-Falorni, trouvant la ficelle vraiment trop grosse, dénoncent la manœuvre avec véhémence.

Elle va jusqu'à inviter deux des plus solides soutiens de son adversaire pour une discussion informelle. Le conseiller d'État Jean-François Merle et… Jean-François Fountaine (heureux de noter que pour une fois, elle est désireuse qu'il s'exprime) lui font clairement savoir que leur choix est arrêté, que les conditions de son arrivée à La Rochelle sont, à leurs yeux, inadmissibles et qu'ils ne ménageront pas leur peine afin qu'elle soit battue.

Jean-François Merle sort de cette entrevue à l'hôtel Saint Jean d'Acre en se promettant de ne jamais oublier cette absolue certitude assénée par son interlocutrice : « De toute façon, après une présidentielle gagnée, un dissident, ça ne fait jamais plus de 5 %. » Analyse aussi pointue que celle de l'absolue rigueur de Dilma Rousseff !

La période est, pour la princesse de Poitou-Charentes, encore plus chargée qu'à l'ordinaire : elle a trois fers au feu. La présidentielle, la législative, la région, cette dernière étant néanmoins quelque peu délaissée. Pour preuve, l'abandon au trio de choc « D2M » (Debien- Mesnard-Macaire) le soin d'animer les réunions de majorité.

Elle ouvre le bal des meetings en faveur de Hollande à Marseille, embraye à Châtellerault avec Montebourg. Elle veut croire qu'elle tient un rôle primordial dans cette marche vers le pouvoir : elle est « hors hiérarchie » dans l'équipe Hollande, elle révèle « lui donner des conseils » au nom « de son poids politique ». Elle estime avoir joué « un rôle crucial entre les deux tours de la primaire socialiste ayant donné un dynamisme et une avance considérable à François ». Elle souligne être, « de tous les responsables du PS », celle « qui fait le plus d'émissions politiques dans les médias ».

On lit, dans *Le Nouvel Observateur*, qu'elle confesse à ses proches être « la femme la plus puissante de la campagne », ajoutant : « Ils seraient tous bien embêtés si je convoquais les journalistes et que j'appelais à voter Mélenchon. » (Compte tenu du manque total de considération que Mélenchon affiche à son égard, ce serait lui le plus ennuyé par un tel appel !) Et l'hebdo de préciser : « Pour prix de son soutien, Hollande lui a promis la présidence de l'Assemblée nationale. » Cette information est effectivement parvenue jusqu'aux abords du vieux port d'une certaine cité huguenote...

Le seul meeting auquel elle participe aux côtés de François Hollande a lieu à Rennes. L'événement est d'importance puisqu'elle débarque dans la capitale bretonne entourée d'une imposante équipe de salariés du conseil régional. Même son majordome est de la partie, mais à titre privé. « Sur mes congés », insiste-t-il, ce que prouve sa tenue décontractée. D'ailleurs, il ne porte pas de sac à main.

Une réunion publique comme seules les présidentielles sont en mesure d'en provoquer. Près de 20 000 personnes, une ambiance de feu pour un peuple de gauche sentant la victoire possible, voire probable. Les Tri Yann rendent l'atmosphère électrique. C'est la fête : « La jument de Michao et son petit poulain a passé dans le pré et mangé tout le foin » ; le refrain est repris en chœur par la foule. « J'entends le loup, le renard et la belette, j'entends le loup et le renard chanter. »

Ségolène Royal, visage crispé, salue Valérie Trierweiler, la compagne de François Hollande. Celui-ci convie la mère de ses enfants à monter sur scène. Elle prononce un discours offensif, invite à aller chercher un à un les abstentionnistes, rappelle que « la voix d'une caissière de supermarché pèse aussi lourd que celle d'un patron du CAC 40 ».

Hollande se réjouit de l'image qu'ils donnent, côte à côte. Le symbole de l'union politique, de l'unité « qui a tant manqué voilà cinq ans ». Il se garde bien de dire qui en porte la responsabilité, mais ces paroles vont droit au cœur de sa voisine...

Quelques jours plus tard, à Poitiers, changement de décor... et de sujet de conversation. En dix ans, c'est une première: Ségolène Royal souhaite déjeuner en tête à tête avec le représentant du vilain canard qui, soi-disant, ne cesse d'être odieux avec elle, là-bas, au bord de la mer. Officiellement, c'est pour reparler du meeting de Rennes. En fait, mais ce n'est qu'un sentiment, certains de ses collaborateurs n'ayant pas totalement le nez dans le guidon rochelais, capables, encore, de prendre un minimum de recul, commencent à sentir que cette législative dégage des odeurs de roussi. Ils le lui ont dit, elle ne les a pas entendus. Aussi espèrent-ils qu'une voix venant de l'extérieur soit plus audible...

Que retenir de ce repas? Excellent menu, d'abord. Un euro dépensé...

À six jours du premier tour de la présidentielle, Ségolène Royal «pense» que «François» sera élu. Ce qui amène chez elle une certitude: «À La Rochelle, Falorni n'ira pas au bout. François élu, nous lui proposerons quelque chose. Une inspection générale, quelque chose comme ça.» Elle n'en démord pas.

«Vous êtes passée complètement à côté de ce personnage. Vous ne le connaissez pas puisque vous l'avez méprisé. Il ira au bout et vous aurez beaucoup de peine à gagner. Rappelez-vous notre discussion du 24 octobre, le soir de votre déclaration de candidature...

– Il n'ira pas au bout, vous verrez...[1]»

Retour à la présidentielle. À son ressenti de cette campagne, elle qui la menait voilà cinq ans. Au fait de devoir en permanence faire attention au moindre mot, à la plus banale des déclarations. De cette terrible obligation de faire

1. Source: déjeuner avec l'auteur, lundi 16 avril 2012.

bonne figure du matin au soir. Elle lâche : « C'est d'autant plus difficile quand vous savez que pendant ce temps-là, votre compagnon vit des aventures extraconjugales. »

Elle jette un œil à sa montre, constate que c'est l'heure de rejoindre le conseil régional pour la commission permanente.

« Vous y venez ?

– Bien sûr. Je suis payé pour cela.

– Vous êtes à pied ? Je peux vous emmener. La voiture est à la porte...

– D'accord. »

« La voiture », ce n'est pas, hélas, la Laguna, mais la Mia présidentielle ! Le chauffeur descend afin de laisser la Princesse et son passager s'installer à l'arrière comme ils peuvent. On a connu plus spacieux... Et roule « discret » carrosse. Discret quant au bruit. Pour le reste... Bonne nouvelle, aucun photographe ne profite de l'instant pour faire prendre un bol d'air à ses objectifs.

À La Rochelle, plus on s'approche du scrutin national, plus la tension monte. Maxime Bono interdit au duo Falorni-Friou, tous deux membres du conseil municipal, de représenter la mairie où que ce soit.

Réponse du berger à la bergère, Jean-François Fountaine, dans une interview particulièrement sèche, dénonce le sectarisme, ces méthodes d'exclusion qui, selon lui, n'avaient pas cours avant l'arrivée de Ségolène Royal sur ces terres. Il fournit plusieurs exemples de « mélange des genres ». « Avant, les subventions étaient refusées, maintenant, elles sont proposées. C'est du clientélisme. »

Pour lui, la cerise sur le gâteau, c'est l'aboutissement du dossier d'un nouveau centre de formation des apprentis. Il est attendu depuis huit ans. Miracle, le problème est réglé.

Avec, à la clé, 9 millions d'euros accordés par la Région à la chambre des métiers de La Rochelle.

Le marin, qui perçoit les vents portants, en profite pour indiquer que si les conditions sont réunies, il sera, dans deux ans, candidat aux municipales contre Maxime Bono. De mieux en mieux...

La pêche à l'électeur s'intensifie. La femme « la plus puissante de la campagne » de François Hollande se déplace pour quantité de manifestations ayant La Rochelle où l'île de Ré pour cadre. Ré, où elle a probablement l'intention, un jour, de faire du vélo puisque sa présence est remarquée à l'assemblée générale de la ligue régionale de cyclotourisme. Elle veut également stopper sans tarder, dans l'île, la prolifération des lapins, son programme en faisant foi. « Le lapin à la Royal », une recette que tous les journalistes connaissent. Elle en a posé des centaines, de lapins. C'est un pigiste de *L'Express* qui semble détenir le record : il assure en avoir renfermé dix dans son clapier à l'occasion de ces seules législatives rochelaises !

Le programme de la candidate fourmille d'idées à l'intention des bestioles en tout genre : elle promet l'installation, à La Rochelle, d'un « pôle d'excellence rurale ». *Qu'es aquò* ? « Un centre d'application des techniques de traction animale pour valoriser la mule poitevine en développant l'activité de dressage et d'acquisition de techniques de traction animale ainsi qu'en créant un pôle référent sur la traction animale », lit-on – avec un certain mérite – dans sa littérature électorale. La mule poitevine, c'est l'avenir.

Son mandataire financier est nommé. C'est un homme de confiance, il vient de Melle. Son nom ? Yves Debien. Avec lui, elle peut être certaine qu'un euro dépensé sera pour elle un euro utile.

Au conseil régional, les gazettes nous renseignent sur l'atmosphère chaque jour un peu plus irrespirable. En résumé, « une ambiance de haine recuite, macérée dans une décoction de fiel ». La Mia vient de passer à côté de l'appel d'offres lancé par la ville de Paris, ses initiateurs n'ayant pas estimé le projet suffisamment abouti. À la mi-avril, malgré l'abondance des tâches à effectuer, une modeste avance de 2,5 millions est accordée à la SAS Mia Electric.

Falorni, toujours muet en public, distille quelques remarques perfides à la buvette. Du style : « Je m'amuse beaucoup en voyant les courtisans de Mme Royal se découvrir des désirs d'avenir avec François Hollande. Des années durant, alors que j'étais à ses côtés – et je le suis plus que jamais –, ils n'ont eu de cesse de le railler en m'assurant qu'il n'était qu'un désert d'avenir. »

Le 6 mai, Hollande l'emporte. Tous les socialistes sont heureux. À La Rochelle, la haine est plus forte que la joie. On arrose la victoire chacun chez soi. Et dès le lendemain, c'est parti pour la campagne. Officielle, cette fois.

Rue des Dames, la permanence de Ségolène Royal a des allures de ruche. Piliers de la boutique, Denis Leroy et Maryline Simoné sont à la manœuvre. Maxime Bono n'est jamais loin.

La présidente de région donne le départ d'une course, « La Sarabande des filles de la Rochelle », promet qu'elle « ne sera pas celle qui alimente les polémiques » avant, une seconde plus tard, de rappeler : « Je suis candidate contre la droite, moi. » Un axe qu'elle compte bien utiliser puisque de plus en plus souvent (et de plus en plus fort) des militants de droite affirment qu'ils voteront Falorni « pour faire barrage à Royal ». Commence-t-elle à regretter d'avoir parlé trop vite de son espoir de s'asseoir au perchoir ? « Je ne vais pas m'en cacher», répond-elle à La Rochelle alors que le lendemain, sur Europe 1 et I-Télé[1], elle affirme n'avoir fait «aucune annonce de ce type. J'ai vu que cela avait été repris dans les médias. Nous ne sommes pas dans un moment où je dois parler de mon cas personnel». Inutile de chercher à comprendre.

Un mois. Un mois d'affiches décollées, d'invectives, de tensions. De rencontres sur les marchés où l'important est de ne pas croiser l'autre. Un mois de montée en puissance médiatique. Une éternité.

Petit à petit, la circonscription La Rochelle-Ré devient la plus importante de France. Fin mai, une réunion publique du conseil régional rappelle, compte tenu de l'afflux de micros et de caméras, le bon vieux temps des années 2006-2007. Qu'on y apprenne que la société Éco & Mobilité vient d'être liquidée ne fait ni chaud ni froid aux visiteurs d'un jour. Par contre, une tirade de Ségolène Royal et une galéjade de Falorni ont des allures de pain béni.

Premières réunions publiques avec un réel enthousiasme dans le camp de la dissidence où l'on se marre carrément en passant au crible le comité de soutien de la candidate imposée. Tiens, le président de la chambre des métiers connu et reconnu pour être un homme de droite ; comme c'est bizarre ! Et en suivant, le président du port de plaisance. Comme c'est bizarre...

On sent poindre une forme de fébrilité dans l'équipe Royal. Sans doute prend-on conscience jour après jour que le piège referme doucement mais inexorablement ses mâchoires. Falorni fera beaucoup de voix à gauche mais il va ratisser large à droite. Les consignes ne sont pas écrites de la part des leaders surveillant la situation à la

1. 13 mai 2012.

loupe, mais elles sont claires et évidentes. Sally Chadjaa a beau se démener, arpenter les estrades en compagnie des grandes figures UMP de la région, elle comprend que l'intérêt supérieur des « stratèges » de son camp consiste en son élimination dès le premier tour. Pour se maintenir, un candidat doit obtenir au minimum un total de voix représentant 12,5 % du nombre des électeurs inscrits sur les listes électorales...

Venu faire du tourisme électoral à quelques encablures d'Angoulême puisque soutenant une candidate de l'UMP n'ayant aucune chance de l'emporter, Jean-Pierre Raffarin évoque bien volontiers le cas rochelais. Assis sur le bord de l'estrade d'une salle des fêtes, les jambes se balançant dans le vide, l'ancien Premier ministre, décontracté, est abordé tout de go par un militant de l'UMP, lequel lui explique que l'heure est venue de passer des accords avec le Front national. « Jamais, vous m'entendez, jamais ! » lance-t-il à son interlocuteur, lui signifiant de passer son chemin.

Retour au débat rochelais. « La circonscription est à gauche. Nous n'avons strictement aucune chance de la gagner, surtout après la défaite de Sarkozy. Cela va se jouer entre Royal et Falorni. Si par malheur notre candidate passe la barre des 12,5 %, nous lui demanderons de se retirer. Nous n'avons pas à interférer dans ce débat. » « Que Ségolène Royal morde la poussière ne vous ferait pas pleurer ?... » Silence. Seulement des yeux pétillants et une moue rigolarde.

Sur place, Dominique Bussereau est tout aussi clair. Certes, il soutient Sally Chadjaa. Comme la corde soutient le pendu. Il ne peut s'empêcher, dès qu'un micro se tend, de tresser des lauriers à Falorni, de dire tout le bien qu'il pense de ce garçon du cru réputé pour son sérieux. « À vous entendre à la radio, la question se pose de savoir si

Falorni n'est pas le candidat UMP ? » s'entend-il reprocher. Il reconnaît que l'envie de voir sa « vieille amie » battue est si forte… « Il faut en effet peser les mots au trébuchet pour ne pas le faire… trébucher », répond-il.

La campagne est intense, épuisante. Pas un marché, pas une fête locale, pas une assemblée générale d'association sans que les uns et les autres apparaissent. Pas un escalier de cité populaire qui ne soit arpenté par les équipes des candidats. Les nerfs sont à fleur de peau. Pas un jour sans une méchante vacherie, sans la dénonciation d'un incident, tout cela sous les yeux de plus en plus nombreux (un vrai bouillon de pot-au-feu !) de médias attirés par l'odeur du sang et par deux « clients » peu avares de petites phrases, toujours prompts, bien que jurant le contraire, à jeter de l'huile sur le feu.

« Mme "Vue à la télé" voulait un plébiscite ; elle aura un référendum », pronostique, devin, Olivier Falorni tandis que Ségolène Royal, à la façon de Blanche-Neige, apte à dénicher des nains partout, rend responsables de ses difficultés locales les partenaires de voile de Fountaine, à savoir son vieil ennemi Lionel Jospin et Jean Glavany, l'ancien ministre de l'Agriculture, intéressé, lui aussi, par le perchoir…

Dix jours avant le premier tour, un sondage de l'IFOP crédite Ségolène Royal de la pole position avec 33 % des suffrages, suivie d'Olivier Falorni à 26 % et de Sally Chadjaa à 19,5 %. Le score estimé pour cette dernière n'est pas anodin : 19,5 % des électeurs ayant voté ne suffit pas pour passer la barre fatidique de 12,5 % des inscrits. Si ce sondage est crédible – et ils le sont beaucoup plus souvent qu'on veut bien le dire mais là comme ailleurs, on ne dénonce que les trains n'arrivant pas à l'heure –, la probabilité d'un combat sans merci entre Royal et Falorni au second tour est forte.

La candidate des instances du PS n'a pas besoin d'un sondage pour comprendre que ce qu'elle s'est refusé à envisager depuis des mois est en train de se produire. La guêpe habituée à piquer tous ceux qui osent tenter de la chasser s'est fourrée dans un drôle de guêpier.

Fidèle à son vieux principe voulant qu'elle n'a jamais besoin de personne lors de ses campagnes électorales, elle a prévenu les Rochelais qu'ils ne verraient débarquer aucune tête couronnée socialiste durant ces législatives. Preuve qu'il y a vraiment le feu, le jour de la publication du sondage, changement radical de programme.

Coucou c'est lui : Jean-Marc Ayrault, Premier ministre tout neuf, tout propre, vient respirer les embruns à La Rochelle. « C'est lui qui a voulu venir », jure la candidate, prouvant qu'il est parfois permis de mentir avec humour.

La réunion publique s'apparente à un bide : le public est clairsemé, bien que des bus aient amené des militants enthousiastes depuis les terres à chèvres des Deux-Sèvres. Le chef du gouvernement, figé, donne l'impression de jouer le rôle-titre d'un épisode de *Mission impossible*. Son soutien est mécanique : il ne cesse de répéter en boucle une phrase, « Votez pour Ségolène Royal », expliquant le pourquoi de son appel par des brassées de compliments machinaux.

L'histoire ne dit pas si les frais liés à son voyage éclair sont imputés aux comptes de campagne de la dame...

Il suffit de pousser la porte des salles où « l'officielle » et « le dissident » tiennent meeting pour comprendre que la dynamique et l'enthousiasme ont fait leur nid chez Falorni. N'empêche, quatre jours avant le scrutin, est-ce l'effet Ayrault, Ségolène Royal paraît avoir repris la main selon une nouvelle enquête d'opinion laissant entrevoir, cette fois, une triangulaire…

Il est temps, urgent – huit mois que cela dure… –, de procéder au sondage grandeur nature. Le seul qui compte, celui des urnes. Au soir de ce dimanche 10 juin, les choses sont claires. Chadjaa est éliminée – il lui manque 790 voix pour espérer se maintenir –, Royal termine devant Falorni d'une très courte tête : 3 points et des poussières, alors que quelques jours plus tôt, l'écart annoncé atteignait 11 points ! Au vu de ce premier tour, c'est à Lourdes que Ségolène Royal doit poursuivre sa campagne : seul un miracle peut la sortir d'affaire…

C'est une tradition : à La Rochelle, les résultats sont proclamés salle de l'Oratoire en présence de l'ensemble des candidats. Sitôt fait, Ségolène Royal, franc sourire, se dirige vers Olivier Falorni : « Olivier, il faut que l'on discute », dit-elle. Pas de réponse. En aparté, il remarque : « Voilà trois ans qu'elle ne m'a pas adressé la parole. Je trouve cette sollicitude soudaine bien suspecte. »

Un peu plus loin, la présidente de région indique que la règle, à gauche, c'est que « celui qui arrive en tête doit rassembler ». « Falorni voulait des primaires, il les a eues. Je suppose qu'il va réfléchir. » Des propos destinés à amuser la galerie. Ségolène Royal a eu le temps, depuis des semaines, de se rendre compte de l'erreur qu'elle a commise en croyant que son adversaire « n'irait pas jusqu'au bout ». Elle sait pertinemment que les « sollicitations » dont il a été l'objet (en particulier, un poste d'inspecteur général de l'Éducation nationale) ont été repoussées aussi fermement que discrètement. Elle a appris également que si Sally Chadjaa prône un vote blanc pour le second tour, Dominique Bussereau ne s'embarrasse pas de telles circonvolutions : il a carrément appelé à voter pour « le candidat de Charente-Maritime, un travailleur ».

Plus tard, en fin de soirée, dans les salons de la préfecture, elle revient à la charge : « Olivier, il faut que l'on discute. » Ce n'est pas qu'il soit sourd. Mais il ne répond toujours pas.

Elle ignore que le duo la talonnant à 3 points a décidé de remplir les formalités de dépôt de candidature, le lendemain, le plus tôt possible. Patricia Friou se souvient que ce jour-là, après avoir quitté son poste à la caisse d'allocations familiales puis être passée à la préfecture, elle a branché son téléphone portable, écouté ses messages. Dont celui émanant du cabinet du Premier ministre lui demandant d'établir un contact de toute urgence. « Étonnant que des gens aussi importants s'intéressent à une modeste assistante sociale », sourit-elle.

La semaine qui débute va être qualifiée de « dingue » par les principaux acteurs de cette campagne et par les observateurs. Le ton, l'ambiance changent. Le climat, jusqu'alors terriblement tendu, électrique, devient violent.

Chez les partisans de Falorni, les résultats du premier tour sont tellement encourageants (en fait, Ségolène Royal n'a pratiquement plus aucune chance de l'emporter) que certains se laissent aller à l'égard des soutiens de la candidate du PS à des réflexions un tantinet provocatrices du style : « Ne perdez de temps à distribuer des tracts ou à faire du porte-à-porte, restez plutôt couchés. »

Dans le camp d'en face, les nerfs sont à vif. Attention, danger. Comment passe-t-on à côté d'une bagarre générale sur le marché du quartier de Villeneuve-les-Salines lorsque Jean-Pierre Mandroux, apercevant son collègue de la majorité au conseil municipal Falorni, le traite de « candidat du Front national » ? L'incident est sévère.

Un proche du favori dissident parvient à calmer ses amis par le biais d'une boutade : « Laissez tomber, Mandroux est très énervé, sans doute parce qu'il a déjà commencé à noyer sa déception. »

Même Maxime Bono, homme à l'ordinaire fort courtois, dérape. Falorni, son adjoint aux finances ? « Avec lui, les finances sont parties en quenouille », affirme-t-il sans bégayer.

Les médias s'en mêlent (et parfois, s'emmêlent les pinceaux). Nombre de représentants de la presse nationale avouent ne pas comprendre comment ces ploucs d'électeurs charentais peuvent passer à côté de la chance historique d'avoir pour députée Mme Ségolène Royal, laquelle le mérite bien « pour services rendus à la gauche, au pays... et à la victoire de Hollande ». Ces journalistes qui ont tout compris du contexte local en descendant du train sont prêts à donner des leçons aux habitants de la circonscription, à l'image de ce qu'ils sont habitués à faire à destination de la France entière. Ils sont souvent cornaqués par Françoise Degois, leur ex-collègue de France Inter, conseillère spéciale de la présidente, lorsqu'elle n'est pas occupée aux côtés de la candidate à d'harassantes opérations de porte-à-porte dans les quartiers populaires.

Parmi les monuments d'idioties alors énoncées, culmine l'Everest de la bêtise et de la suffisance dépeignant Falorni comme « l'irascible ambitieux local ». Le vilain, l'affreux, bête et méchant, il a refusé de se coucher sous les pas de la Princesse, la pauvrette, dont le parcours s'apparente parfois, c'est écrit ainsi, à « un chemin de croix parmi les siens ». Les yeux sont encore baignés de larmes que tombe la conclusion, en forme d'évidence, de cet article d'anthologie : « Les électeurs de gauche de la première circonscription doivent comprendre qu'il est de leur devoir de sauver la mise de Ségolène Royal. Ce ne serait que justice. » Amen.

Étrangement, Ségolène Royal repart en campagne comme si le premier tour n'avait pas eu lieu. Le père de ses enfants a craché-juré qu'une fois élu président de la République, se considérant désormais comme au-dessus des partis, il se garderait bien d'intervenir dans les scrutins locaux. Curieusement, il fait (déjà) une exception. Dans un mot manuscrit, il dit tout son soutien à la candidate imposée.

Est-ce la goutte d'eau qui fait déborder le vase ? Ces lignes de François Hollande obtenues par la pugnace Ségolène Royal sont à peine rendues publiques qu'Olivier Falorni reçoit un appel. À l'autre bout du fil, Valérie Trierweiler ; elle lui demande s'il voit un inconvénient à ce qu'elle lui apporte ses plus vifs encouragements. Il ne refuse pas…

La scène est cocasse. Battant en brèche, une fois encore, ses habituels principes de campagne qui lui font repousser tout soutien extérieur, le mardi, en fin de matinée, Ségolène Royal reçoit ses grandes amies Martine Aubry et Cécile Duflot. Elles tiennent une conférence de presse sur le bateau-musée *France 1* amarré dans le bassin des chalutiers. La première secrétaire du PS ainsi que l'écologiste depuis peu ministre du Logement ont fait le déplacement pour tenter de sauver le soldat Royal, montrant ainsi qu'en politique, dans le même massif forestier, les loups, bien que se détestant, ne se mangent pas entre eux.

On passe un petit morceau de papier à Ségolène Royal. Dans l'instant, elle accuse le coup. Elle s'efforce très vite de ne plus rien laisser paraître. Elle vient de prendre connaissance du tweet le plus célèbre de France, aujourd'hui encore. C'est par ce biais que la compagne du président de la République a décidé de glisser une superbe peau de banane sous la chaussure d'une femme qu'elle n'apprécie guère. Doux euphémisme !

« Courage à Olivier Falorni qui n'a pas démérité, qui se bat aux côtés des Rochelais depuis tant d'années dans un engagement désintéressé », a-t-elle écrit. En creux, cette fine connaisseuse de la politique reprend à son compte les accusations de « parachutage », dénonce l'attitude anti-démocratique du PS et les petits arrangements faisant de la putative future députée la présidente programmée de l'Assemblée nationale. Rien de bien neuf, donc.

En réalité, la seule « information » qu'il soit possible d'extraire de ces quelques lignes, c'est qu'il y a, comme le dit le commun des mortels, « de l'eau dans le gaz » derrière les fenêtres closes de la maison Hollande-Trierweiler. Ce qui, pour l'électeur rochelais de base, ne pèse pas lourd avant son choix du dimanche prochain. L'intervention de Valérie Trierweiler n'aura strictement aucune incidence, en nombre de voix, sur le résultat du second tour. Par contre, elle amènera encore un peu plus de projecteurs et de caméras dans les environs des trois tours rochelaises. Et expédiera aux oubliettes de l'histoire les propos définitifs qu'ont dû tenir ce matin-là les « moussaillonnes » du *France 1*, Aubry et Duflot. De là à imaginer que la planète ait perdu gros...

On poursuit dans le casting des vedettes nationales le mercredi avec l'apparition, en matinée, du président des radicaux de gauche, Jean-Michel Baylet. Il accompagne Ségolène Royal dans la visite d'une usine, dit trois mots aux journalistes et repart comme il est venu. Le soir, salle de l'Oratoire, la candidate tente de galvaniser les troupes rameutées dans l'ensemble du département et au-delà. On sent que le cœur n'y est plus... Reste l'aigreur : Maxime

Bono surprend encore une fois son monde en devenant tellement méchant que cela paraît suspect. Une maladie contagieuse ?

Baylet, l'exceptionnel soutien, est parti trop vite. S'il était resté vingt-quatre heures de plus, il aurait pu glisser un œil à l'ultime meeting de Falorni et s'apercevoir qu'au premier rang, à proximité de Colette Chaigneau, la suppléante de Michel Crépeau dont tous se sont disputé l'héritage, est assis Yann Juin, président départemental… des radicaux de gauche. Tout est dit : les responsables politiques nationaux sont derrière Ségolène Royal. Localement, c'est moins le cas ! « Ici, c'est La Rochelle. » Et ce ne sont pas les Parisiens qui votent !

Ségolène Royal, qui a toujours dit refuser la polémique, traite Olivier Falorni « d'Éric Besson », Bussereau de « gros macho ». « Il est temps que cela se termine, elle perd la raison », diagnostique Philippe Marchand.

Au soir de ce dernier meeting du dissident, la fatigue des uns et des autres est palpable ; les nerfs commencent à lâcher. Circule un ultime sondage : Falorni, 55 %, Royal, 45 %. De quoi galvaniser l'équipe ! L'ambiance est folle ; c'est l'explosion. Le public est survolté. À l'entrée de la salle sont distribuées des feuilles sur lesquelles figure un slogan fortement influencé par le ballon ovale : « Ici, ici, c'est Falorni. »

Le drôle de drame surgit au milieu de la nuit. En regagnant l'appartement qu'elle a loué à proximité de la médiathèque, dans un petit ensemble où il convient de montrer patte blanche avant de pénétrer, Ségolène Royal découvre, horreur, l'une de ces feuilles collée sur sa porte. Aussitôt, elle craint pour sa sécurité. Et si cette pancarte disait vrai ? Et si Falorni était caché dans un placard, un couteau entre les dents ?

Elle appelle ses fidèles au secours, prévient la police, le photographe du journal œuvrant également pour l'Agence France Presse. En moins de temps qu'il n'en faut pour l'écrire, l'immeuble est devenu une ruche. Les Maigret, San-Antonio, Rouletabille et Adamsberg locaux sont dépêchés sur place. Ils sont tous là, ordre des chefs galonnés. L'affaire est prise très au sérieux. Priorité absolue : la « victime » n'est pas la première venue, le père de ses enfants encore moins...

Les internautes prennent beaucoup plus de distance avec ce terrible événement : les photos de la malheureuse candidate sont vite détournées tandis que d'autres réclament que Valérie Trierweiler soit placée en garde à vue, le temps de vérifier si elle a un alibi solide. C'est une première, mais il faut l'avouer : sur ces clichés, Ségolène Royal fait pitié.

Il y en a une qui n'en mène pas large. C'est Patricia Friou. Son fils distribuait les affiches à l'entrée du meeting. Elle craint que ses empreintes digitales figurent sur le papier et qu'il soit accusé !

Les limiers rochelais ont vite résolu la douloureuse énigme, mais on ne le saura qu'après le vote. Tout simplement, un jeune homme domicilié dans l'immeuble a trouvé malin, en rentrant du meeting de Falorni, de coller la fameuse pancarte sur la porte de sa célèbre voisine. Effrayé par les conséquences de son geste, il a promis qu'il ne recommencerait jamais plus.

L'ultime épisode de cette succession de tourbillons de folie prend la forme d'un e-mail adressé par Blanka Scarbonchi, la « cadmériste » poitevine, à ses contacts la veille du scrutin. L'heure est grave, comme « la situation à La Rochelle » qu'elle décrit. « Elle est grave pour la politique, elle est grave pour la démocratie, elle est grave pour les valeurs humaines, qu'on soit de droite ou de gauche », s'alarme-t-elle, invitant toutes les personnes mues par la même éblouissante lumière à aller chercher les voix une à une. « Participons tous de cet élan citoyen : si nous laissons salir la politique à ce point, c'est la démocratie qui meurt », conclut-elle. Un long repos post-électoral s'impose.

Le dimanche, en fin de journée, Olivier Falorni et Leslie, sa compagne, se réfugient, seuls, chez le père du candidat, dans la banlieue rochelaise. C'est là qu'il apprend, très vite, sans surprise, qu'il a gagné. Les premiers bulletins dépouillés montrent qu'il va distancer nettement Ségolène Royal. En définitive, il l'emporte sur un score sans appel : 63-37. Ce n'est pas une défaite pour la candidate « officielle », c'est une déroute.

Olivier Falorni est ailleurs. Aucune jubilation. Même pas de quoi arroser la victoire. Son père, absent, n'y a pas songé. Dans le réfrigérateur, il y a une bière, rien de plus.

Sur son téléphone portable, les messages de félicitation affluent. Beaucoup de noms connus... au Parti socialiste. Valérie Trierweiler a suivi l'élection de près : ses félicitations sont chaleureuses. Un SMS, c'est bien plus discret qu'un tweet...

Olivier Falorni est ailleurs. Son esprit vagabonde dans la véranda toute proche, au chevet d'un lit médicalisé. C'est là, il y a un an, jour pour jour, veillée par son unique enfant, que sa mère s'est éteinte, vaincue par le cancer.

Il ne songe pas au tourbillon de folie qui l'attend. Elle seule compte. Elle lui manque. Terriblement. Il aurait tant aimé qu'elle puisse partager ce moment. Il est sorti de la tornade ambiante, celle qui emporte tout. Il en est loin. Il est seul avec sa douleur, toujours aussi vive. Peut-être encore plus forte à cet instant.

Dans l'allée, un long coup de klaxon. Retour à la réalité : c'est Michel Planche, le secrétaire de la section PS de La Rochelle-nord. Transformé en chauffeur, il doit le conduire à l'Oratoire où, selon ses informations, « c'est déjà très chaud ». Planche, le fidèle, l'un des principaux piliers de la campagne avec Alain Renaldini, le secrétaire de la section PS de l'île de Ré, Jean-Yves Cerfontaine, ex-membre des équipes Crépeau, ancien vénérable de l'une des – nombreuses – loges rochelaises. « Et dire que j'ai été qualifié de candidat de la droite, qu'on a affirmé que tous les socialistes m'avaient tourné le dos... » glisse le nouveau député en hochant la tête.

Il parvient avec peine jusqu'au haut lieu des soirées électorales rochelaises. Énorme cohue, embrassades, larmes de joie. Huit mois de folie pour une apothéose. Maxime Bono se doit d'annoncer le résultat final sur La Rochelle. Entouré des membres de son conseil municipal pro-Royal – vu le regard de certains, on se réjouit qu'ils ne soient pas armés ! –, il s'acquitte de son obligation, d'une voix où pointe la colère. « À La Rochelle, Ségolène Royal totalise 12 234 voix. Merci à ceux qui ont voté pour la seule candidate de la gauche », ose-t-il. « Hou ! hou ! » répond la foule. « Olivier Falorni : 17 409 voix .» Une ovation. Le maire ajoute : « Dont 75 % de voix de droite. » Bronca. Bono quitte les lieux... en emportant le micro.

Il n'a pas un instant à perdre. Le désormais ex-député est attendu, à 200 mètres de là, par un étrange cortège se dirigeant à pas lents vers les superbes jardins du musée d'Histoire naturelle. On dirait un enterrement. C'est un peu le cas, mais dans un genre très particulier. Il n'y a pas la moindre fleur, la plus petite couronne. De plus, il est rare que ce soit le défunt qui conduise le convoi.

Ségolène Royal, en tête, se rend au rendez-vous fixé aux médias. Maxime Bono, Denis Leroy, Maryline Simoné semblent tenir les cordons du poêle, comme dans les funérailles d'antan.

Les lieux ont été sonorisés. Après un air de jazz, c'est Alain Souchon qui interprète « Allô maman bobo ». Véridique. Y en a qui se moquent, ou quoi ?

La candidate imposée et défaite, au milieu d'une épouvantable cohue, a décidé de parler avant l'heure autorisée « afin de ne pas porter ombrage » aux socialistes qui l'emportent au plan national. À l'évidence, elle se moque comme d'une guigne du retour de bâton que pourrait lui adresser le CSA…

Elle n'est pas contente, la Princesse. Elle n'a pas de mots assez durs à l'égard du gagnant. « C'est la victoire du déshonneur ; moi j'ai combattu dans l'honneur. » Elle cite Victor Hugo : « Toujours la trahison trahit le traître […] et le jour vient où les traîtres sont odieux même à ceux qui profitent de la trahison. » Pense-t-elle avoir une responsabilité dans cet échec ? Non. Une réponse rassurante : la déculottée ne l'a pas changée.

Peu après, à portée de fusil d'ici, lui aussi au milieu d'une indescriptible cohue, Falorni est informé des toutes dernières amabilités. Il se lâche : « Au musée d'Histoire naturelle, il n'y a pas que les animaux à être empaillés. »

Le score, s'il vous plaît ?

Royal : 0, Falorni : 3.

20

Le hasard n'existe pas. Ce n'est donc pas un hasard si, depuis des lustres, une commission permanente du conseil régional est programmée à 14 h 30 à Poitiers, juste au lendemain de ces élections législatives. Un événement puisque le nouveau député de La Rochelle-Ré a annoncé sa présence, dans le seul et unique but de venir indiquer qu'il quitte cette assemblée, se voulant fidèle à sa promesse de ne pas cumuler les mandats. De son côté, Ségolène Royal a fait savoir qu'elle reste à La Rochelle, désireuse d'y tenir un point presse à 15 heures.

L'arrivée d'Olivier Falorni est tout sauf discrète. Les médias s'agglutinent autour de lui, le suivent jusqu'à ce qui est sa place depuis plus de deux ans et là, changement. Maintenant. Dorénavant, il siège ailleurs, près de la porte, ce qui tombe bien puisqu'il compte la prendre.

Que s'est-il passé ? Durant le week-end, le groupe socialiste présidé par l'obséquieux Yves Debien a décidé de l'exclure, ainsi que l'en informe le directeur de cabinet Alexandre Godin.

Nouveau fauteuil, donc. « Je préfère un siège éjectable à un parachute qui part en torche », persifle un Falorni tranquille, faisant à peine attention à l'attaque de Georges Stupar, parfois surnommé « Caca d'oie », puisque Vert mélangé à du rose. Stupar accusant le nouveau député de n'être jamais venu à la région, ce qui est faux puisqu'en tout et pour tout, en deux ans, il n'a manqué qu'une session. « Je constate que la spontanéité ne fait pas l'intelligence », lui répond Falorni, détectant, parmi celles et ceux qui l'entourent, quelques « idiots utiles ». Sans citer de noms.

Il présente sa démission et termine sa courte intervention en espérant qu'à l'avenir, dans cette belle région, la démocratie participative dont il a si souvent été question devienne « plus qu'un slogan, une réalité ».

C'est alors qu'enfle la rumeur : Ségolène Royal a changé d'avis. Elle arrive à Poitiers. « Désolé, mais il m'est impossible de l'attendre. J'ai des engagements à La Rochelle, coupe Falorni.

– On va dire que vous la fuyez ! remarque le petit journaliste en herbe d'Europe 1.

– Elle a reçu comme moi une convocation pour le début de l'après-midi, ici, à Poitiers », tranche le parlementaire en rangeant ses dossiers. Et il tourne les talons. Adieu, la rue de l'Ancienne-Comédie.

Une dizaine de minutes plus tard, la présidente débarque. Elle rejoint sa place, laquelle n'a pas varié. Naturellement, elle reprend le cours des choses et le fil des dossiers, avant, à l'issue de la réunion, de justifier son retard. « J'ai souhaité, affirme-t-elle, demeurer auprès des Rochelais après le coup dur reçu. Comme un général en chef auprès de ses soldats. » Un général étant la principale victime du coup dur et ayant singulièrement manqué de troupes…

C'est reparti pour un tour. Comme si l'épisode rochelais n'avait jamais existé. Elle le dira peu de temps après, mais ces mots sont intemporels : « Je ne suis absolument pas lassée de la politique [...] Je veux poursuivre ma route, par goût, par expérience. » Questions : et si c'étaient les électeurs qui venaient, une fois encore, de lui montrer qu'ils sont lassés d'elle ? Et si Oscar Wilde avait eu raison de dire que « l'expérience, c'est le nom dont les hommes [et les femmes...] qualifient leurs erreurs » ?[1]

Elle repart à corps perdu dans ce mandat qui demeure son « équilibre »... et surtout sa bouée de sauvetage. Elle passe son temps à essayer de partir ailleurs. Elle rêve sans cesse à d'autres tâches, à d'autres responsabilités plus prestigieuses. Résultat, elle accumule les cauchemars, elle empile les échecs. Elle se voit donc contrainte de revenir au port, dans ce gentil petit « laboratoire » synonyme de subsistance et de collaborateurs zélés. Chère région où l'essence à la pompe coûte quelques centimes de moins qu'ailleurs grâce à une présidente économe et gestionnaire, véritable génie de l'équilibre budgétaire. Un mois après la gifle atlantique, son esprit vagabonde déjà : « Le moment viendra où je serai utile dans la fonction qui me sera proposée », se persuade-t-elle.

Seront-ils utiles au cabinet du très ségoléniste Guillaume Garot, les deux « virés » de l'après-La Rochelle ? En politique, tout déboire électoral d'un puissant se paie toujours cash. Les principaux « contributeurs » sont rarement les premiers artisans du désastre. Françoise Degois, la conseillère spéciale, et Alexandre Godin, le directeur de cabinet, sont expédiés vite fait, bien fait auprès du tout nouveau ministre délégué à l'Agroalimentaire. Françoise Degois

1. In *L'Éventail de Lady Windermere*.

échange Edgar Morin contre les raviolis à la viande de cheval. Contraste saisissant! Pour la région, les euros économisés vont probablement s'avérer utiles. Dorénavant, c'est l'État qui paie. Au moins deux cas qui ne vont pas influer sur la courbe du chômage.

En fait, on peut parler de reconstitution de « ligue dissoute » : le trio Garot-Degois-Godin était un habitué des discrets locaux de la rue du Départ, lors de la préparation de la primaire socialiste, dix mois plus tôt, une éternité compte tenu de la succession d'événements depuis ces fameux 6,95 % du 9 octobre.

Plus sérieusement, à Poitiers, certains de ses amis s'inquiètent fortement de la manière dont Françoise Degois va encaisser le choc de la séparation. Elle rassure en faisant bonne figure, jurant, fin août, lors de l'université d'été de La Rochelle, être parfaitement heureuse.

Elle ne risque pas de croiser son ex-patronne sur le terrain de sa déroute : celle-ci, une fois encore, s'est envolée pour un long voyage. « Poser son précieux séant dans un aéroplane devient pour la Princesse un besoin, une obsession. À tel point que je me demande si sa véritable vocation ne consistait pas à devenir hôtesse de l'air ? » s'interroge, persifleur, le commandant d'un important équipage socialiste. Madame, coiffée de son bonnet de vice-présidente de l'Internationale socialiste, est en Afrique du Sud.

Étrange université d'été au cours de laquelle les grands manitous du PS parviennent à ne pas faire la moindre allusion à la récente élection de juin. Martine Aubry déchaîne de vigoureux applaudissements lorsqu'elle cite « la présidente de région » lors de son discours de clôture. Des journées – c'est loin d'être une première – à la gloire des faux-culs : dans cette même intervention, la première secrétaire loue le magnifique dévouement de la fédération départementale ayant permis la réussite de « l'une des plus belles universités depuis des années ».

En écho, Emmanuel Arcobelli, secrétaire fédéral intérimaire – et pour cause, le titulaire a été exclu... –, ne décolère pas, disant haut et fort à qui veut l'entendre que « trois jours durant, la direction nationale a traité la fédération de Charente-Maritime comme un chien ».

Finalement, le seul moment rigolo de ce rendez-vous estival est à mettre au compte du député du cru. Puisque tous les envoyés spéciaux ont souhaité le voir, Olivier Falorni leur fixe rendez-vous dans un café du vieux port. Même jour, même heure pour tout le monde.

Cet après-midi-là, il tombe des cordes. Insensible à l'averse (« j'ai tellement fréquenté François Hollande que je suis habitué », plaisante-t-il), le tombeur de Ségolène Royal est attendu par un essaim aussi compact qu'imposant de représentants des médias. Cette nuée déborde vite sur la voie unique de circulation, créant ainsi un embouteillage d'importance haute sur l'échelle des bouchons.

Qui, dans sa voiture, est prise au piège de ce blocage intempestif ? Martine Aubry. Retour de bâton ! Après tout, elle porte sa part de responsabilité dans la soudaine notoriété du député rochelais.

Si certains semblent avoir occulté de leur mémoire la folle élection rochelaise, Maxime Bono porte toujours en lui cet épisode législatif « douloureux ». Ses relations avec la présidente de région se sont tendues. Pour preuve, un article du *Nouvel Observateur* dans lequel la perdante n'est pas tendre avec celui qui, naïvement, voulait tout simplement lui transmettre son siège. À son tour, le maire dévoile le fond de sa pensée : « Je ne croyais pas, électoralement parlant, qu'elle était cramée à ce point-là », lâche-t-il lors d'un déjeuner, début septembre.

Mme Royal aspire, certes, aux palais de la République, mais dans l'immédiat, elle doit, plus modestement, poursuivre la tâche passionnante confiée par les électeurs. Elle préside donc l'assemblée régionale où parfois, les débats divergent en discussions de café du commerce. Ainsi le jour où, sûre de son fait, alors qu'il est question de recherche fondamentale et de recherche appliquée, elle assène sa vérité scientifique, affirmant aux ignares lui faisant face que « Marie Curie a inventé la radioactivité dans sa cuisine avec une cocotte-minute ».

Au cours de cette même réunion, mi-octobre, elle dévoile une nouvelle invention pouvant enrichir, elle en est persuadée, son image de précurseur. « Afin de lutter contre la violence routière et faire baisser le nombre des jeunes se tuant en voiture, le code de la route sera enseigné dans les lycées à compter du 1er janvier prochain », annonce-t-elle. La mesure a-t-elle été préparée dans le détail, la concertation avec les professionnels suffisamment poussée ? « Oui », croit-elle, tout en reconnaissant que les discussions doivent se poursuivre.

Dès le lendemain, il y a le feu dans les petites auto-écoles de la région. C'est l'émeute. « Mobilisation, résistance », les grands mots. « Elle nous prend pour des jambons ! Elle veut nous enlever le pain de la bouche, nous amener à fermer boutique. Sa concertation ? Une lettre reçue courant septembre nous invitant à une réunion… » résume un moniteur suspectant la nouvelle reine du volant d'avoir été dirigée dans une voie sans issue par le mastodonte national de l'apprentissage de la conduite. Lequel n'aurait qu'un désir d'avenir : croquer tout crus ces « petits » qui lui font de l'ombre. « Agression, provocation », hurlent les indépendants en mobilisant leurs troupes sur l'ensemble de la France.

« Je ne reculerai pas. Dès janvier, le dispositif sera testé dans des lycées expérimentaux », répond, bravache, la présidente. Résultat, un lundi matin gris de novembre, Poitiers est inabordable : toutes les entrées de la ville sont bloquées par des opérations escargot.

Une fois suffit : l'après-midi, l'enseignement du code dans les lycées de Poitou-Charentes a fait pschitt. En lieu et place, des « chèques code » vont être instaurés dans l'espoir de voir baisser le prix du permis… La méthode est connue : lorsque ses décisions sont légèrement bancales, Ségolène Royal tente de passer en force. Pour peu que les opposants restent campés sur leurs positions et se battent pour les faire admettre, elle passe très vite la marche arrière, s'empressant d'amener de nouveaux sujets sur la grande scène de l'actualité.

En invitant, par exemple, les ministres à la queue leu leu. En moins d'un mois, ils sont quatre (Michel Sapin, Stéphane Le Foll, Vincent Peillon et Marisol Touraine) à répondre aux appels du pied de la présidente, laquelle, soucieuse de tirer sa part de gloire de l'événement, gère les déplacements dans leurs moindres détails. Ce qui provoque évidemment quelques couacs.

Sévère embrouille avec Stéphane Le Foll, lequel a accepté le principe d'une interview par France 3, rendez-vous dont Ségolène Royal ne veut pas entendre parler. Celle-ci pique une colère devant les journalistes de la télé régionale ; ils se rappelleront toujours en quelle haute estime « Miranda » les tient eux et leur antenne… Néanmoins, l'essentiel est sauf : Stéphane Le Foll finit par lui faire comprendre qu'il n'a pas besoin d'être cornaqué comme un petit garçon. Comme il s'y est engagé, le ministre de l'Agriculture « cause dans le poste ».

Marisol Touraine vient quant à elle présenter son plan destiné à lutter contre les déserts médicaux. Puisqu'il est question de désert, les adhérents d'un syndicat médical, mécontents de la décision de plafonner les dépassements d'honoraires ont loué un… dromadaire afin qu'il véhicule leur colère.

Ségolène Royal s'occupe de tout. Elle a choisi le lieu de la rencontre, décidé d'une table ronde, de la liste des intervenants et du rôle primordial dévolu à l'animatrice des festivités, c'est-à-dire elle. Comme à l'école, elle rabroue un orateur, lui ordonnant de ne pas lire ses notes, « puisque vous êtes censé connaître le sujet ». Elle a même veillé à l'organisation de la tribune, renvoyant Yves Dassonville, le préfet de région, et Véronique Massonneau, la députée du cru, dans l'anonymat du public. Tous deux sont dans une colère noire et ne le cachent pas. Le préfet sort même de son habituelle réserve pour dire le « mépris abyssal » dont « cette femme » peut fréquemment faire montre…

Des ministres à la pelle et elle qui n'en est pas… Elle ne lâche pas son objectif, prévient qu'« elle n'acceptera pas de lot de consolation » – pourtant, après la primaire et la législative, le besoin de consolation doit être conséquent !

Les fidèles donnent de la voix. L'opération « retour au gouvernement » est programmée. Quand ? « Cela viendra », pronostique Najat Vallaud-Belkacem, la ministre des Droits des femmes. « Pourquoi se priver de son talent ? » pleurniche Guillaume Garot dès le lendemain.

L'intéressée s'estime en droit de donner des conseils à Jean-Marc Ayrault, recommandations que d'aucuns interprètent comme des piques. Puis elle file la métaphore sportive : « Un gouvernement, c'est comme une équipe nationale. Un temps on est sur la touche, un jour on entre dans l'équipe. » Elle y ajoute une confidence, glissant qu'elle a refusé, sitôt l'accession de son ex à l'Élysée, le poste de garde des Sceaux. Invérifiable : Hollande et Ayrault ne risquent pas de confirmer ou d'infirmer...

Elle fait le pied de grue à la porte du gouvernement. En attendant, la voilà « élue » vice-présidente de la Banque publique d'investissement, établissement qui, si on l'écoute, a été créé en copiant sur ce qu'elle a mis en place dans son génial et si bien géré petit laboratoire.

Raffarin se moque ; il ne l'appelle plus que « la banquière ». Elle prend son rôle très au sérieux : elle promet qu'elle va « surveiller les dépenses ». Et s'offre bien vite une polémique avec Nicolas Dufourcq, le principal dirigeant de la maison.

« Surveiller les dépenses ». Tout un programme pour qui ne cesse d'affirmer qu'« un euro dépensé est un euro utile ». Le genre de rengaine qui peut, un beau jour, allez savoir, vous retomber violemment sur le nez !

À cette époque, un dialogue maritime s'engage lors d'un repas de presse dans les salons privés de Mme la présidente.

« Dites donc, madame Royal, je vous ai cherchée désespérément, dimanche, autour de la plage et du port des Sables-d'Olonne...

Regard étonné de l'intéressée, surprise qu'on puisse ainsi s'immiscer dans son emploi du temps.

« Que vouliez-vous que j'aille y faire ?

– Participer à l'arrivée du vainqueur du Vendée Globe. »

Le ton laisse entendre que la voile n'est pas le premier de ses soucis et que la Vendée, les Sables, ses mouettes et ses bateaux, en cet instant, lui importent peu...

« Le triomphe de François Gabart, c'était vraiment un moment très fort...

– Oui. Et alors ?...

– Quand même, Gabart est un enfant de Poitou-Charentes. Il est né à Angoulême, sa mère y est magistrate, son père est dentiste à Châteauneuf-sur-Charente. Il a gagné sur un bateau baptisé *Macif*, la mutuelle niortaise étant son sponsor... »

Ségolène Royal tombe des nues. L'espace d'un instant, on se demande lequel de ses collaborateurs va être jeté dans la fosse aux lions pour avoir omis de lui transmettre ces informations... Pourtant, l'essentiel a été fait. Un communiqué de félicitation signé... de la présidente de région est même tombé sitôt la ligne d'arrivée franchie. Elle y salue le « courage, la créativité et la persévérance » du skipper, souhaitant que ces qualités « nous servent d'exemple », tressant une couronne de fleurs à la Macif, « fidèle aux valeurs de solidarité et d'aventure humaine où l'on dépasse des limites inconnues ». Preuve que les politiques ne sont pas toujours les auteurs de ce qu'ils écrivent...

Aussitôt, comme à l'ordinaire bigrement réactive, elle perçoit tout le parti qu'elle peut tirer de cette bonne nouvelle. « On va relancer le plan voile, le faire parrainer par Gabart. La région va recevoir dignement ce champion... » réfléchit-elle à haute voix.

Quelques semaines plus tard, François Gabart est à Niort. Il y retrouve un autre concurrent de la course autour du monde, Bernard Stamm, dont le bateau a pour nom *Poujoulat*, une entreprise du secteur fabriquant des cheminées.

Les deux hommes doivent rencontrer leurs fans dans la vaste salle de L'Acclameur lors d'une conférence-débat. Point presse auparavant. Avec qui ? Geneviève Perrin-Gaillard, députée-maire PS de Niort, et sa vieille ennemie (elles se détestent) Ségolène Royal. De l'art de se glisser dans le sillage des héros, de capter une petite part de leur gloire... Lorsque les deux femmes entrent sur scène, quelques sifflets retentissent dans le public venu voir et écouter des marins. Uniquement des marins.

Ce n'est qu'un début. Le pire est à venir. Un an après la douche rochelaise, elle publie *Cette belle idée du courage*[1]. Elle est en couverture ; photographie bizarre, fruit d'une mise en scène. « Elle semble illuminée, tournée vers le ciel. Elle a des allures d'exaltée mystique. On n'a jamais vu la politique mettre quelqu'un dans un état pareil ! » avance un psychiatre.

Dans ces pages, elle trace le portrait de personnalités vivantes ou disparues et de groupes d'individus incarnant, à ses yeux, le courage. Entre Dilma Rousseff (déjà citée) et Stéphane Hessel, François Gabart figure dans cet éloge.

Le livre est tout juste installé dans les bacs que Ségolène Royal tient son navigateur. La région a uni ses efforts avec le conseil général de la Charente pour lui rendre l'hommage qu'il mérite. Autant dire tout de suite qu'on ne voit pas longtemps les représentants du département. Quand la Princesse prend les choses en main, c'est elle qu'on voit et personne d'autre.

Les petits plats ont été mis dans les grands. Impossible de compter les salariés du conseil régional ayant fait le déplacement entre Poitiers et Angoulême afin de prendre une part active aux réjouissances.

En début d'après-midi, le marin chaperonné par sa nouvelle coéquipière, aisément reconnaissable puisqu'elle sourit toujours aux photographes, échange avec plusieurs centaines de gamins.

« François s'y prête de bonne grâce mais il en a un peu marre de toutes ces obligations engendrées par sa victoire.

1. Ségolène Royal, *Cette belle idée du courage*, Paris, Grasset, 2013.

Un moment, ça va, quatre mois, la mer lui manque ! » avoue Catherine Gabart, la maman, discrètement installée à l'écart.

« Madame Gabart, avez-vous lu ce qu'écrit Ségolène Royal sur votre fils ?

– Non.

– Écoutez. C'est beau. C'est émouvant. Cela va vous fendre le cœur. »

C'est parti. Avec le ton grandiloquent qui s'impose.

« Je me souviens de sa poignée de main, plus mordante que toutes celles qu'il m'avait été donné d'expérimenter jusque-là. Une poigne d'acier mais pleine de douceur en même temps, me suis-je dit, forgée dans les embruns et les manœuvres en mer qui demandent de la force mais avec une extrême précision. »

Catherine Gabart implore : « Arrêtez, je vais mourir de rire. »

Le programme se poursuit avec transport de toute la troupe (des centaines de personnes) jusqu'au plan d'eau de Saint-Yrieix, là où François Gabart a été initié aux charmes de la voile par les moniteurs du club local.

Alors, l'impensable se produit : le vainqueur de la plus grande course au monde de monocoques de plus de 18 mètres est invité à s'installer à la barre d'un petit bateau type Vaurien afin d'offrir un rond dans l'eau à la présidente de région. Celle-ci se cramponne à un hauban. Gabart se prête au jeu : il allume une fusée de détresse.

Une frêle embarcation à moteur conduit au « large » trois photographes afin qu'ils immortalisent l'instant ! « Si le ridicule tuait, sous nos yeux, dans l'instant, Ségolène Royal périrait noyée », résume un conseiller régional bluffé par ce cinéma.

À ce jeu, Ségolène Royal apparaît comme une championne redoutable. Ce qui est vrai pour Gabart l'est encore bien davantage pour l'*Hermione*, projet lancé bien avant qu'elle prenne en main les affaires régionales. À maintes reprises, les gazettes ont écrit qu'à l'écouter, on se persuade que c'est elle, toute seule comme une grande, qui a cousu, avec ses toutes petites mimines meurtries par l'ampleur de la tâche la totalité des voiles de la frégate !

Retour à Saint-Yrieix. Revenue sur terre, Ségolène Royal détaille son plan voile : 300 bateaux, 30 moniteurs pour les 17 plans d'eau intérieurs recensés en région. Réaction de Jean-François Fountaine, grand skipper devant l'éternel : « Vous connaissez le nom de la personnalité politique ayant enterré, il y a peu, le plan voile concocté en région ? Ségolène Royal. »

Nul ne veut comprendre que la présidente de région a bien besoin de ce genre d'escapades. Elles lui font oublier les ennuis qui s'accumulent. Avril 2013 « *horribilis* », peut lancer la Princesse en songeant à la saillie de la reine d'Angleterre en 1992.

La branche équipementier d'Heuliez procède à son troisième dépôt de bilan en l'espace de quatre ans. Cette fois, nombre de signaux font craindre le pire.

Quelques jours plus tard, le chef de file des « centristes humanistes », cette invention née des stratégies politiques estampillées Royal, claque la porte. Pas tout à fait : il démissionne de sa vice-présidence, demeurant « simple » conseiller régional, façon de conserver à proximité le beurre qui se marie si bien avec les épinards.

Les raisons de la brouille ? Les 370 000 euros accordés aux salariés d'une entreprise de la Vienne afin qu'ils transforment celle-ci en SCOP, une société coopérative et participative. « Cela a plus des allures de kolkhoze ou de sovkhoze puisque la majeure partie du capital provient de collectivités territoriales », s'emporte l'élu centriste. Il a osé critiquer publiquement une décision de celle par qui il existe. Crime de lèse-Princesse. Courrier lui intimant l'ordre de retirer ses propos. Clash.

Ce n'est rien à côté de l'incendie qu'une pyromane du nom de… Ségolène Royal allume bien involontairement à l'heure du café, au terme d'un déjeuner de presse.

Elle se tourne vers la fidèle et dévouée Maryline Simoné dont elle a fait sa porte-parole et confie toute sa tristesse de la voir bientôt quitter l'institution. Celle qui vit de ses indemnités d'adjointe au maire de La Rochelle, de vice-présidente de la communauté d'agglomération et de conseillère régionale a… trouvé du travail. Elle va prendre la direction de l'Agence régionale de la formation tout au long de la vie, créée en 2006 sous l'égide de son vénéré mentor. L'établissement est implanté à La Rochelle, ce qui tombe parfaitement bien. Deux années durant, il a été présidé par… Simoné Maryline. Que demande le peuple ?

Pendant la courte intervention présidentielle, la directrice putative devient blême, puis rouge, enfin grise. La présidente lève le camp. La malheureuse future formatrice en chef est à ramasser à la petite cuiller : ce dossier que Ségolène Royal considère comme bouclé ne l'est pas tout à fait. Dévoiler ce que beaucoup ne vont pas manquer de considérer comme un affreux passe-droit risque de faire capoter un bien joli projet de carrière.

Dans ce conseil régional à l'ambiance délétère depuis près de dix ans, le calcul de cette élue impliquée dans toutes les *combinazione* fait vite tâche. L'affaire frise le scandale. « Les méthodes de Mme Royal qui visent à privilégier les siens en distribuant les "planques" plutôt que de servir l'intérêt général sont d'un autre temps », hurle l'opposition, visant la « tête » de l'institution, en évoquant « la faute morale de Mme Royal ».

Cette dernière sent le danger. Maryline Simoné, après avoir essayé de se justifier, doit remiser son bel espoir au fond de son sac, avec son mouchoir par-dessus.

On imagine alors les deux femmes se retrouvant seules dans un bureau, la « recalée » assise sur les genoux de sa présidente adorée et pleurant à chaudes larmes. Que dire pour la consoler, sinon lui promettre un lendemain qui chante, susciter un joli désir d'avenir : « Ma petite Maryline, si un jour je suis ministre, je te le jure, je t'emmène avec moi. Ce serait chouette si Denis Leroy nous accompagnait. Qu'en penses-tu ? »

Une scène totalement imaginaire, répétons-le. Quoique, parfois, la réalité puisse dépasser la fiction.

21

« J'ai un charisme, une aura, du poids. Au gouvernement, je leur ferais de l'ombre »[1], soutient, modeste, Ségolène Royal. En cette rentrée 2013, elle piaffe d'impatience. Déjà plus d'un an que le père de ses enfants occupe le poste le plus prestigieux de la République et rien pour elle, sinon un strapontin dans une banque ! Elle se confie à Charlotte Chaffanjon, journaliste au *Point*, et, comme souvent, avec aplomb, elle affirme tout et son contraire.

Elle jure être « à l'aise, sereine, tranquille », elle assure refuser de « remugler » le passé et, dans la seconde, elle montre et elle dit l'inverse. Elle tape sur Martine Aubry, elle cogne sur le président de l'Assemblée nationale Claude Bartolone, elle éreinte Delphine Batho, se moque d'Arnaud Montebourg, elle tente de prouver qu'elle est indispensable en expliquant avoir influencé le Premier ministre lors du débat sur la taxe carbone.

1. *Le Point*, 4 septembre 2013.

L'interview fait du bruit[1]. Elle s'offusque, dénonce pure invention de la journaliste, soutient ne pas avoir tenu les propos qu'on lui prête. Comme d'habitude, personne ne croit à ses dénégations. Ce sketch du journaliste mythomane peut éventuellement surprendre une fois. Après, il est usé.

Chaque jour qui passe, elle donne le sentiment d'être engoncée dans ce petit costume de présidente de région revêtu depuis près de dix ans. Elle ne parvient pas, malgré quantité de tentatives, à le jeter aux orties pour en enfiler un autre, beaucoup plus large, beaucoup mieux adapté aux exceptionnels niveaux de compétence et d'intelligence dont elle s'estime pourvue.

Sans doute en a-t-elle soupé de ces débats terre à terre que lui imposent mauvais coucheurs de sa majorité et ferrailleurs inlassables de l'opposition dès qu'elle décide quoi que ce soit. La patronne, c'est qui ?

Il y a eu les élus référents, le code de la route dans les lycées. À chaque fois, elle a dû manger son chapeau. À la veille de l'été, elle déniche un nouveau sujet de polémique. Toute la Région (hormis le groupe de ses obligés adorateurs) se ligue contre son idée de supprimer le CRT (comité régional de tourisme) afin de le rattacher au service communication du conseil régional, l'ensemble étant promis à devenir « la direction de l'attractivité ».

Le président du CRT, le socialiste Michel Gourinchas, membre de sa majorité et maire de Cognac, hurle, se dit effaré. Il dénonce cette folie, met en exergue la vocation primordiale de cet organisme chargé de la promotion de la région en France et à l'étranger. La quasi-totalité des acteurs du tourisme, secteur capital pour l'économie du

1. Idem.

gentil laboratoire, se demande carrément si elle n'est pas tombée sur la tête. « C'est de l'autocratie participative », s'emporte un élu de l'opposition, outré.

Elle ne cède pas, ayant dans sa manche la carte maîtresse : le nerf de la guerre. Le CRT est financé par la Région. Lui couper les vivres, c'est le tuer. Une sorte de « petit meurtre en famille », quand on se souvient que cette structure a été placée sous la coupe, durant des années, d'un grand spécialiste en la personne de Denis Leroy. « Je vais réaliser des économies de fonctionnement de l'ordre d'un million par an, ce qui permettra d'augmenter les aides aux entreprises touristiques », argumente Mme Royal. Que celles qui ont bénéficié de la manne lèvent le doigt...

Exister, exister. C'est encore et toujours l'objectif lors de l'université d'été de La Rochelle, où elle décide de revenir pour jouer, évidemment, le premier rôle. Dès l'ouverture, c'est elle qui accueille Harlem Désir, le « charismatique » patron du PS ; c'est vers elle qu'une militante se précipite pour lui baiser la main, comme certains catholiques le font à l'égard du pape. Sauf que ce jour-là, Ségolène Royal est habillée d'une robe à fleurs.

Le lendemain, au moment des discours, force est de constater qu'elle n'est pas venue seule : jamais sa claque n'a été aussi fournie. Désirs d'avenir a mobilisé et de zélés collaborateurs du conseil régional n'ont eu aucune peine à trouver la route menant au bord de la mer.

Elle s'approche du micro. Ses fidèles applaudissent frénétiquement. La contagion s'opère. L'ovation enfle, elle prend des allures de triomphe. Plusieurs minutes de bravos, peut-être pour saluer la performance d'une femme parvenant toujours à se remettre debout après de remarquables chutes.

Ils semblent contents, ils vont en avoir pour leur argent ! À la façon de De Gaulle lançant « La France, c'est moi », elle remercie ce public « d'applaudir si chaleureusement cette belle région du Poitou-Charentes » avant d'entamer un véritable discours de politique générale habituellement réservé au Premier ministre sitôt la formation de son gouvernement.

Tout y passe, le cap à définir, les objectifs à atteindre, les moyens à disposition pour y parvenir, « l'effort de transparence qui tranche avec les dérives des années passées » et, surtout, l'exemple à suivre. Celui de l'une des plus petites régions du pays, le Poitou-Charentes, là où l'herbe est plus verte qu'ailleurs, où la politique mise en place assure tout simplement le bonheur de ses habitants.

Dubitatif, un militant local ayant mouillé la chemise en faveur de Falorni tranche avec l'enthousiasme ambiant : « Je connais trop, depuis trop longtemps, ses envolées. Tout ce baratin entendu cent fois me rappelle le retour de Michelle Torr à Bobino. La billetterie n'avait pas marché terrible. »

Le retour aux réalités est une fois encore délicat. Le dossier Heuliez est de plus en plus inquiétant puisqu'il est question d'une liquidation imminente. Un contrat mirobolant avec Volkswagen est toujours espéré, un investisseur espagnol serait sur les rangs pour la reprise… si la firme allemande s'engage. L'espoir fait vivre ; quand il n'existe plus, c'est la mort.

Jean-Luc Fulachier, le directeur général des services, évoque, si la liquidation intervient, la création d'une société d'économie mixte (SEM) dans le but de « maintenir les actifs afin d'éviter les prédateurs ». Coût de la manœuvre, 650 000 euros. Cette fois, l'opposition dit stop.

L'idée de cette SEM constitue la dernière des interventions de celui qui, depuis neuf ans, a été présenté comme le funambule de la finance. Fulachier met fin à son détachement de la haute administration. Un poste de conseiller maître l'attend à la Cour des comptes. Qui pour le remplacer ? Daniel Barillot. On ne lui prête aucune qualité de fildefériste ; il est pourtant appelé à se mouvoir sur les câbles hypertendus du budget, de la dette et des emprunts.

Exister, exister. Lors du repas précédant une réunion publique de l'assemblée régionale, elle fait part de sa dernière invention : après avoir dénoncé Montebourg et sa marinière (« Il se prend pour un acteur américain ! »), elle confie en riant avoir accepté de poser pour *Le Parisien* dans une attitude inspirée du célèbre tableau de Delacroix, *La Liberté guidant le peuple*. « Je ne montre pas ma poitrine », prend-elle soin de préciser. « Attendez-vous à devoir empiler les moqueries et les railleries ! » pronostiquent ses interlocuteurs. Elle refuse d'y croire, invoque le symbole fort existant dans cette image où elle porte fièrement le drapeau tricolore. « Qui a incarné chez les socialistes et dans le pays tout entier une nouvelle perception de notre drapeau ? » interroge-t-elle.

Quelques jours plus tard, lors de la parution du cliché, on assiste à un déchaînement tous azimuts. La fille du militaire en prend pour son grade ! Elle semble ne pas s'en soucier. L'essentiel est d'éviter le piège de l'oubli.

Dans le même temps, la paisible cité de Melle administrée par le grandissime Yves Debien est le théâtre d'un déménagement forcé. La députée Delphine Batho, à qui Ségolène Royal a « transmis » sa circonscription et sa permanence, est mise à la porte sans ménagement. Les locaux appartiennent à la mairie, Debien en a subitement un besoin urgent. Le lien est vite fait entre cette décision et les critiques acerbes adressées à son ancienne protégée par la présidente de région. Cette dernière n'affirme-t-elle pas que si Delphine Batho a été sèchement renvoyée du gouvernement, c'est parce qu'elle avait « atteint son niveau d'incompétence » ?

Comment passe-t-on, avec Ségolène Royal, de la plus étroite des proximités à la haine la plus farouche ? Tout simplement en voulant exister, en imaginant pouvoir couper le cordon de la laisse. Plusieurs des proches de la députée des Deux-Sèvres indiquent qu'au soir de la catastrophique primaire socialiste de 2011, Delphine Batho, élément important du dispositif Royal, se prononce immédiatement pour un désistement en faveur du candidat arrivé en tête, à savoir François Hollande. Elle vient de commettre un crime de lèse-majesté. Dans l'entourage d'une princesse, les valets n'ont pas le droit de penser par eux-mêmes sans autorisation.

Et puisque tous ces ingrats de socialistes batifolant dans les ors de la République ne songent pas à lui confier une tâche planétaire, Ségolène Royal va une fois encore devoir se contenter de concocter un avenir joyeux, calme et serein pour les sujets de son petit royaume autonome.

« Petit royaume ». C'est effectivement le cas un peu plus chaque jour tant le ménage a été fait pour ne garder aux postes clés, autour de la reine-gourou, que les élus et administratifs capables de ramper du matin au soir sans souffrir de la moindre des courbatures.

Quoi de neuf, en Poitou-Charentes, en ce début d'année 2014 ? Des vœux présidentiels pharaoniques dans le majestueux nouveau théâtre de Poitiers, et des annonces diverses et variées qui ne le sont pas moins. Un programme d'intervention pour « une parentalité réussie », l'idée de résidences d'artistes dans chaque lycée (500 000 euros), un engagement sans précédent sur les routes (alors que depuis dix ans, la présidente ne cesse de dire que ce n'est pas de sa compétence), sans oublier l'effort important mené dans le domaine ferroviaire, celui des trains express régionaux, avec l'acquisition de nouvelles rames selon la fameuse technique du crédit-bail, laquelle coûte cher mais ne plombe pas les comptes... au début.

Comment payer tout cela, les routes, les travaux énergétiques dans les lycées ? Fastoche. La Caisse des dépôts vient d'accorder un emprunt de 200 millions, la BPI, où « la Banquière » a ses entrées, y est allée d'un prêt de 185 millions. N'est-ce pas une manière d'alourdir considérablement la dette, de refiler la « patate chaude » aux générations futures ? « Non, tranche Ségolène Royal, parce que la Région s'appuie sur des finances sécurisées. »

Au fil des semaines, la présidente affiche une véritable décontraction. Elle est légère, parfois même guillerette, prompte à plaisanter. Un hebdomadaire people vient de publier les photos du président de la République casqué, embarqué pour des excursions vers la rue du Cirque, à portée de scooter de l'Élysée. Un socialiste poitevin fait le lien entre la bonne humeur de Mme Royal et les escapades de M. Hollande : « La Princesse sait que le principal obstacle à son entrée au gouvernement est en train d'être levé. Le pouvoir de la dame ayant soutenu Falorni ne tient plus qu'à un fil. »

L'ambiance de la commission permanente du 24 janvier a un côté potache. Un débat engagé sur la lecture débouche sur l'orthographe et entraîne cette remarque d'Henri de Richemont : « Qu'aujourd'hui les jeunes écrivent "JTM" pour dire "Je t'aime", je trouve cela dramatique ! » Dans la foulée, Ségolène Royal propose que le conseil régional lance un concours... de lettres d'amour. Une assemblée dissipée sur les plumes de laquelle semble glisser une information inquiétante : la société Mia a besoin de 3 millions d'ici trois semaines, sinon, c'est une nouvelle catastrophe pour « l'utopie » industrielle de la présidente. Bizarre pour une entreprise ayant changé de main en juin 2013, le nouvel actionnaire majoritaire, Focus Asia, promettant alors monts et merveilles, à commencer par un investissement de 36 millions. Mieux, un mois plus tard, fin juillet, Mia, via son agence de communication, claironnait avoir « dynamité les ventes ».

Question dynamite, c'est la boutique tout entière qui semble sur le point d'exploser. On apprend que depuis décembre, pas une voiture n'a été fabriquée faute de pièces, les fournisseurs attendant d'être payés des commandes précédentes avant de procéder à de nouvelles livraisons.

Pas de miracle, le 12 février, Mia est placée en redressement judiciaire. « C'est la moins mauvaise solution. Cela va nous permettre de remettre à plat et les comptes et la stratégie de l'entreprise », explique l'actionnaire Royal qui, promis, « ne baisse pas les bras ». Il est vrai qu'elle a fait tout ce qu'elle a pu : les documents internes du conseil régional recensant le parc automobile prouvent que 12 Mia ont été immatriculées en 2011 avant une boulimie en 2012. Cette année-là, pas moins de 59 véhicules électriques ont été acquis.

« Marchande de rêve ! » l'accuse l'opposition. Dans le même temps, détail, elle est en guerre ouverte sévère avec l'aile écologiste de sa majorité, laquelle ne supporte plus d'être sans cesse « mise devant le fait accompli ».

Et pourtant, elle est toujours contente. Il faut dire que depuis le 25 janvier, la rupture du couple Hollande-Trierweiler est officielle et que les rumeurs de sa prochaine entrée au gouvernement deviennent assourdissantes. Dans toute la région, les milieux politiques ne grouillent que de cette annonce de future promotion, de poste à la hauteur des capacités qu'elle revendique.

Les paris sont même ouverts entre ceux qui voient Ségolène Royal bombardée dans un ministère et les autres, persuadés qu'« Hollande n'osera pas » compte tenu de la défaite rochelaise et surtout, du terrible fiasco que constitue l'enterrement de première classe de Mia, dont la liquidation judiciaire pure et simple est prononcée le 12 mars, sans même attendre la fin de la période d'observation. « Ce qui est certain, c'est qu'elle ne sera pas appelée pour devenir le ministre de la voiture électrique », écrit le persifleur de service.

Pour Ségolène Royal, évidemment informée de son avenir, il ne reste plus qu'à attendre l'issue des élections municipales pour écrire la dernière page d'une histoire débutée dans cette région en 1988, année de son parachutage dans la circonscription de Melle. Un bail de 26 ans. Avec beaucoup plus de bas que de hauts et des fortunes d'argent public souvent investies de manière hasardeuse.

Ces municipales, elle les suit de près, indirectement. Ses troupes sont à la manœuvre, principalement à Niort et à La Rochelle. Dans la capitale des mutuelles, elle ne pleure pas après la défaite de Geneviève Perrin-Gaillard. Dire qu'elle soit enchantée par la victoire, à La Rochelle, de sa vieille connaissance Jean-François Fountaine, est exagéré…

L'important est ailleurs. Jean-Marc Ayrault est remercié, Manuel Valls lui succède à Matignon et, le 2 avril, Ségolène Royal est nommée ministre de l'Écologie, du Développement durable et de l'Énergie. Elle occupe, au sein du gouvernement, le troisième rang dans l'ordre protocolaire. Enfin !

À Poitiers, les représentants de ce qui fut son opposition ne décolèrent pas. Ils s'étouffent face à cette « récompense imméritée ». « Espérons que Mme Royal n'applique pas à la France ses échecs picto-charentais », lancent-ils.

Les ingrats ne comprennent pas les efforts de tous ordres qu'il lui a fallu déployer avant d'atteindre son objectif. Elle est de nouveau sur la plus haute marche, les courtisans vont se bousculer au portillon. Dans cette catégorie, Gérard Miller et sa compagne vont se distinguer en commettant, sur France 3[1], un documentaire-panégyrique risible sur la madone. Une grandiose séance de cirage de pompes.

Le plus rigolo intervient quelques mois plus tard, toujours sur une chaîne publique. L'émission *Complément d'enquête* est consacrée à la ministre. Qui vient se répandre en tant que « spécialiste » en ségolénie ? Gérard Miller. La boucle est bouclée. Ridicule.

Mais quel bonheur d'être à nouveau puissante pour être ainsi encensée ! Grisant...

À Poitiers, Ségolène Royal tente d'imposer Yves Debien pour lui succéder. « Le chat parti, les souris dansent », dit-on. La majorité ose s'exprimer pour refuser la promotion du flagorneur en chef. Si elle insiste, Mme la ministre est prévenue, la surprise sera de taille. Du style « tir groupé » de toute l'assemblée afin de barrer la route au maire de Melle. Voilà comment, par défaut, le choix se porte vers le plus consensuel Jean-François Macaire. Son adoration sans borne pour la Princesse ne l'a jamais empêché d'être affable.

Le jour de l'élection du nouveau président, Ségolène Royal est absente. Par contre, le lendemain, à Rochefort,

1. « Ségolène Royal, la femme qui n'était pas un homme », diffusé le 15 juin 2015.

lors d'une manifestation liée à la frégate l'*Hermione*, elle est présente. C'est elle qui prononce le discours. Elle parle au nom de la région, semble avoir déjà oublié qu'elle n'en est plus la présidente. Juste derrière elle, Jean-François Macaire a des allures de fondé de pouvoir.

Le malheureux ignore que moins de deux ans plus tard, il va devoir porter sa croix lorsque seront étalées au grand jour les dérives financières de ce qui fut la région Poitou-Charentes. Un petit laboratoire génial géré avec rigueur par une princesse et ses adorateurs fanatiques ayant toujours entonné les mêmes paroles sur la même petite musique : « Un euro dépensé est un euro utile. »

Épilogue

Que sont-ils devenus ?

Depuis le 2 avril 2014, Ségolène Royal est une ministre d'une importance considérable compte tenu de ses attributions, n°3 du gouvernement dans l'ordre protocolaire.

Souhaitons qu'un témoin de son action à ce poste soit, un jour, en mesure d'en dresser un bilan précis. De l'abandon de l'écotaxe jusqu'à sa décision de repousser à 2019 les mesures devant permettre de réduire la part du nucléaire dans notre production d'électricité à 50 %.

Au cours des deux années écoulées, certains événements ont permis de constater que ses méthodes et habitudes n'ont guère changé. Petit florilège...

Un mois et demi après sa nomination, elle accuse dans *Paris-Match*[1] deux de ses collègues ministres qu'elle qualifie de « machos » de lui balancer « des boules puantes » du haut de leur « condescendance » et de leur « mépris ». Gros malaise... « Je ne me souviens pas avoir dit les

1. *Paris-Match*, 15 mai 2014.

choses comme ça, si ce n'est sur le ton de la plaisanterie», explique-t-elle dans la cour de l'Élysée au sortir du Conseil des ministres. Encore un journaliste sourd ne comprenant rien à son humour !

Signalons, pour l'anecdote, son arrivée en Falcon, en juin 2015, à Melle. Venue lancer «le programme de territoire à énergie positive» des communes du secteur, avec éclairage solaire et véhicules électriques, elle se déplace à bord de l'avion pollueur. Dans le plus pur style «Faites ce que je dis, mais pas ce que je fais». Paris-Melle, interminable trajet. Quoi d'autre qu'un avion dispendieux pour l'effectuer ? Un euro dépensé...

La dernière histoire est la plus drôle. Elle a trait à la fameuse COP 21, la conférence sur le climat. Elle a été racontée par plusieurs journaux mais, étonnamment, n'a eu que peu d'écho. Elle est pourtant gratinée...

Dès son arrivée au ministère, Ségolène Royal enrage que le dossier COP 21 soit piloté par son vieil ennemi Laurent Fabius, ministre des Affaires étrangères. Elle conteste cette prédominance, demande tout simplement au locataire de l'Élysée qu'elle puisse remplacer Fabius à la présidence de la conférence.

Ce dernier menace de démissionner s'il en est déchargé. Royal finit par récupérer les chantiers liés aux discussions européennes préparatoires et à la mobilisation de la société civile.

En décembre 2014, à Lima, capitale du Pérou, en préliminaire de la COP 21, se tient une conférence internationale. Fabius y est attendu. Son vol a été réservé sur les lignes régulières. Cinq jours avant l'ouverture de cette réunion, Royal fait des pieds et des mains auprès du président Hollande pour y aller également. Son ex-compagnon finit par céder… et par accepter qu'elle « emprunte » l'avion présidentiel pour son déplacement.

Fabius profite du vol. Il fait annuler ses billets et les voilà partis de concert. Dix heures de trajet, pas un mot entre les deux ministres. La conférence péruvienne suit son cours lorsque Ségolène Royal décide de regagner la France sans en avertir son collègue, lequel reste en plan quatre jours à Lima dans l'attente du prochain avion pour Paris. Sans commentaire.

Dès son arrivée au ministère, Ségolène Royal a retrouvé nombre de têtes connues. À commencer par Jean-Luc Fulachier, un temps son directeur de cabinet avant d'être nommé conseiller chargé des finances et de la croissance verte.

Parmi les premiers arrivants, figure évidemment Sophie Bouchet-Petersen, conseillère spéciale, chargée de mission pour les relations avec les chercheurs, le mouvement associatif et… la démocratie participative.

Maryline Simoné est bien sûr du voyage, de même que Denis Leroy. Tous deux sont chargés de mission. La première s'est occupée, à compter du début 2015, d'une partie des relations presse. Le second a hérité de dossiers liés d'abord aux transports, ensuite au climat. *A priori*, rien sur le tourisme…

Tous deux, électoralement parlant, ont connu des fortunes diverses. Leroy a perdu son siège de conseiller général, ayant été battu, en mars 2015, par Patricia Friou, suppléante du député Falorni. Inutile de dire que cette défaite lui a fortement déplu. Il ne cache pas, dans les dîners en ville, préparer les revanches auxquelles il rêve à La Rochelle, tant pour les législatives de 2017 que pour les municipales de 2020.

Maryline Simoné a eu plus de chance en parvenant à obtenir une place en position éligible lors des élections régionales de décembre 2015. Elle siège donc à Bordeaux parmi les 183 conseillers régionaux représentant la grande région Aquitaine-Limousin-Poitou-Charentes. Elle peut y vivre en direct, aux côtés de son amie Françoise Mesnard, également reconduite dans ce mandat de conseillère régionale, les soubresauts liés aux finances de l'ancienne principauté picto-charentaise.

Michel Scarbonchi a lui aussi travaillé aux côtés de Ségolène Royal dans le bel hôtel de Roquelaure, siège du ministère. Il fut son chef de cabinet de juin à octobre 2014, date à laquelle il a repris le chemin de Poitiers pour devenir le successeur de Daniel Barillot en tant que directeur général des services du conseil régional.

Daniel Barillot a quant à lui fait valoir ses droits à la retraite. Ce n'est pas pour autant que sa haute silhouette n'a pas été bien souvent aperçue au ministère. Il a été chargé de quelques missions, l'une ayant trait au barrage de Sivens où un manifestant a perdu la vie après un affrontement avec les forces de l'ordre.

Toujours et encore au ministère, on retrouve, à partir de la fin 2015, Guillaume Choisy, l'ancien « cow-boy » de la première campagne régionale. Il a le titre de chef de cabinet. Depuis peu, il a reçu le renfort d'une adjointe en la personne de Blanka Scarbonchi. Les deux collègues de l'équipe de Guillaume Garot, Françoise Degois et Alexandre Godin, ont créé une agence de communication.

Restent les cas d'Yves Debien et de Jean-François Macaire. Le premier est toujours maire de Melle. Les militants socialistes des Deux-Sèvres, de manière fort symbolique tant il demeure, dans le département, le relais de Ségolène Royal, lui ont tiré le tapis sous les pieds alors qu'il prétendait à rempiler en tant que conseiller régional, version grande région. Principal défenseur des méthodes mises en place par la Princesse en Poitou-Charentes, il ne cesse d'argumenter et de répondre point par point aux accusations contenues dans l'audit commandé par Alain Rousset.

Quant à Jean-François Macaire, il traîne sa misère. «Je cherche du boulot», confesse-t-il. De l'ensemble des membres du grand orchestre des «Joyeux compagnons du chabichou doré», il est, de toute évidence – et fort sincèrement –, le plus à plaindre. Parce que c'est à lui, et à lui seul, que ses gentils petits camarades font aujourd'hui porter le chapeau de «l'idiot utile».

Remerciements

Mes remerciements à Marjorie, Sylvie, Pierre-Marie, Philippe, Jean-Jack, Jean-Michel et Jean-Pierre pour leur aide et leurs conseils.

Et, surtout, à Marie-Paule pour sa patience.

MIXTE
Papier issu de sources responsables
FSC® C003309

Les papiers utilisés dans cet ouvrage
sont issus de forêts responsablement gérées.

Mis en pages par Soft Office – Eybens (38)
Achevé d'imprimer sur Roto-Page
par l'Imprimerie Floch à Mayenne
Dépôt légal : octobre 2016
N° d'édition : 4280 – N° d'impression : 90124
ISBN 978-2-7491-4280-7
Imprimé en France